アイギス

AIgis

葉山 透

ポプラ社

アイギス

装丁　高柳雅人
写真　Dalian, Liaoning, China : zhengshun tang / Moment / Getty Images

目次

『電子研究所はこのたび研究職を中心に二百名におよぶ早期退職者を募りました。研究職全体のじつに30パーセントにあたる大規模な人員削減に、業界関係者は衝撃を受けています。電子研究所はスーパーコンピュータ「富士」で二年連続世界一の座に輝いた実績を持っていますが、国費負担の削減のため開発方針の変更を余儀なくされており、より効率的な開発手段としてAIを導入し、高い成果を収め、海外からも高い評価を得ていました。次のニュースです……』

プロローグ

段ボール箱に詰めた荷物の数は思ったよりも少なかった。

「八年も働いてこんなものか」

60センチサイズの段ボール箱の中身が、スカスカなことに我ながら驚いた。職場に置いてあったほとんどの物は、仕事関係の物しかなかった。

他の研究職員は趣味のグッズや癒やしとなる物などを何かしら置いていたものだが。葵《あおい》は自分の無趣味ぶりに呆れる思いだった。

空になったキャビネットのガラス扉に、一つにまとめたセミロングの髪、ベージュのパンツスーツを着た自分が映っている。

少ない私物と無難を絵に描いたようなオフィススタイルの姿を見て、まるで自分というもののほとんどを置いていくような気持ちになった。いまこうしてぼんやり立っているのは、本多《ほんだ》葵の抜け殻なのではないか。

あらためて与えられた個室を見回す。部屋のドアに貼られているプレートには『スーパーコンピュータ富士　インターコネクト開発部技師長　本多葵』と書かれていた。

コンピュータには、人間でいう頭脳に該当するＣＰＵという部品がある。スパコンはそのＣＰＵを何万個と搭載し高速の処理を可能にする。その何万個ものＣＰＵを円滑に繋《つな》ぎ動作させるスパコン開発の中核部門がインターコネクト開発だ。

入所して八年。それなりの役職を得て、それなりの成果も築いてきたが、崩れるときはあっというまだ。

「本多さん、荷造りどうですか？」

開いているドアをノックして入ってきたのは柏木瑠希《かしわぎるき》。葵の直接の部下ではないが、何かと接する機会の多いＣＰＵ設計部門の青年だった。

荷造りのためにＴシャツの上に軽いジャケットというくだけた服装だが、背も高く容姿に恵まれた彼が着ているとゲームのモンスターの柄のＴシャツもお洒落に見える。

社交的で明るい彼はコミュニケーションが苦手な開発者が多い中、皆に可愛がられていた。それだけでなく非凡な才能を発揮し、入所した翌年にはＣＰＵ設計部門の中心人物の一人になった。それから二年、まさにこれからというときに若い彼の才能の道も断たれてしまったことに忸怩《じくじ》たる思いを抱く。

「見ての通りよ」

葵はそんな感情をなるべく表に出さず、まとめた荷物を見せる。仕事用で会社に残す荷物は何箱もあるが、私物は小さな箱一つ。その対比に柏木は案の定苦笑いする。

「まさかこれだけですか。少なすぎません？」

開いたドアから見える仕事机の一つに、三箱も積んである席があった。

「あなたはちょっと多すぎよ」

自分と違い、柏木は私物をたくさん置いていた。そのほとんどはフィギュアや模型といった代物で、仕事とは無関係だ。彼のような人間は電子研究所では珍しくなかった。なにもない葵のほうが珍しい。

二人は笑い合う。

「なんかあっけないものですね」

――スパコンの設計、開発は今後、ＡＩにやらせる。

そんな上層部の突然の方向転換からたった三カ月。

葵が率いるインターコネクト設計開発チームは百人以上いたが、電子研究所の条件を呑んで残るのはわずか四人だ。ほとんどは今後の環境と待遇に不満を抱き早期退職の道を選んだ。

柏木の所属しているＣＰＵ開発チームも似たようなものだ。日本のスパコン開発の中核は、ほぼ潰《つい》えたと言ってよかった。

――もう二年、いえ、一年下さい。今、私達が開発しているのは次世代にも対応できる画期的なものです。我が社のＣＰＵに特化させることで、ＧＰＵやＮＰＵのように高速で、ＦＰＧＡのように柔軟性の高い画期的なＡＩアクセラレータが開発できるんです。これでもう世界に後れを取ることはありません。

葵の必死の言葉も、

――ここで開発を中止してしまえば、日本がいままで積み上げてきたノウハウがすべて失われてしまいます。

統括部長の鎌谷蓮司《かまたにれんじ》の嘆願も、

――そういう言い訳や泣き言を言わないところも、ＡＩの優れたところだよ。

という上層部の一言で一蹴された。

スパコン富士の後継機開発に見切りをつけ、ＡＩによる設計の導入を決めたのは、富士の開発に難色を示し予算を絞った上の人間達だ。社内政治でうまく立ち回り、出世して我が物顔でふるまう。割を食うのはいつも開発現場だ。

「まさか本多さんまで切られるとは思いませんでした。富士開発の中核だったのに」

「残るならＡＩの下っ端になれ、なんて言われたらね。もう辞めるしかないでしょう」

「本多さんで下っ端なら、僕なんか木っ端ですよ」

おどけて肩をすくめる柏木に葵は苦笑を返すしかない。

ＡＩが設計したＣＰＵ。特別高性能というわけではなかったが、問題は作成した時間だ。人なら半年はかかる設計を、わずか数十時間で作り上げてしまった。方針や設計の転換で仕様が変わっても迅速に対応でき、苦労して作り上げたのにと人間のような不平不満を言うこともない。人が開発したＣＰＵと比べ、性能差が10パーセント以下しかなく、開発費は半分以下という事実は無視できないのもしかたない。

荷物をまとめ終えた葵は、最後に開発部を見渡した。

早期退職を選んだ職員達は最後の一仕事をしたり私物の整理をしたりしている。残ることを選んだ職員はどこか肩身が狭そうにしていた。生まれてきたばかりの子供のため、家族のためという立派な理由があるのだから、後ろめたく思う必要はないと言っても、彼らの表情が晴れることはなかった。

だがおそらく自分も似たようなものだ。明るく振る舞っている柏木でも普段の陽気さに比べれば無理しているのが明らかだった。

「さあ、おしゃべりしている暇はないから、あなたも片付けを続けなさい」

「了解です。ところであれ、発払いで送ったら怒られますかね？」

軽い口調で柏木が自分の席を指差す。段ボール箱三つの私物を持って帰るのは無理だろう。

「だめよ、と言いたいところだけど、私も発払いで送っちゃおうかしら」

「本多さんは余裕で持って帰れるじゃないですか、それっぽっちなんですから」

冗談を言いながら部屋を出ようとすると誰かが消し忘れたのか、モニターの一つにニュース番組が映っていた。

『次のニュースです。世界初のＡＩによるセキュリティシステムが、アマンテック社から発表されました。アマンテック社はＡＩ開発のスタートアップ企業として四年前に創業し、当初から高いクオリティのＡＩで注目を浴びていました』

アナウンサーが落ち着いた声で話している。

『セキュリティが破られる原因の一つである人間の手によるミス、いわゆるヒューマンエラーの割合が無視できない数値ということを問題視したアマンテック社は、セキュリティ管理をＡＩに任せることにより、ヒューマンエラーを根絶するのが目的とのことです』

アナウンサーから画面は切り替わり、大勢の記者達に囲まれた三十代半ばの男性が映る。テロップにはアマンテックＣＥＯ、天野《あまの》生人《いくと》と表示されていた。鼻筋が通った知的な顔に細いフレームの眼鏡がよく似合っていた。無数のカメラのフラッシュが眼鏡のレンズに反射する。しかし慣れているのか、臆せず堂々とした姿勢は崩れない。才能に溢れ成功した人間特有の自信に満ちた立ち振る舞いからは、ある種のカリスマ性がにじみ出ていた。

『汎用ＡＩによるセキュリティシステムは、人が編み出したあらゆるハッキング技術を学び、対策します。理論上完璧なシステムの名はＡＩｇｉｓと書いてアイギスと読みます。ギリシャ神話の防具の名称からとりました』

インタビューを受けている天野を見ていると、葵の胸中には複雑な思いがこみ上げてくる。

「眉間にしわがよってるぞ。美人が台無しだ」

そう言って肩を叩いてきたのは、電子研究所エクサスケールコンピューティング開発推進部長の瀬《せ》川《がわ》貴之《たかゆき》。葵の上司にあたる開発部のトップだ。しかしそれも今日までの話で、彼もまた研究所を追われる大勢のうちの一人だった。

「この天野って人、昔うちで働いてたって本当ですか？　この人がいれば世界一位から陥落することもなくて、ＡＩの時代に対応したスパコンも作れただろうって」

若い一人が大きな声で葵に問うてきた。悪気はないのかもしれないが、彼以外のその場にいた全員の雰囲気が凍りついた。

「ええ、四年前まで働いていたわ。世界一位を取った富士の基礎理論は彼が作った」

葵はできるだけ柔らかく答えた。

「天野君は優秀だったが、彼一人でスパコンを作れるわけじゃない、つまらないことを言うな。一番の問題は予算だよ。アメリカや中国は日本の数倍。十年に一台しか開発できない日本とはなにもかも違う。我々が遅れをとることもある」

瀬川も穏やかな口調でたしなめるものの、場の雰囲気は悪いままだ。

きらびやかなライトに囲まれたテレビ画面の向こうの成功者。

こちらは段ボール箱の山に囲まれたみじめなリストラの対象者。

最初に悪気なく口にしてしまった若者も、バツが悪そうにうつむいている。

「ほ、本多さんっ！　写真お願いしていいですか？　ほら、皆で記念に一緒に撮りましょうよ！　連絡先教えていただければ、あとで写真送ります！　会社のスマホもうないし、良かったら連絡先も……」

柏木が場の空気をとりなすように、明るい声を出した。雰囲気を和らげようとしているのだろう。

「ええ、いいわよ」

葵が承諾すると柏木は破顔してスマホを取り出した。

「おいおい、柏木、本多さんだけかよ。俺との写真はいらんのか？」

瀬川ものってくると、

「本多さんと一緒になんて、おまえだけずるいぞ」

「抜け駆けするな」

他の同僚達がぞくぞくと集まってきて、最終的には二十人以上が集まった。

「はあい、撮りますよう」

明るい声で柏木はスマホのカメラのセルフタイマーを押し、タイマーが0にならないうちに、急いで駆け戻ってくる。

「あとで写真、みなさんに送りますね」

その言葉を最後に皆は荷物をまとめる作業に戻っていく。

テレビでは変わらずＡＩのニュースが流れていた。

『これからＡＩは社会にどのように関わっていくでしょう？』

画面の中で、天野生人は穏やかに、しかし自信に満ちた眼差しで語る。

『ＡＩは、人々の生活になくてはならない存在になっていきますよ。セキュリティだけではありません。ＡＩが描いた絵画、ＡＩによる文学、ＡＩが最適な仕事の割り振りを考え、適材適所に人材を派遣するようになる』

『まるでＡＩに管理されているようで怖くなるのですが』

『人は常に何かに管理されています。代表的なのは時計でしょう。時計が現われたとき、人は時間に管理されていると批難しましたか？　現代人は権利ばかり主張するようになって不寛容な社会になりました。ＡＩを便利に使う。これが賢い選択であり、これからのスタンダードになるでしょう。我が社のアイギスは先陣を切ることになります』

『まず初めにミズハ銀行の金融管理を任されるようになるとのことですが』

『ええ、先陣を切ると言いましたが、主流になる、と言い換えましょう。我が社のアイギスは世界を取ります』

「……どうせ失敗するさ」

誰かが言った。

しかし葵はそうは思わなかった。

かつて電子研究所で働いていた天野生人は、掛け値なしの天才だった。

それから十カ月後、天野生人の言葉は有言実行のものとなった。

世界中の企業や銀行に国家機関、はては小規模な小売店のオンラインショッピングまで、ありとあらゆるセキュリティが破られる事件が起こった。その中でアイギスだけは無傷。驚異的なセキュリティの高さを証明し、それを機に日本中の金融機関でアイギス採用の流れが起こった。

葵達がＡＩより劣る技術者という烙印を押され会社を追われたその一年後――アイギスは、その名の通り、最強の盾として名実ともに最強のセキュリティシステムの称号を手中にしたのだった。

一章　二つの失踪

1

「先週頼まれていたツール、完成しました」

「お、もうできたのか。柏木はあいかわらず仕事が早いな。おかげで間に合いそうだよ」

「それとこれも。必要になるかと思って。これの機能は……」

電子研究所を辞めてから二年、柏木瑠希は新しい職場でもそれなりにうまく仕事をして成果を出していた。電子研究所の元研究員という職歴に加え、コミュニケーション能力も高く、どこでもやっていけるタイプだ。

柏木の説明に上司は目を見開いて喜ぶ。

「いいなこれ。本当に助かる」

賞賛の声に小さな満足感を得る。

しかし以前の職場に比べると、刺激に乏しい。世界最高のスパコンを作るという目標をかかげているわけでもない。そこそこのレベルのソフトウェア開発会社。同じコンピュータ関係とはいえ、電子研究所時代のＣＰＵの設計とは、あまりにもかけ離れている業務内容だ。

それでも一年もしないうちに重宝されるようになり給料も上がったが、知人からはもっと上を目指せるだろうと苦言を呈される。

しかし柏木はそんな気持ちになれなかった。新卒からがむしゃらにやってきた三年間がＡＩによってあっというまに無になってしまったショックは、いまだに尾を引いている。

ＣＰＵの開発は柏木の子供のころからの夢だった。小学校のとき校外学習の科学館で見た一辺数センチにも満たない四角い銀色の部品。その中にトランジスタが一億個も入っていると聞き、雷に打たれたように驚いた。トランジスタもＣＰＵもなんのことかわからなかったが、指先ほどの大きさしかないものに一億もの何かが詰まっていて、それがコンピュータの心臓部になるのだという、ミクロのスケール感に圧倒された。

電子研究所ではＣＰＵ開発部門に配属された。子供時代からの夢がかなった職場だった。周囲は天才ばかりで挫折も味わったが、それ以上にやりがいと面白さがあった。しかしたった三年でＡＩに奪われた。

――せめて十年早く生まれていればな。時代が悪かった。日本の半導体がここまで弱体化するとはなあ。

そんな慰めの言葉もむなしく響くだけだ。自分の仕事と夢が打ち砕かれたのは、ＡＩが台頭してきた時代のせい、と言ってみたところで何が変わるわけでもない。

「昼、行ってきます」

「おお、お疲れ。二時半までには帰ってこいよ」

「はい、資料はそろえてクラウドにあげてあります」

午前の仕事を終わらせ昼食をとりに外にでかけた。今日は週末の予定に備えて現金もおろしておきたい。

外に出るとようやく暑さが去った十月の風が気持ちよかった。会社から駅前まで二分もかからない。

銀行に行くときは昼食時の混雑する時間帯をはずすことにしている。フレックスタイムなので難しいことではない。

しかしすいている時間帯のはずの銀行のＡＴＭには長蛇の列ができていた。窓口にも大勢の人が待っている。

「ああ、月末か」

もう少し時間をずらせばよかったと思っても午後の会議の時間はずらせない。おとなしく行列に並ぶことにした。

何分ぐらい待っただろうか。

『送金相手はオレオレ詐欺である可能性が高いです』

並んでいる列の先で、ＡＴＭの電子音声が高齢の女性に告げていた。

「どういうこと？」

女性が戸惑って操作を繰り返そうとすると、銀行の職員がすぐさまやってきて彼女の操作を引き留めた。事情を聞き、その送金先は孫ではなく詐欺であると辛抱強く説得する。

現在、親族をよそおった振り込め詐欺のたぐいは、ほぼ成功しなくなった。金融関連のセキュリティシステムの80パーセントを担っているアイギスが詐欺を見抜き送金を停止するからだ。アイギスが日本中の全送金データを参照し、詐欺の傾向を学習し判断するのだという。

ここ二年で振り込め詐欺は98パーセント減というデータが出ている。あまりにも高すぎる精度は嘘のようだ。

アイギス導入当初の、AIなどという不確かなものに大事な財産の管理は任せられないという世間の反発も、目に見える形で成果を上げたことであっという間に黙らせた。

またマネーロンダリングに使われている口座を即座に凍結するといったこともアイギスは可能にしていた。信頼のおけるセキュリティシステムとしてATMやネットバンクはもちろん、レジ横のスマホ決済の小さなポップにまでアイギスのロゴが入っている。

AIは大まかに分けて専用AIと汎用AIがある。

画像処理や音声処理、解析など特定の機能に特化させたものは専用AIといい、普通に考えれば金融取引を管理させるのなら専用AIを選択する。

しかし世界で初めて実用化された汎用AIであるアイギスは、金融情報だけでなく、映像分析、音声分析、文章、プログラミング、音楽などあらゆるデータを総合し、高度な判断能力を見せた。犯罪までをも未然に防ぎ、いまや日本の治安維持の一部にまでなっている。

――天野生人ってやっぱり天才なんだな。

天才なだけでなく、メディアでの受け答えも完璧で、若いITベンチャーのトップにありがちな軽さのようなものもない。最高級のスーツを嫌味なく着こなし、端整な顔には穏やかな微笑《ほほえ》みを浮かべている。数カ国語を操り、海外のメディアにも常に取り上げられていた。

比べていまの自分はどうだろうか。考えると惨めな気持ちになってくる。

電子研究所時代、彼が作ったオリジナルの回路図を見たとき衝撃を受けた。理路整然とした回路図は、ある種の幾何学的な美しさを持つ。天野生人の回路図は芸術だった。

しかし、いつかは超えられるかもしれないとも思った。あのまま開発を続けられていたらと考えてしまう。だが、会社の方針や社会情勢、時代の流れで進路を絶たれる、なんてことは誰にでもあることだ。次の進路を決めきれずにグズグズ足踏みしている自分が一番情けない、というういつもの結論にたどりつく。

同時に、尊敬する元上司の顔がすぐに思い浮かんだ。

――本多さんはすごいな。すぐにフリーで仕事を始めて、ＡＩから目を背けていない。

彼女は常に前に向かっている。自分のキャリアを一瞬で奪ったＡＩから逃げるどころか、電子研究所時代の経験を活かし、ＡＩの問題点を解決するような仕事をしていた。

――本多さん、今週が納期って言ってたし、食事にでも誘ってみよう。

気を取り直して、柏木は順番を待っている間、メールを書くことにした。

おひさしぶりです。柏木です。明日が納期だと伺ってました。本多さんのことなら、明日まできっちり仕上げるのでしょうね。

そこまではすらすらと文章を打つことができた。

明日はお疲れだと思うので、明後日に仕事終わりの打ち上げで飲みに行くのはどうでしょうか……。

「これだと淡泊すぎるかな。素敵な夜景の見えるレストランに……、いや、そもそもあの人、夜景で癒やされるのか？」

今まで何度か食事をしたり一緒に遊びに出かけたりしたが、すべてお互いの近況を報告し、本多に心配され助言されるだけの結果に終わっている。結局、本多にとって柏木はいまだ新人時代の部下のままなのだ。

柏木自身も二年前から何一つ成長できていない情けなさもあって、前に進めないでいる。電子研究所時代から抱いていたほのかな好意はずっと胸の奥にあった。しかし心から尊敬しているからこそ、今の自分が本多の横にいる姿なんて、とても思い描けなかった。

「大事な話があります。今日こそ僕の気持ちをお伝えしたいと……、ん？」

どうせ出せはしないメールのおどけたシミュレーションをしていて、列がまったく進んでいないことに気づくのが遅れた。それどころか警報音がいくつも鳴り響いている。並んでいる五台すべてのＡＴＭ画面でエラーが表示されていた。

「システム障害か？」

今いる銀行は過去に何度かシステム障害を起こしたことがある。しかしアイギスを採用してからいっさいシステム障害には無縁になっていたのだが。

「運が悪い。昼ごはん間に合うかな」

しかたないので近くにある別の銀行に向かうことにした。しかしそこでも最初に行った銀行と同じようなことが起こっていた。

そこから駆け足でコンビニと郵便局をまわったが、どこも同じようにエラー画面で足止めされている人達の長蛇の列ができている。

「いつになったら金を引き出せるんだ？」

「おい、どうなってるんだ！」

「早くしろ！」

「今日中に送金できないと困るんだ！」

怒声が飛び交うようになっていた。

――どういうことだ？

スマホでネットの情報を確認すると、クレジットカードや電子決済のたぐいも使用不可になっている。

商店のレジでは現金のやりとりが可能な分、銀行のような混乱には陥っていないが、それでも店員と客の間で口論が起こっていた。

――大規模なシステム障害？　それにしてもこれだけの数？　いっせいに起こりすぎてないか？

金融関係のネットワークインフラを狙ったハッカーのしわざだろうか。いや、だとしても不可能だ。これだけ大規模なことをいっせいに行なうには、システムの根幹をどうにかしないといけない。

もしアイギスが世界的に停止したのなら、金融機関の混乱だけでなく、国としての威信も揺るがしかねない大事件だ。シェアは日本で80パーセント、世界では15パーセントを超えている。

現在進行形の状況を知るにはＳＮＳだ。開くと案の定、すでにトレンドになっている。

『振り込みできなかったんだけどどういうこと？』

『バーコード決済全部ダメ、何が起こってんの？　ヤバくない？』

『いまイベント会場なんだけど、あちこちからエラーの音出てる。やっぱり現金最強だな』

『株式市場が完全に麻痺。明日株価暴落。信用追証死んだ』

『物々交換の時代がやってまいりました』

『三時までに支払いできないと本当にまずいのに』

海外のＳＮＳでも似た嘆きの声が見受けられた。深刻なものもあれば、茶々を入れる気楽なものもある。ＳＮＳを見る限り、アイギスの管理下にあるものすべてが使えなくなっているようだ。

株式市場のサイトを見ると、相場のグラフは途中で切れていた。緊急告知のメッセージが目立つところにあり、現在取引ができる状態でないことと、調査中であることが書かれていた。

いま日本の金融は完全にストップし、世界にも混乱が波及している。

難攻不落のアイギスに何があったのか。ただ事ではないことが起こったとしか思えない。一時的な不具合ではここまで何もかも使えないという状態にはならないだろう。

アイギスを管理しているデータセンターは日本各地、いまでは世界にまで広がっている。一台や二台、災害などで使えなくなっても、他のデータセンターが残っていれば、動作に支障はないはずだった。

柏木は周囲を見た。いまは銀行やＡＴＭで騒いでいる程度ですんでいる。しかしこの状況が長引けばもっと大変なことが起こるはずだ。

最悪な状況を想像して、柏木の背中に冷たいものが流れた。

アイギスを管理しているアマンテック社への責任追及も強まるだろう。金融管理を一会社に任せた日本政府にも批難の声が向けられるに違いない。

しかしどれだけ悪い想像をしても、一つだけ思い浮かばないものがあった。

アマンテック社の社長でアイギスの開発者である天野生人の慌てふためく姿だけは、想像できない。彼はどんな状況でも、いつも通りの笑みをたたえ、悠然としているようにしか思えなかった。

2

――アンダーグラウンドの某チャットルームにて、ハッカー達の会話ログ。

リーパー『難攻不落のアイギスがついに停止したようだが、誰かハッキングを仕掛けたか？』
かに三昧『残念ながら我輩ではありませんぞ』
ヤニ『俺でもない』
かに三昧『そう聞いてくるということはリーパー氏でもないのですな』
リーパー『まあな。けどよ、いまアイギスの機能が停止してるじゃねえか。海外勢か？』
ヤニ『海外のハッカーじゃないだろ。最近はなりをひそめている。あれを破るのは無理だ。これが二年間かけて世界中のハッカーが挑んで出した答えだよ』
リーパー『じゃあなんで、あれはいま機能停止してんだ？』
かに三昧『システム不具合ですかな？』

ヤニ『あれだけこじ開けられなかったアイギスがシステム不具合で停止？　いくらなんでもそりゃないだろ』
システムメッセージ『ＢＢＢさんが入室しました』
ＢＢＢ『やっぱこの話題してた。まさかあのアイギスが停止するとかマ？』
リーパー『そういやアイギスのソースコードを百万ドルで買い取るって話どうなった？』
ヤニ『その手の話よく聞くけど成立すんの？』
かに三昧『我輩は主要メーカーのセキュリティ関連のソースコードはたいてい持っていますぞ。しかしアイギスのソースコードは流れてきませんし、流れてきてもあまり意味はないかと』
ＢＢＢ『ＡＩはどんどん学んじゃうからね』
リーパー『つまりアイギスはいまだに難攻不落のセキュリティ様で、ハッカーがなんかしたわけじゃねえのか？』
ＢＢＢ『ヤニさんもかに三昧さんも破れなかったしねー。期待の大型新人リーパー君もジョンスミス君も無理だったじゃん？』
ヤニ『うるさいな。おまえもな。っていうかここにくる全員だろ』
リーパー『じゃあなんで停止したんだ？』
かに三昧『ミステリーですなあ。そういえば今日はジョンスミス氏、顔を見せに来ませんな』
ヤニ『絶対すぐ食いついてくる話題だと思ったんだけど』
ＢＢＢ『たいした情報なさそうだし帰るー』
システムメッセージ『ＢＢＢさんが退室しました』

ヤニ『ついに巨星墜《お》つか。なんかあっけないな』
かに三昧『そう言っていいものかどうか。真相は謎のままですぞ』
リーパー『けっ、俺が本気を出す前に勝手に逝きやがって』
システムメッセージ『かに三昧さんが退室しました』
システムメッセージ『ヤニさんが退室しました』
システムメッセージ『リーパーさんが退室しました』

3

官邸連絡室が設置されたのは、日本の金融インフラが停止してから五時間後のことだった。官邸連絡室は大規模災害や重大事故等が発生したとき、首相官邸の地下一階にある官邸危機管理センターに設置される。

「アイギスが停止してもう六時間が経過した。世間の騒ぎは大きくなる一方だというのに、腰が重いのはいつものことだな」

首相官邸に向かう公用車の後部座席でぼやいたのは、デジタル庁の戦略・組織グループ次長、宮内《みやうち》一智《かずとも》だった。

「騒ぎだけならいいんですけどね、あらゆる金融機関の停止による経済的損失、我が国の信用度、秒単位で深刻な損害が生まれていますよ。六時間の停滞で何百億の損失が生まれたか。このまま金融機関が麻痺し続ければ、日本の屋台骨が揺らぎます」

運転をしているのはデジタル庁危機管理部門の一員である深町大吾《ふかまちだいご》。デジタル庁に所属する人間のほとんどは線が細く運動とは縁遠そうな人達ばかりの中で、深町の鍛え上げられた体は異彩を放っていた。

それもそのはずで深町は元々警察庁の人間、つまり警察官だった。一年前、世界的に起こった大規模なハッキング事件をきっかけに、警察庁からデジタル庁に出向してきた人間の一人だった。

「ずいぶんいっぱしの口をきくようになったな。デジタル庁に出向してきたころは、コンピュータの右も左もわからないひよっこだったくせに」

「いまもたいしてわかりませんよ。ただ、何かやばいって勘所だけは警官だったころから鈍らせてるつもりはありません。お偉方はただのシステム不具合としか思っていなかったのでしょうが、ここにきてようやくテロの可能性に気づいた。遅すぎませんか」

「深町、おまえの言いたいことはわかるが、アイギスは実際、諸外国のものと比べても高性能だった。AI開発は今や日本が世界の最先端だ。天野の会社は金融管理などの経済分野だけでなくイラストに俳優に音楽にと、ありとあらゆる分野で成果を出してきた。あとすぐにテロとか犯罪に結びつけるのはやめろ」

たしなめる宮内の言葉に、深町は面白くないとでも言いたげに鼻を鳴らす。

「AIに金融管理のすべてをまかせるなんて、正気の沙汰とは思えません。アメリカだって、アイギス採用は慎重になれって警告してましたよね。いまごろ、それ見たことかと思っているか、自国に被害が波及しないように急いで対策を練っているでしょうね」

「あそこは他国が使うセキュリティシステムに常に神経を尖らせているんだ。アイギスの採用が次々と決まり導入されている中、アメリカはＡＩの規制を強める動きがあったほどだからな」

「なんにせよ、アメリカと中国はこの危機を好機ととらえるでしょうね」

　いまでも頻繁に警察署の道場に出向いて鍛えている太い腕が、ハンドルを回す。目的地の首相官邸が見えてきた。

「ともかく日本は性急すぎた。アイギスは、高度経済成長期を体験したお偉方の老人達の自尊心をくすぐるちょうどいいおもちゃだったってことでしょう？　日本が経済大国に返り咲く夢を見てしまうほどに」

　深町の言葉に宮内は苦々しい顔で何も答えない。小言が出ないのは肯定の気持ちも大きいからだろう。

　首相官邸に着き車を降りて二人で中に入っていくと警備員が敬礼した。深町はよくＳＰに間違われる。

　深町と宮内が部屋に入るとすでに、コの字形に配置された長机に四十人近い人間が座っており、会議はすぐに始まった。

　内閣サイバーセキュリティセンター《NISC》や、金融庁所属のサイバーセキュリティ対策チームの顔ぶれも揃っている。デジタル庁の宮内や深町はやや門外漢だ。彼らから向けられる視線が冷ややかに感じられるのは気のせいだと思いたい。

「現在、アイギスはいかなる応答もしません。完全に沈黙しています」

「管理会社のアマンテック社はどう言っている？」

「目下調査中としか」

「調査中って、もうすでに六時間以上が経過しているんだぞ」

「しかしアイギスの管理部門も困惑している状況です。社長の天野生人の行方はまだつかめておりません。いまはソフトウェアの不具合、ハードウェアの故障、第三者によるハッキング行為と、あらゆる可能性を検討しています」

「六時間かかって、そこも絞り込めていないのか」

深町はため息をつく。

「元の金融システムに戻すことはできないのか？　まだ二年しかたっていないのだろう」

誰かが言った。

「無理です。アイギス導入の際にも数カ月かけて行なったんです。簡単に戻せるものじゃありません」

「らちがあかないな」

会議に参加し二時間近くが経過していたが、内容は完全に堂々巡りに陥っており、何も進展がない。

深町はその間、スマホで外部の人間と連絡を取り合っていた。

――天野生人の行方はつかめていないそうです。携帯にも出ないとか。

――そんなことはわかってる。非常時の連絡先もナシだってのか。

――こんなことは初めてだと言ってました。いままでは行き先や用件は秘書に必ず告げ、休暇中でも常に二時間以内に連絡がつく体制だったそうです。誘拐、の線も考えられますが？

部下の半分は深町と同じくデジタル庁に出向してきた元警察官だ。古巣の情報網もある。デジタル庁の情報網も合わせて総合的に考えるのが深町の役目だ。

部下とのチャットを終えると考え込む。いま現在の情報だけで何かを決めつけるのは悪手かもしれないが、悠長にかまえていられる状況でもない。

「しかるに、国民の理解と理性ある行動を求めつつ……」

上長の一人がいま話す必要性があるのかと遮りたくなるほど長々と話しているときに、

――復旧しました！　お金の引き落としできました。

と部下から深町のスマホに連絡が入った。

その情報を受け取ったのは深町だけではないようだ。部屋にいた何人かが似たような反応をしている。

「ええ、不確定の情報ではありますが、いま私のところにアイギスのシステムが復旧したとの連絡が入りました。金融機関が正常化したそうです」

金融庁の大臣の発言に、室内にほっとした空気が流れた。

「ちょ、ちょっと待ってください。どうして復旧したんですか？」

「それもおいおい判明するだろう。アマンテック社には厳重注意、早急に報告書をあげさせないとな」

深町が発言しても、誰もまともに取り合おうとしない。何かしらの不具合が起こった、そして復旧した、よくあるいつものシステム障害、その程度にしか考えていない上の人間も多い。もしくはそうであって欲しいという願望か。

「まあ今はあまり噛みつくな。新しいものの導入にこの手のトラブルはつきものだ」

宮内が肩を叩く。

「だからわけのわからんシステムの導入は反対だったんだ」

「言いたいことはわかるが、今ここではおとなしくしておけ」

深町をたしなめる宮内のスマホのメールの着信音が鳴った。宮内だけではない。部屋にいる各庁のお偉方のスマホでも着信音が鳴る。部屋のあちこちから着信音が鳴り響くさまはある種の悪い予感を否《いや》が応《おう》にも感じさせた。誰もが我先にメールを開け、そして表情を凍りつかせる。

「どういうことだ」

「うそだろ……」

「なんだこれは……」

先ほどまでの安堵の雰囲気はすでにどこかに消えてしまった。部屋の中に重苦しい空気が流れる。

「どうしたんですか?」

「これを見ろ」

宮内の表情も他の人と同じように強張《こわば》っていた。

深町はメールを見る。まず差出人に息を呑んだ。

「……天野生人だと?」

文面は以下のような内容であった。

天野生人

――今回は八時間。猶予は十日。次は再開させない。

4

「はあ、疲れた」

葵が体を伸ばすと、椅子の背もたれと一緒に関節も軋《きし》んだ。ずっとパソコンの前でプログラムの作業をしていたものだから、全身が強張っていた。

時計を見ると朝の十時。カーテンの隙間からは日差しがこぼれている。

「うわあ徹夜だ」

最後に時計を見たのは昨夜の七時。いつのまにか十五時間もたっている。集中しすぎた。

――いまだにこんな調子だと、柏木君に叱られちゃうなあ。

たまに連絡をくれるかつての部下を思い出す。社交的な彼は何かと連絡を取ってくるし、食事に行くこともある。彼経由で電子研究所の元同僚の動向を知ることも多かった。

ＰＣ用の眼鏡をかけて髪はゴムでざっくり後ろで結び、キャミソール姿でプログラミングしている姿は、以前の職場の人達にとても見せられたものではない。

葵は電子研究所を辞めた後、企業に就職せず、フリーランスのプログラマとして活動していた。収入は電子研究所に勤めていたときの倍以上になったが、何年もかかる長期プロジェクトに比べ、数日から数週間で終わる小さな依頼が多い。

そんな中、久しぶりにやりがいのある仕事の依頼が昔の仲間から来た。電子研究所時代の潰えた夢の残滓とも言えるソフトウェアであったが、満足のいく完成度に仕上がった。

それでも電子研究所時代の、仲間と一緒にスパコンをＣＰＵや基盤というハードウェアから設計し、その上でソフトウェアを組み立てる仕事に比べるとはるかに物足りない。四百人が一丸となって世界一を目指す興奮が、狭い自室の中だけの作業にあるはずがない。

——このままでいいの？

電子研究所を辞めて以来、人間関係を忌避してしまっている自覚はあった。ＡＩに職を追われたとき、大勢の同僚や部下を失ったことから、まだ立ち直れていない。

首を振って雑念を追い払う。テンションが高いまま仕事を終えると、よけいなことまで考えるのは自分の悪い癖だ。もっと現実的なことを考えよう。

なにはともあれ、いま完成したばかりのソフトウェアと二十万行を超えるソースコード、必要なデータ類を、圧縮して一つにまとめ取引相手の会社に送る手筈を整えた。

「シムシム社、瀬川様。お世話になっております……。ご依頼の『ＡＩロジッククリア』のソースコードを納品させていただきます……」

なぜか独り言をつぶやきながらメールの文面を入力してしまう。会社勤めのときはなかったクセだ。フリーで一人、部屋にこもって仕事をする弊害か。添付するファイルを確認して送信ボタンを押した。

次に月末に振り込まれたはずの先月分の報酬を確認する。しかし口座には予定の額が振り込まれていなかった。大手で契約書もきちんとしているところだ。こんなことはいままでなかった。

「期日まちがった？」

念のため契約書をたしかめてから問い合わせのメールを送信する。

とりあえず今日はこれで終わりにしよう。顔を洗い歯を磨き、大きなあくびをしながらベッドに潜り込もうとすると、ドアのチャイムが鳴った。かまわずベッドに潜り込んだが、チャイムはしつこかった。

「ああ、もう。なんなの！」

セールスや宗教の勧誘だったらどうしてくれようか。そう思ってインターホンのカメラを見る。

スーツ姿の中年男性と自分と同じくらいの年齢の女性が映っていた。女性はいかにも役所の人間という堅い雰囲気を醸し出していたが、男性は真逆であった。恵まれた体格を無理矢理スーツの中に押し込めているような威圧感がある。

「本多葵様のご自宅でしょうか」

男性は見かけより穏やかで落ち着いた口調でインターホン越しに話しかけてくると、

「わたくし、デジタル庁の深町大吾と申します」

カメラに映るように身分証を提示した。

「突然押しかけてしまい申し訳ありません。事前に何度かご自宅と携帯にお電話をさせていただいたのですが、出られなかったもので。不躾かとは思いますが、急を要することでしたので、こうして直接伺わせていただきました」

デジタル庁の職員二人を部屋にあげると、深町大吾と名乗った男性がすらすらと話し出した。女性は口数が少なく控えめな態度で座っている。一人暮らしの女性のところに訪ねる礼儀として同行しただけのようだ。実際、威圧感のある深町だけだったらドアを開けて中に招き入れたりはしなかっただろう。

さすがに招き入れる前、上着を一枚はおり、眼鏡と髪ゴムも外して最低限の身だしなみだけは整えた。

「電話、ですか？」

スマホを見ると何件か着信履歴があった。そのうち二つはかつての部下である柏木瑠希のもので、残りの知らない番号が目の前の男のものなのだろう。家の固定電話も電話線は抜いていた。

「こちらこそすみません。大詰めに入ると集中したくて外界をシャットアウトしてしまうんです」

その結果が不眠不休で丸二日、最後は時計も見ず十五時間ぶっ通しの作業だ。褒められたものではない。柏木もそんな状況を察して連絡をしてきたに違いない。

「デジタル庁というのは、各省各部のネットワークをとりまとめる役職というか、ネットワーク周りの便利屋でしてね」

ところどころ砕けた口調になる深町はどこか窮屈そうだ。

「あ、はい。存じております」

なぜ政府の人間が来たのか、見当もつかなかった。フリーランスのプログラマに政府筋の人間が仕事を直接依頼しにくるはずもない。コンペや審査があるはずだ。

次に考えられるのは前職のことだ。電子研究所で何か問題が起こった。情報の流出、あるいはＡＩが作った電子回路がうまく行かず、葵のところに復職を頼みにきた。だとしても役人はこないだろう。電子研究所の人間が訪ねてくるはずだ。

他に考えられるのはデジタル庁へのスカウトやアドバイザーだ。しかしそれなら火急とは言えない。こんなふうに直接くるはずもない。

「日本はもとより世界中で使われているアイギスが、アマンテック社のものなのはご存じですね」

一年前の大規模ハッキング事件を無傷で切り抜けて以来、アイギスの信頼度はうなぎ登りだった。そのシェアは日本国内の金融機関の八割超を占め、海外でも二割に届こうとしていると聞く。

「はい、もちろん。開発したアマンテックの代表取締役は以前、電子研究所に勤めていましたから」

淡々と答える葵を深町はわずかにいぶかしむような顔で見ていた。

「失礼ですが、ご存じないですか？」

「何がですか？」

メールの着信音が鳴る。振り込みの遅延についてという見出しが見えた。

「あ、すみません。仕事で少し問題が起こってしまって……」

「どうぞご覧になってください」

深町がメールの閲覧を勧めてくる。

文面には振り込みが遅れていることへの謝罪と、日本の金融機関が八時間も麻痺していたことが遅延の理由だと書かれていた。

「八時間、麻痺していた?」

目を見開く葵に、

「ああ、ご存じなかったようですね。あるいはとぼけている?」

深町はやはりという顔をする。

「とぼけている、とは?」

「昨日の午後一時より八時間、アイギスが完全に停止しました。国内外問わずです。原因はシステムの不備ではありません。またサイバー攻撃等でもありません。稼働開始からいままでアイギスはあらゆるハッキング攻撃を撃退しています」

「では元からあった潜在的なバグですか?」

バグとはプログラム的なミス。仕様とは異なるしてはいけないプログラムの挙動のことだ。

深町は首を横に振って、数枚の印刷された紙を差し出してきた。

「八時間の停止の後、このようなものが政府関係者に送られてきました」

メールの文面らしきものだ。

——今回は八時間。猶予は十日。次は再開させない。

と書かれている。

「犯行声明ですね。しかしこれが本物であるという保証はありますか？」

アイギスの不具合にかこつけて出した愉快犯の可能性もある。

「このメールは政府関係者達だけに送られてきました。イタズラでできる所業じゃないですね。そうそう、実はもう一枚、あなたに見せるものがあるんです」

声音が先ほどまでと変わる。

深町の用件がわかってから、まっさきに疑問に思ったことがあった。大変なことが起こっている。それはいい。しかしなぜ自分のところに訪ねてきたかだ。

深町が次に取り出したのは、メールの印刷ではなく写真だった。写真にはメールと同じ犯行声明文が手書きで書かれた、アマンテック社の便箋が写っている。そして便箋の横にポストカードが一枚置かれていた。

「これが見つかったのは天野生人さんの自宅のマンションのテーブルの上です」

深町がじっと葵を見る。観察している眼差しだ。

「セキュリティのしっかりとしたマンションで、玄関や他の出入り口の防犯カメラに映っているのは天野生人だけ。筆跡も天野生人のものと一致しています。偽装の線はない。調査の初動では誘拐の線もあったんですが、その可能性もかなり低くなった」

ほぼ間違いなく天野本人が書いたものだろう。

「天野さんの行方は？」

「天野生人はアイギスの午後一時の停止直後、一時二十四分に出かけた後の消息は不明です。その後すぐさまアマンテックの本社、世界中の支社に監査が入りました。しかし現場の社員も戸惑うばかりで、事情は知らないようでしたね」

深町は居ずまいを正すと、ソファから体を前に乗り出して尋ねてきた。

「細かい事情は、このさい置いときましょう。俺があなたに聞きたいのは、なぜか脅迫文と一緒に置いてある、このポストカードに見覚えがないかってことですよ」

深町の雰囲気ががらりと変わった。先ほどまでは体格こそよかったがギリギリデジタル庁の人間だと納得できるものであった。しかしいま目の前にいる男は、まるで取調室で容疑者を追い詰めている刑事だ。

「……あります」

「よかった。とぼけられたらどうしようかと思ったところですよ」

そう言ってもう一枚の写真を取り出す。そちらはポストカードの表面、宛名などが書かれている面だ。送り先の名は天野生人、差出人は本多葵になっている。

「消印は六年も前のものだ。なぜ天野はわざわざそんな古いポストカードを引っ張り出して、犯行声明文と一緒に置いたんでしょうね？」

「わかりません」

深町はふむと、一拍の間を置いた。

「いつどんな経緯でこのポストカードを天野に送ったんです？」

「六年前に長野県の美術館から出しました。現代アートを展示していて、ポストカードの柄は数学的な模様だったと思います」

「よく覚えていますね。記憶力がしっかりしていらっしゃる。ちょうど天野と交際をしていたころですね？」

深町は反応をたしかめるように葵を見た。葵はしばらくポストカードの写真を凝視していた。

「私と天野さんが付き合っていたのは一年だけです。六年も前に別れました。昨日の今日でずいぶんと詳しく調べていらっしゃるんですね」

天野の知性は日本の財産だ。常日頃から調査はされているのだろうし、アイギスで天野の会社が急成長したとき、元恋人として週刊誌にゴシップ記事を書かれたことが一度だけあった。

「それで私が天野生人の共犯だと？」

深町は顎をなでて、難しそうな顔をする。

「そこまでは言ってません。言ってませんが、そもそも天野が犯人なのか、アイギスの暴走なのか、わかっていないことが多い。しかしこのタイミングでこのポストカードを一緒に置く。何か意図があると考えるのが普通でしょう」

「まるで警察の取り調べですね」

「これは失礼しました。どうにも古巣のクセが出てしまいましてね。国家の一大事ですからお許しいただきたい」

古巣と聞いてピンとくる。

「警察庁からの出向ですか？」

「よくご存じで」

「昨年の大規模なハッキング事件のとき、そのような人事があったと聞き及んでいます。元は警察庁サイバー警察局の警察官、ですか？」

語尾が疑問形になってしまうのは、深町はもっと犯罪現場に近いところにいそうな雰囲気だからだ。

「元はさらに違ったんですがね。色々あってサイバー警察、デジタル庁と転々としまして……。いや俺の身の上はいいでしょう。天野とはどうなんですか？」

深町は話を強引に戻してきた。

「天野さんが電子研究所を辞めたのは六年前。それからずっと会っていません。ああ、ただ二年前に電子研究所を辞めたときに連絡が来ました」

「どのような用件で？」

「スカウトです。でもAIに職を追われた直後に、AIを開発する側に行く気にはなれませんでした」

いまにして思えば無神経な話だ。天野にはそういうところがあった。

「そのとき何か言ってませんでしたか？」

「よく覚えていません。誘いはすぐに断ってしまいました。あの、この取り調べはいつまで続きます？」

疑り深い深町の表情がふっと緩み険しさが消えた。

「失礼、いまの話は忘れてください。本題は別にあります」

疑いが晴れたわけではなく、いまは必要ないから引っ込めた。そのような割り切りを感じる。

「問題は二つ。容疑者天野生人の行方と、アイギスの停止の回避です。前者は警察の仕事だ。問題は後者。十日、いえ一日経過したからもう九日後、金融機関のインフラが完全に停止してしまったら、日本経済はおろか世界経済は崩壊します」

天野さんが何か企んでいるのなら、アイギスの権限を剝奪してしまえばいいのでは？」

天野がなぜそんなことをするのか理解はできないが対処法ならいくつか思いつく。

「そうしたいのは山々なんですがね。現在アイギスはいっさいの管理者権限のコマンドを受けつけない。昨日の騒ぎが嘘みたいに金融取引の業務内のことはつつがなく動作しているというのに」

「正常に動作はしているのに管理者権限の制御は受けつけない？　そんなことがあり得るんですか？」

「専門家のあなたでもそう思いますよね。しかし、実際そうなんです。天野がそうしたのか、なんらかのトラブルか。とにもかくにも、まずはアイギスの制御を取り戻さないといけない。ハッキングしてでも制御を取り戻すんです」

葵は正気かと深町の顔をマジマジと見た。

「アイギスがハッカー達の間でなんて呼ばれているか知ってますか？　難攻不落、堅城鉄壁、名称通りの最強の盾。世界中の名だたるハッカー達が挑戦してすべて失敗に終わったんですよ。それは昨年のハッキング事件にかかわった深町さんならよくご存じでしょう」

改めて思う。アイギスのセキュリティレベルの高さは尋常ではない。

「ええ、そうですね。知り合いのハッカーにもそう言われました。不可能だと。だがこのまま指をくわえて見ているわけにはいかないでしょう？　アイギスが止められたら日本は終わりだ」

深町は場所しか印刷されていない簡素な紙をテーブルに置いた。

「明日の十二時からこの場所で説明会が行なわれます。日本中の腕の立つ技術者、プログラマ、はてはハッカーまで集います。あなたにもぜひ参加していただきたい」

「私はたしかにコンピュータ関係の技術職ですが、畑違いです。なんのお役にも立てないかと思いますが」

深町は答えずに無言で葵を見る。

「能力で誘っているわけではなさそうですね。天野さんとの付き合いがあったのが理由ですか」

「半分はそれ。もう半分は純粋にセキュリティ破りを期待してるんですよ。大勢のハッカーが失敗したなら、畑違いの技術者のほうが突破口をつかめるかもしれない。というわけで、明日の説明会に来ていただけませんか？」

「これで断ったら共犯者扱いになりかねませんね」

「まさか、そんな。ただ監視の目はつくかもしれませんが」

女性の職員がハラハラした様子で葵と上司の深町を交互に見ている。

葵はしばらく黙っていた。どうにもこの流れは気に入らない。協力そのものはかまわないが、疑われた上に主導権を握られっぱなしなのは性に合わなかった。

葵は少しイタズラっぽく笑う。少しくらいの意趣返しはいいだろう。葵の表情の変化に不穏なものを感じたのか、深町はわずかに身を引いた。

「そうですね。深町さんも大変でしょう。双子の女子中学生を連れてテーマパークに行くのは。中学生の体力は侮れませんからね」

先に反応したのは横にいる職員の女性だ。

「え？　なぜ、それを？」

深町は渋い顔で部下を見た。正解だと言ったも同然の発言をしてしまったからだ。

「ネクタイです。一見地味な紺のストライプのネクタイですが、良く見るとキャラクターの模様が小さく入っています。深町さんにそれを贈る相手は娘さんかと。値段はたしか六千円くらい。高校生が選ぶにしては子供っぽい。中学生一人で贈るにはちょっと高価です。ですので、お二人いるのかなと」

深町が険しい顔で見ているので、葵は首を縮ませて謝った。

「すみません。双子、というのはなかばあてずっぽうです。私もそこに最近、昔の同僚に誘われて行ったばかりでしたから。たまたまです」

「なるほど。私ばかりがあなたのプライバシーを根掘り葉掘りしているのも申し訳ない。ご推察の通り、中学生の双子の娘がおります。まあ、あと一年もすれば父親なんかと一緒に行ってくれなくなるでしょうが」

後半の言葉には実感がこもっていて、緊張していた場の雰囲気が少しだけ和らいだ。

強面《こわもて》の深町が二人の娘に振り回される様は、あんがいすんなり想像でき、葵は思わず微笑んでしまう。

「素敵なネクタイです。いいご家族なんでしょうね」

なんのてらいもない本心だ。

「ありがとうございます。こんな不躾な訪問で、まさかそんなことを言っていただけるとは思っていませんでしたよ」

いい潮時と判断したのか、深町は立ち上がる。

「繰り返しになりますが、ぜひあなたには参加していただきたい」

資料を葵のほうに丁寧に置き直し、非礼を詫びてから深町は出て行った。


二人が帰った後、葵はしばらくテーブルに突っ伏していた。

「とんでもないことになった……のかな」

のろのろと上体を起こすと、深町が置いていったポストカードの写真を見つめる。

付き合っていた当時、でかけた先から天野にポストカードを出すことはなかば習慣化されていたが、この一枚は特によく覚えている。

これを出した数日後、天野と別れることになった。

5

——六年前。

「電子研究所を辞める」

柔らかい間接照明に照らされたいつものレストランで、天野生人は唐突に話を切り出してきた。

半個室のようになった奥まったテーブル席。守秘義務を多く抱える電子研究所の上司と部下でもある二人は、会話が隣の席に丸聞こえになるようなカジュアルな店というわけにもいかず、いきつけの店は自然と限られてしまう。

「これから五年以内にＡＩの時代が来る。俺は起業するつもりだ」

普段の天野を知っている人が見れば、いまの柔らかい表情に驚くだろう。ワインを一口飲んで喉を潤すと、葵に向かって軽く肩をすくめてみせた。

「驚かないんだな」

天野はそう言ったが葵は二重の意味で驚いていた。電子研究所のスパコン開発で天野は中核のポジションにいる。世界一位をとれるスパコンの完成は目前だった。なのにあっさり捨てるというのが一つ。もう一つは鞍替えする先がＡＩ開発ということだ。同じコンピュータといえども、ハードから設計するスパコンとＡＩのソフトウェア開発では畑も違いすぎる。建築家とインテリアコーディネーターくらい違うのだ。

「いえ、驚いてます。独立することは、生人さんなら意外ではありません。でもＡＩは意外でした。理由を聞いても？」

葵は同じようにワインを飲もうとして、結局そのままグラスを置き、天野に話の続きを促した。

「今の職場に先はない。頭の固い連中の尺度は世界一位の計算速度だけだ」

天野はＡＩに将来性を見出した。しかし電子研究所がＡＩを取り入れた研究を進めるのはまだ先の話だろう。天野が電子研究所を辞めると言った理由がわかりかけてきた。

「なあ葵、君はＡＩについてどう思う？」

「あと数年で人間の創造に類似したものが出てくるでしょう。最初は人が作ったものをつぎはぎしたもの。ただそれだけでも人はＡＩを脅威に感じるようになる。人は創造するのに時間がかかりますがＡＩはあっというまに創造してしまうから」

「その速度がまず脅威だろうね」

「ええ。そして皮肉なことに、ＡＩという存在を作った私達プログラマも脅かし始めるんじゃないでしょうか。こういう動作をするソースコードが欲しいと願えば、あっというまに生成してくれます」

　葵が話している間、天野は何度もうなずきながら聞いている。熱心に見つめてくれているのに、しかし奥底には冷めたものをたたえた眼差し。その奥底に気づいてしまったのはいつからだろう。最初はそれが彼の泰然とした天才性と同じように、ミステリアスな魅力に感じた。しかし最近は泰然ではなく感情がない、ミステリアスなのではなく心を開いていないのでは、と感じることが多くなった。

「社会はいずれＡＩとの向き合い方を考えるときがきます。法的な整備も必要になるでしょう」

「ははあ、つまり君は人とＡＩは共存すると考えているわけだ」

「多少の混乱はありますし、ＡＩに職を奪われる人もいるでしょう。でもそれは歴史の中で何度も起こってきたことです。第一次産業革命の蒸気機関や紡績機。最近ではインターネット。いずれ適度な距離感を見つけると思います」

「便利な機械ならともかく、知性や創造は人類の宝であり依代《よりしろ》だ。そこに踏み込まれたら拒絶反応は大きいんじゃないか？」

「どうでしょう？　たとえば将棋も、ＡＩに負けたことにショックを受けたのは最初だけで、今はうまく共存しています。そういう生人さんは、ＡＩについてどう考えてるんですか？」

「そうだな。ＡＩはいつか人に牙をむく」

「映画みたいに？　生人さんらしくない」

「敵意で人に牙をむくんじゃない。悪意でも殺意でもなく、ただ効率がいい。そんな理由でＡＩは人を排除するだろう」

冗談で言っているのかと思ったが、思いのほか真剣な表情をしていた。温かかったメインディッシュはすでに冷めている。二人が会話にのめり込むとよくあることだったので、話し込むのはデザートのときにするというルールを決めていたが、今日の天野はあえてなのか、それを無視していた。

「そこまで発展して初めてＡＩは完成と言えるだろうな。人間という存在の不合理さを証明するだろう。俺はそんなＡＩを五年以内に完成させる。共存？　そんな生ぬるい関係性にはならない。人は不合理で不条理で不完全だ」

「私も、そんな不完全な人間の一人なんですけど。でも生人さんは違いますね。挫折とは無縁の人生でしょう？　感情のないＡＩも手なずけてしまいそう」

話の流れでなんとなく聞いたつもりだった。なかなか答えがなくいぶかしんでいると、

「俺だって挫折したことはある」

と、乱暴に吐き捨てるような天野らしからぬ言葉が出た。暗く沈んだ眼は伏せられて、いっさいの問いかけを拒否しているかのようだった。

初めて見る天野の負の感情に葵は驚く。しかしそんな表情は一瞬で、

「まあ、いろいろ言ってみたが、たかがスパコン、たかがＡＩだ」

すぐにさっきの表情が嘘であるかのように、いつもの天野が目の前にいた。

「電子研究所を辞めて、俺の作る会社に来てくれるか？」

二人の間に沈黙が下りる。半分も食べられていない目の前のメインディッシュを見つめたまま、葵は言った。

「……お断りします」

「理由を聞いても？」

「私は電子研究所を辞めたくありません。いまの職場が好きなんです」

脳裏に浮かんだのは、一緒に仕事をしている同僚や上司達だ。会議の度に激しい討論になり意見をぶつけ合うが、協力しあって一つのものを作り上げる楽しさは、一人でなんでもできてしまう天野には、きっとわからない感情だろう。

「君は優秀だ。電子研究所に固執する必要はないだろう？　畑違いが心配なのかもしれないが、君の情報処理センスはどこでも通用する。俺が新事業を始めたら君と会える時間はなくなる。今みたいに仕事に関する話もできなくなるだろう。お互い社外秘を抱えるわけだからね。君と深く語り合えるのは、俺の数少ない楽しみの一つだ。君が一緒に来てくれなければ、俺達二人の先に待っているのは破局だ。俺は一緒に来て欲しい」

葵は顔を上げて天野を見る。まっすぐに自分を見つめてくる眼差しの底にあるものも、同時に見えてしまった。ぽっかりと開いた空虚な暗い闇。

「……ごめんなさい」

絞り出すような声で断った。天野の言うことはきっと正しい。今後のトレンドはＡＩになるだろう。天野ならやるだろう。そして、彼が自分とずっと一緒にいたいと思ってくれていることも嘘ではない。しかし、葵の気持ちを尊重してどうしたら一緒にいられるか考えるのではなく俺の下にこいと言う。こられなければ破局と言う。天才ならではの独善性、と言ってしまえばそれまでなのかもしれない。だがもう自分はそれについてはいけないと、はっきり悟った。

「そうか。それが君の答えか」

天野は軽く笑ったように見えた。そして、二人の様子にメインディッシュを下げたものかどうか迷っているウエイターに向かい、下げて良いというふうに軽く手を振った。

ウエイターの横のカートに何か飾られたデザートプレートのようなものが見える。今日はどちらかの誕生日ではない、では何かの記念日だっただろうか？　しかし二人の間の空気を察したウエイターがデザートを持ってくることはなく、飾られた言葉に何が書かれていたのか知るすべはもうない。

「電子研究所を俺が辞めた後、空いた席には君を推薦しておいた」

「さっき引き抜きを持ちかけたのに？」

「どうせ断る。君はそういう人間だ。実際その予想通り君は断ったじゃないか」

つまり引き抜きは最初から本気ではなかった。そう言い返せなくもなかったが、本気だと熱心に食い下がられたら首を縦に振っただろうか。たぶん、断りの返答が数十秒先延ばしになっただけだろう。

結局のところ、自分と天野の関係は、もうとっくに冷え切っていたのかもしれない。今、ウエイターが運んで行ったメインディッシュのように。

「そうそう、昨日、ポストカードが届いたよ。君から定期的に届くのが楽しみだった。あれが最後になると思うと、とても名残惜しくなる」

葵がどう答えたものか言葉に窮していると、天野は別れ話だというのに穏やかな口調で話をふってきた。

「あのポストカードの柄の意味を君は知っていたのかい？」

「数学的な幾何学模様は、花や風景より生人さんっぽいなと思ったので。深い意味はないです」

「そうか。なんでもない。君にはもう、関係ない話になってしまったしね」

いったいなんのことだろうか。会話を繋げるための適当な言葉なのか、別の意図があるのか葵にはわからなかった。

「残念だよ。一緒に俺の会社に来て欲しかった」

これ以上、会話を続けることもできないと悟った葵は、ナプキンを丁寧にたたみ席を立った。

「……いままでありがとうございました」

丁寧に向き直ると、天野に向かって律儀に頭を下げる。

「君は本当に躊躇《ちゅうちょ》というものがないな。いまの俺の気持ちがわかるか？」

「いえ」

「捨てられた子犬の気分だよ」

葵は眉をひそめる。いまの状況で捨てられたのは自分のほうだろう。そう言いたかったが、天野の寂しそうな表情を見て、言葉に詰まる。

もう一度丁寧に頭を下げたあと、葵は天野に背を向け、店を出た。

少しだけ、涙がこぼれた。

6

翌日、深町に指定された目的のビルの部屋の前まで来た。あのとき天野に送ったポストカードを思い出しながら、部屋の入り口でしばしためらう。

六年前、天野が立ち上げた会社はすぐに頭角を現わし、一銀行に採用されたのを皮切りに日本の金融インフラを支えるまでになった。運も味方したとはいえ、あっというまにベンチャー企業のトップに躍り出た。それは天野の才能故だ。なんの不思議もない。

天野の誘いを断ったことは後悔していない。ただなぜもっと彼の言葉を真剣に考えなかったのかは後悔している。あのとき天野が語った今後のスパコンの未来やＡＩの展望についての言葉にもっと耳を傾けて、開発を軌道修正していたら、二年前の大量リストラの憂き目にあわなくてすんだのではないか。

身勝手な天野の言葉に耳を貸したくなかった。そんな狭量さが電子研究所の未来を潰してしまったのではないか。

すべては仮定の話に過ぎない。開発の大詰めでそんな修正ができないことはわかっている。それでも後悔の念は心の奥底にこびりついていた。

昔の同僚や上司から起業をしてみないかと提案されることがあった。もしくは重要なポストを用意するという話も。

しかしそのすべてに葵は首を横に振り続けた。天野は時代の先読みも完璧だった。自分にその力がないことは身に染みている。

そんな完璧な天野の人生にこんな事件が起こるとは思ってもみなかった。犯罪に巻き込まれたのか、それとも天野が自分の意思で起こしたのか。そしてなぜ、自分が送ったポストカードをわざわざ横に置いたのか。

考えても答えは出なさそうなので、ドアを開け、部屋に入った。

街中にあるなんの特徴もないビルの一室に、二十人程度の人間が集められていた。

正面にはプロジェクターのスクリーンがあり、脇には職員らしき人達が立っていた。

座っている人間のほとんどは、コンピュータ関係者だろう。だらしない格好をしている人も、身だしなみに気を遣っている人も、皆技術者然としたどこか似た雰囲気を持っていた。

その中に一つだけ奇妙な席があった。葵の隣なのだが、ノートパソコンが一台置かれているだけで誰かが座る様子はなかった。

『おいおいおい、いきなり覗き込むなよ。マナーがなってねえな』

葵がノートパソコンを覗き込むとスピーカーから粗野な声が聞こえた。モニターに映っているのは人でなくアバター。ドクロの顔に黒いフードがついたローブを着て、両手に鎌を持っている。死神を模したアバターだ。

「あなたは？」

『俺はリーパーってもんだ。その道じゃちょっとは知られてるんだぜぇ』

死神は腹を抱えて笑う。動作がわざとらしい。音声もボイスチェンジャーで変えているのだろう。粗野な振る舞いはもしかしたら性別を隠す手段かもしれない。

「なぜそんな方法で参加を？　ここが遠かったんですか？」

『ああん？　ちげえよ。下手に出ればしょっぴかれるからだよ』

葵は眉をひそめてなるほどと納得した。違法ハッカーならば本人が出てこられるはずがない。

『そういうあんたは誰なんだ？　美人のコンパニオンがおもてなししてくれるってわかってたら、捕まるの覚悟で行ったんだけどな』

エフェクトのかかった笑い声が響く。声というよりは効果音に近い。

「私はハッカーでもコンパニオンでもありません。フリーのエンジニアです。本多葵と言います」

アバターが大げさに驚いた顔をした。

『ああ、あんたがあの本多葵か』

「あのってなんですか？」

『3カラットのダイヤでプロポーズしてきた天野生人をフった女って意味だよ。天野がフォーブスに載ったあと、週刊誌にでかでかと書かれたろ……なんだ、ダンマリか？』

「いい加減なゴシップ記事です。天野さんと私がつきあっていたのは電子研究所時代。電子研究所の給料はそんなに高くありませんよ」

『でもダイヤが好きなんだろ。いまだってダイヤのネックレスつけてる。ティファニーのバイザヤード。０・３カラットってとこか。大きさ十分の一、値段は百分の一だな。ギャハハ。自腹か？』

「ハッカーは質屋の鑑定士みたいなこともするんですか？　何かしら装飾品をつけていたほうが無難ですから。指輪やブレスレットはタイピングの集中を乱します。どこにつけていってもよく、どんな服装にも合うネックレスをつけているだけです」

『スティーブ・ジョブスのアクセサリー版かよ。かわいげのかけらもねえな』

二人の会話が聞こえたのか、周囲の視線が葵に集まった。

「本多葵って元電子研究所の」

「ああ、ＡＩの採用で追い出されたっていう」

「天野とＡＩにリベンジか？」

ひそひそ話が聞こえてくる。友好的な言葉は聞こえてこなかった。あまり気持ちのいいものではない。

やがて深町が何人か引き連れて部屋に入ってきた。誰もが話をやめて、自然と静かになった。

『みんないい子ちゃんだな、おい』

リーパーだけがけたたましく笑う。

「これよりアイギス対策会議を行ないます。現場責任者となるデジタル庁の深町大吾です。現在、ここ以外にも、内閣サイバーセキュリティセンターが主導の対策チームや、金融庁所属のサイバーセキュリティ対策チームなど、複数のアイギスのハッキングチームが動いています。デジタル庁主導のここに集まっているのは少々変わり種、ということになるんですかね。まずバグバウンティ、つまりセキュリティの穴を見つけて報酬を得る、株式会社バグハンターの代表、山田《やまだ》浩介《こうすけ》さん」

山田と紹介された四十代くらいの男性は、パーカーにチノパンというラフな姿だ。

「あちらの女性は本多葵さん。三年前まで日本がスパコン世界一位を維持していたのは、彼女の功績でしょうね」

『零細企業のバグバウンティに、犯人の元カノ、その他モブ、変わり種じゃなくてあぶれ者って言った方がいいんじゃねえか？　ここにいるのは正副予備にも入らねえ寄せ集めだ。ま、俺様に声をかけたセンスだけは認めてやるよ。綺麗なバッジつけた正規の人間の中には入れねえし、入りたくもねえからな！』

葵は何も言わずにノートパソコンの音声出力をオフにした。画面内でリーパーがオーバーアクションで抗議をしているが、すべて無視する。

しかし話した内容は的確だと葵は内心考えていた。主導は内閣か金融庁のハッキングチームだろう。デジタル庁は内閣サイバーセキュリティセンターと連携するという資料を何年か前に読んだことはあるが、まだ連携がそこまで進んでいないのか、それともリーパーが言う通り正規の人間でない者にも望みをかけているのか。

深町はリーパーの暴言も無視して、淡々と紹介を進めていく。ノートパソコンの通信画面に表示されているリーパーの紹介のときは微妙な空気になった。死神のアバターに蝶ネクタイを重ねて意気揚々と話しているが音声は出ていない。

「では本題に入りましょう。今回起こった事件のあらましを簡単に説明すると……」

深町は先日、葵の家にきたときに説明したことと同じように事件のあらましを説明した。ただ、葵の出したポストカードのことは伏せられている。

「以上のことから、天野生人がアイギス停止に関与している可能性は極めて高いと判断せざるを得ません」

「待ってください。社長はそんなことをする人ではありません！」

深町の言葉をさえぎって立ち上がったのは、最前列に座っていた男性だ。四十歳前後の背の高いやせぎすの男で、Yシャツによれたネクタイがいかにもエンジニアという雰囲気だった。

「常に公平で誠実で、社員は誰もが社長を尊敬しています。社長があんな事件を起こすわけがありません」

「荻野目《おぎのめ》さん、いまは発言を控えてください」

荻野目と呼ばれた男性はしぶしぶ座る。

「たしかに天野生人さんの人間関係を調べると、大勢の人があなたのように証言しています。犯行声明文には名前だけ。しかし本人以外出入りのない邸宅で、天野氏の筆跡の声明文が見つかっている以上、警察が重要参考人として追っているのはしかたないでしょう」

深町は一呼吸おいて話を続ける。

「いま現在、アイギスは正常に動作しているように見えますが、受け付けるのは通常業務のみで、管理者の権限はいっさい行使できない状態になっています」

「つまり十日後の停止を阻止できないと？　いやもう八日後か」

山田の質問に、深町は顔をしかめた。

「そういうことになります。なので我々でアイギスの制御を取り戻す。現在アイギスは日本の主要銀行のデータセンターの八割超、日銀ネット、全銀ネット、国際銀行間通信協会と、ほぼ日本の銀行の全権を握っている。海外でも二割近いシェアを誇り、実質世界一のシェアだ」

常識的に考えれば、たった二年でなせる業績ではなかった。

「昨年のハッキング事件で唯一得をした企業ですからね」

バグハンター社の山田が揶揄するように言う。

「現時点で、昨年の事件との関係性は明らかになっていないし、我々が調査することでもない。いまは目の前の問題に集中して欲しい」

深町は苦虫をかみつぶしたような顔で、慎重に言葉を選んで話す。

リーパーは見えない窓ガラスを叩くというパントマイムをしていたが、懐から丸いつまみを取り出して壁紙に取り付けると、それを回した。ボリュームの数値が大きくなる。

『あー、ああー！　ふう、やっと喋れるようになったぜ』

「本来、外部通信からできるはずのない本体のボリューム操作をしましたか。優秀なハッカーと言うのは本当のようですね」

葵は隣のノートパソコンを覗き込む。

『おい、横の女、ちょっと待て、俺がにこやかに愛らしく角が立たない方法で音量いじったっていうのに、そんな言い方したら全部台無しじゃねえかよ！　ったく。で、話戻すけどよ、コロナで在宅ワークが増えてリテラシー低い連中からソースコードが流出しまくったからな。俺も銀行のソースコードならいくつか持ってるぜ』

ソースコードとは、プログラミング言語で書かれたソフトウェアの設計図のようなもので、いわば建物の図面のようなものだ。建物の図面があれば泥棒が侵入しやすくなるように、ソースコードからセキュリティの穴を見つけられるケースもある。

「そのあたりはノーコメントにさせてくれ。アイギスが魅力的だった点はいくつかあるが、導入の容易さとセキュリティレベルの高さが評価された。まずソースコードの流出などでセキュリティ能力に支障がでない」

『でも学習したＡＩがどういう動作するかわかんねえのは怖えだろ？　ＡＩってブラックボックスじゃねえか』

ＡＩが通常のコンピュータプログラムと違う点がここにある。自ら学習していくのがＡＩの最大の特徴だが、その無数の学びから、結果どのように動作するのか予想しきれない問題があった。まさしくブラックボックスだ。

「そのブラックボックスがセキュリティの堅牢さに繋がると解釈されたんだ。ソースコードにはＡＩの仕組みしか書かれていない。セキュリティはＡＩに学習させるという仕組みをとっているから、情報の流出に強い、となった。問題が起きたいまとなっちゃ、馬鹿な判断をしたものだと思うが、一年前のハッキング同時多発事件で、財務省と銀行の関係者は顔面蒼白。早急に問題を解決しなくちゃならなかったんだ」

「導入の容易さとありましたが、そんなに簡単だったんですか？」

山田が不審そうに問いかける。

「既存のシステムがどのようなものか学習させれば、アイギスは擬態できた。全システムをいっぺんに変更しなくても、アイギスは既存のシステムに対応できる柔軟性があった。それでいて堅牢なセキュリティでハッカー達を退けられる。これだけのシステムをほとんど一人で作り上げた天野生人は天才だとしかいいようがないな」

『まあ、実際、世界中のハッカーも国際的なアングラの組織も、誰も破れてねえからな』

「そんな化け物システムを、あと八日で破れとか無茶だ」

「それより天野社長を捜したほうが早いんじゃないか？　警察は何をしてるんだ」

場が騒然となる中で、画面の中から甲高い声が響く。リーパーだ。

『だよなあ。だいたいよお、その天才様は、どうして突然失踪したんだ？　地位も金も名誉も、ぜんぶ投げ出したくなる病にでもかかったのか？　声明文は本当にそれだけか？　政府は何かまだ隠してんじゃねえのか？』

「手元にある情報はすべて開示している。しかし天野の行方も目的も手掛かりはない」

深町の毅然とした物言いに場が静まりかえったとき、ただ一人葵だけは物怖じせずに手を上げた。

「犯行声明文の期限はあまり意味はないのではないでしょうか。たぶん適当に書いただけだと思います」

場の雰囲気がさらに悪くなった。この女は何を言っているんだと、険悪なものまで混じってしまった。

「理由を説明する前に、天野生人の人物像について、私が知っていることをお伝えしたいのですが、よろしいでしょうか」

深町がうなずくのを見て、葵は話し始めた。

「天野生人は深町さんがおっしゃったようにまさしく天才でした。アイギスの設計はもちろんのこと、電子研究所時代のスパコンの基本設計も、ほぼ彼が一人で作ったと言っても過言ではないほどです。しかしそこに情熱や執着といったものはありませんでした。天野さんはいつもどこか空虚でした」

葵は一呼吸をおいて続ける。

「電子研究所を辞めたときもそうでした。富士の開発は大詰めでした。なのに目前にあった世界一位の称号をあっさりと捨て、ＡＩに鞍替えすると聞いたときは驚きました。普通の人間なら次のステップに進むとしても、世界一位のスパコンを作ったという実績を得たあとにするでしょう」

『さすが元カノ、良く知ってんなあ』

リーパーの揶揄を葵は受け流す。

葵は声明文が書かれたアマンテック社の社用便箋のコピーを手に、話を続ける。

「今回は八時間、猶予は十日、次は再開させない。しかし実際に停止した時間は八時間を十四分オーバーしました。これっておかしいと思いませんか？　犯行予告にしてはずいぶんといい加減な時間設定です。天野さんらしくありません。同じように猶予は十日、という期限もどれほど正確なのか。もう一つ、要求がありません。停止させない代わりに、何をどうしろという要求がないのです。この犯行予告は不可解なことばかりです」

「だから十日という期限に意味はないと？」

荻野目は不服そうな顔をして言い返したが、結局それ以上口を挟むことはなかった。

「私が言いたいのはまだ残り八日あると思わないで欲しいということです。もちろん遅くなる可能性もありますが、期限より早く事は起こるかもしれない、という心構えだけは共有したほうがいいと思います」

葵はそれだけ伝えると座った。

「それでアイギスが完全に機能を停止した場合、どうなるんですか？」

早く期限が来てしまったら。そんな焦りが質問という形になって、一人の口から出た。

「日本が保有する何百兆円もの預金が凍結される。間違いなく日本経済は破綻し、世界中の経済も恐慌状態に陥る。百年近く前に起こった世界恐慌など目じゃないくらい世界は混乱する。戦争の引き金になってもおかしくない」

『海外にバレちゃいけねえな。いまのうちに貯金をドルに換えとくか？』

「アイギスが停止したら換えたドルを引き出すことすらできませんけどね」

『ノリが悪いなこの女』

深町は手を叩き全員の意識を自分に集中させた。

「さて現状を確認してもらったところで、もう一つ用件がある。今日このビルに集まってもらったのも、実は意味があるんです。その前にまず皆さんに紹介しておきましょう」

深町がうながして立ち上がったのは、最初に天野をかばった男性だった。

「今回の対策チームに重要な人物を招いています。アマンテックの技術者、荻野目歩《あゆむ》さんだ」

「ご紹介にあずかりました荻野目歩です。アイギスの管理者の一人です。まずアイギスの仕組みをご説明いたします」

荻野目はやつれた表情で手に持っている資料の束をめくり首をかしげ、鞄の中や机を確認する。何かを捜しているが見つからないようだった。

「すみません。説明に使おうと思っていた資料が見当たらなくて。でも大丈夫です。口頭でも説明できますので」

覇気のない表情は疲れからだけではなさそうだった。日常的にそうなのだろうと思わせる雰囲気が染みついていた。

『あんなんで世界最高のセキュリティシステムの管理者が務まるのかね。ま、アマンテックの優秀チームはここにはこねえか』

リーパーは気の抜けた声で毒を吐いた。

「AIには原則とすべき目的を提示します。命令と言い換えてもいいでしょう。アイザック・アシモフのロボット三原則みたいなものですね。ただSF小説や映画と違ってAIが反乱を起こすようなことはありません。ですので根幹となる命令は、人間に危害を加えてはならない、などというものではありません」

荻野目はここで一回言葉を切り、全員の顔を見回して重々しく言う。

「アイギスが絶対に守る根源的命令は三つ。データ保全、自己保存、安全な取引です。どのような状況下でも、アイギスはこの三原則を遵守します」

誰もが神妙な表情で聞いている。特に三原則はアイギスの行動原理の根幹だ。

「データ保全は顧客や重要データが損なわれないため、自己保存は外部からのハッキングによる破壊を阻止するため、安全な取引は金融インフラの確実な取引、という解釈でいいですか?」

葵の質問に荻野目はうなずく。

「はい、そのような解釈で結構です。さて、もう少しアイギスを深く知ってもらうために、みなさんをある場所に案内します。いまから見ることは他言無用でお願いします」

ついてきてくださいと荻野目は言った。

7

ビルの一フロアをまるごと使った大きな部屋に電灯が点《つ》いた。そこには同じ形をした直方体の機械がラックに入っていくつも整然と並んでいた。数え切れないほどの小さなランプが絶えず点滅している。

「ここってまさかサーバールームか?」

山田の問いに荻野目が答える。

「はい、アイギスのサーバールームの一つです。このサーバールームでは日本の金融取引と日本中の金融データが管理されています。アイギスのサーバーは複数あるので、ここにすべてがあるというわけではありませんが。今後みなさんにはこちらの施設で作業をしていただきます。外部からネット経由でこちらにアクセスしてもらってもかまいませんが、アイギスに阻まれる可能性も高いので、ここで作業をしてもらうのが一番です」

「つまるところ、ここは巨大な金庫ってわけだ。一昔前なら札束の山が積まれていた場所だ。施設の出入りは今日と同じように厳重にチェックさせてもらうぞ」

そう説明する深町に続いて、誰もがサーバールームに入っていく。その中で葵だけは入り口のところで鼻先を叩きながら、何か思案している様子で動こうとはしなかった。

「何か気になることでも？」

荻野目が問いかける。葵は世界有数のスパコン開発に携わっていた。巨大サーバールームについても何か気づくことがあるかもしれない。

「空調はどうなってます？」

「温度は二十度から二十七度に保たれています。もちろん湿度も結露しないよう気を配っています」

答えながら荻野目は不思議に思っているようだった。サーバールームの温度管理など基本中の基本だ。

「災害時で停電になった場合はどうなりますか？」

「このビルには無停電電源装置《UPS》や発電装置が充実していますので、停電時でも九十六時間は動作可能です。また通信までもが断線される状態になっても大丈夫です。日本だけでも十カ所以上アイギス専用のサーバー施設があります。万が一、一カ所が落ちても十分程度の停止、すぐさま他のサーバーが役割を分担します」

これもまた基本だろう。スパコンを作っていた葵がこんなことも知らないとは思えなかった。

「見せていただいてもよろしいでしょうか？」

「はい、かまいませんよ。電源設備の制御室はこちらになります」

厳重なロックを外して制御室に案内する。サーバールームの洗練された外観の機械と違い、電源制御室の機械は無骨なレバーがいくつも並んでいた。

「何か気になることが？」

「たしかめたいことがあるだけです」

葵は電源周りの機械を一つ一つ、見て回っている。機械についている状態表示のウィンドウをチェックしては、ときに耳を澄ませていた。

「なるほど、そういうことですか」

数分見て回った葵は、何を納得したのか一人で何度かうなずいていた。

「もういいですか？」

荻野目の言葉を無視して、葵はすたすたと足早に歩みを進めると主電源のレバーの前で立ち止まる。

「あ、それはいじらないでください。サーバーが停止して……」

荻野目が言い終える前に葵はレバーを両手でつかむと思い切りＯＦＦの方向へ倒してしまった。サーバールームの明かりがすべて消えて、すぐさま非常灯の弱々しい光に切り替わる。

「な、何してるんですか！」

葵はさらに停電時用の予備電源のレバーも次々と倒し、サーバー用の電源をすべて遮断してしまった。

「おい！　十分とはいえ停止したらどれだけの影響があると思ってるんだ！　ああ、またいろんなところから苦情を言われる。あんたいったい何を考えてる！」

　荻野目が急いで電源レバーを戻そうとしている横で、葵はのんきにスマホをいじっていた。

「たったいまネット上から銀行の送金手続きをしましたけど、問題なくできました」

　葵は送金が完了したというスマホの画面を見せた。

「え？」

「このサーバーが落ちたら、十分程度停止すると言いましたよね？　ですが停止どころか遅延もしなかった。このサーバーは見せかけだけです。アイギスのプログラムもデータもすべて、ここには入っていません」

「は、入っていない？　そんな馬鹿な！」

「先ほどの説明会であなたはＡＩは反乱を起こさないと言いました。まったくその通りだと思います。ただ想定外の動きはします。アイギスはこう判断したんでしょう。特定の場所にとどまるのはセキュリティ上危険であると。先ほどアイギスの思考の根幹となる三原則があると言いましたが、もう一つ追加すべきでしたね。サーバーから離れるな」

「な、まさか……」

　顔を真っ青にする荻野目に、葵は無情な事実を告げる。

「はい。天野生人に続いてアイギスも失踪したんです」

大勢が慌ただしく各所に連絡をしていた。荻野目や深町は顔を真っ青にして、他の集められた人達はそんなことが起こりえるのかと驚きを隠せずにいた。

「そうじゃない。データセンターのサーバーからアイギスが消えたんだ。ただどこかにはいるはずだ。完全に消えたなら、いまごろ金融取引はいっさいできなくなってる。どこに消えたのかって？　俺が知りたいくらいですよ。理由？　それがわかったら苦労しませんよ！」

深町の叫び声は消えることはなかった。

全員が慌ただしくしているのを、葵はじっと見ていた。

やがてサーバールームには葵以外誰もいなくなってしまった。荻野目は電話をしながら急ぎ足でどこかに行き、他の集められたメンツも会議室に戻っていった。

結果、葵が一人サーバールームに残された。

非常時とはいえ、ここに葵を一人残すのはさすがにセキュリティ上問題があるのではないか。とはいえここのサーバールームは張りぼて同然で、支障がないといえば支障がないのかもしれない。なによりそんなことを気にかける余裕がないほどの大事が起こっている。

一人ぼんやり考えていると、葵のスマホに番号非通知のビデオ通信の着信が入ってきた。少し考えた末、出ることにする。

『おいおいおい、電話した俺が言うのもなんだがよ、番号非通知のビデオ通信ほいほいとるんじゃねえよ！』

相手はリーパーだ。スマホの小さな画面の中で、デフォルメされた死神がせわしなく動いている。

「何か用ですか？」

『俺様のありがたい忠告は全スルーかよ。まあいい。なあ姉ちゃん、どうしてここにアイギスがいないとわかったんだ？』

「空調の温度が低かったことが気になりました」

『どういうことだ？』

「あの規模のサーバーと稼働率なら、もっと発熱していたはずです。サーバールームの最高気温は二十五度から二十七度に設定されています。しかしあの部屋は二十度くらいしかなかった。念のため、電源設備をチェックしましたが、消費電力も少なかった。サーバーの監視モニターでは、いままで通り正常に稼働していると表示されていたのでしょうが、完全にダミーです。他にもインジケーターのランプの点滅具合、あるいは起動音でもいい。ここのサーバールームは一定すぎた。動きがない。人間で言えば眠っているような状態とでも言いましょうか。しかしAIがダミーまで設置するとは驚きです」

『まあ、天下のアイギス様だからな。そのくらいしても驚かねえが、あんたにはびっくりだぜ。いきなり電源切るとかな。しかしアイギス本体がサーバーから綺麗さっぱり消えちまうなんて、人間の陰謀か、はたまたAIの暴走か？　面白くなってきたじゃねえか！』

「アイギスは消えたわけではありません。ネットワーク上のどこかに存在しているはずです。サーバーを必要としないP2Pの管理システムはすでにあります。代表的なのはビットコインやWinMXでしょうか。無数の端末に分散して管理されている。アイギスはその発展系ではないでしょうか」

『なんだよ、ノリ悪いな。まあP2Pは乱暴にくくりゃあデータの保存方法だ。アイギスは違うだろう？　AIはいわば巨大な脳だ。常に動いてやがる。いったいどこに消えやがった？　金庫の金は出し入れできんのに、金庫の場所はわからねえときた。ヤバすぎだろ』

「そうですね。ビットコインのようなデータの管理と違って、AIはデータのやりとりが激しい。分散させすぎると、ネットワークのトラフィックが多くなり速度が落ちます。分散している数は数十カ所、百は超えないと思っています」

ビデオ通話をしながら部屋を出ると自動的に部屋の照明は切れた。ドアを閉めると自動ロックがかかる。

「ところでリーパーさん、ものは相談なんですが、手を組みませんか？　私にはハッキングの知識が欠けているので、ハッキング技術を持った人の協力が必要不可欠なんです」

『やだね。俺は一匹狼なんだ。群れるのは好きじゃねえ。だいたいなんで俺なんだ？　ハッカーが欲しいならあの場にいたバグハンターの山田とか、他にもいるじゃねえか』

「そりが合わなそうな人っているじゃないですか。それにみんな私を避けてました」

『そりゃあんたがヤベえからだよ。いくら確信があったっていきなり電源落とすか？』

「では正規の手続きをとって、数日間待てと？　無駄な手順を飛ばしただけです」

『ハハッ、私失敗しないので、とか言いそうだな』

「空気を読めないとよく言われますが。でもリーパーさんなら気にしなさそうです。現に私にコンタクトをとってきてくれました」

『イカれた奴は嫌いじゃねえからな』

「褒め言葉として受け取っておきます。それで手を組んでくださいますか？」

モニターの中で、死神はしばらく考える動作をする。

『いいぜ。あんたと手を組むと色々おもしれえことにありつけそうだ』

スマホの中の死神はニヤリと笑った。

9

深町は面白くなさそうに腕を組んで、じっと葵を見ている。残っているのは葵だけで、他のメンバーは解散となりすでに帰路についていた。

「どうして自分だけ残されてるかわかるか？」

「どう評価すべきか迷ってるのではないでしょうか。アイギスの失踪に気づいたことを評価すべきか、あるいは天野の共犯者なので尻尾を出したとみるべきか。みなさんも私を疑われたようですね。どのチームも私を誘わなかった」

「よくわかってるな」

太い指先が机を叩いている。

「どうしたらいいと思う？」

「私の対処法を私に聞きますか？」

「ＡＩに聞くってのもありだな。いや、忘れてくれ。俺も少し疲れてるんだ」

深町の表情に疲労の色は濃い。

「私なら問題の一端を解決できるかもしれません」

「何がだ？」

言葉があまりにも不意だったので、深町は最初目を白黒させていた。

「いまのアイギスの問題をです。アイギスはサーバーを離れてどこに消えたのか。アイギスの制御を取り戻すにはどうすればいいのか。その二点のうちの前者は解決できると思います」

「専門外のあなたが？　他の専門家達は途方に暮れてたぞ」

葵が軽く苦笑いして、深町さんから誘っておいてその言い草はないでしょう、と言うと、深町も同じように苦笑いで返した。

「私を使ってみませんか？　さすがに私も疑われたままでいるのは心外ですし、人手を割いて私に監視をつけるのも面倒だと思いますが」

深町は真意をたしかめるようにじっと葵に視線を向けている。

「あなたが有能なのは初めて会ったときからわかっていたし、目の届くところに置いといたほうがいいというのは、賛成なんだが」

深町はしばらく腕を組んで、何かを考えているようだった。

「あ、そうそう。リーパーさんも手伝ってくれることになりました」

「あの偏屈なハッカーがか？」

「知り合いなんですか？」

「ここにあいつを呼んだのは俺だ。セキュリティ破っては無害なラクガキをするだけのハッカーだからな。銀行に政府のサーバー、ＣＩＡ《中央情報局》やペンタゴン、イギリスのＳＩＳ《秘密情報部》に、まあとにかくどこにでも入り込む。腕は一流だが、誰かとつるむって話は聞いたことがない」

深町が顎に手をあて葵を睨みつけていると、急にどこからか声がする。

『おいおいおい、ずいぶんと疑い深いじゃねえか。警察のころのクセが抜けねえなあ。ここは取調室じゃねえんだ』

葵の懐から声が聞こえてきた。取り出したスマホにはリーパーが映っていた。

「驚いた。本当に手を組んだのか」

『サーバーの電源いきなり落とすような女だぜ。これから先、なにしでかすか予測がつかねえ。面白過ぎんだろ。どうせみそっかすのデジタル庁のおまえは優先順位が高い専門対策チームからは外れるんだ。それならこのヤベえ女に賭けてみるのも一興。男なら思い切りよくオールインしろよ』

容疑者の元恋人で優秀なスパコン設計者とアバター姿のハッカー。奇妙な組み合わせを見比べて深町は悩んだが、すぐに結論を出した。

「まあ、あなたのような優秀な人を遊ばせておくのもなんだな。まず何がしたい？」

「はい、まずアイギスがどのような学習を施されたのか、探りたいと思います」

「ふむ、それで？」

「アイギスの学習に関わった人のリストを見せてください。現在の社員だけでなく、退職した人や臨時に雇った人、何かしらの仕事で関わった人達、すべてです」

すぐさま届けられたリストを葵は熱心に見ていた。スマホの中のリーパーも本をめくっているが、実際に読んでいるわけではなく、三十分もしないうちにアバターは居眠りを始める。

二時間ほど経過しただろうか。

「だいたい見終わりました。直接お会いしたい人がいます。アイギスを攻略する手助けになる人材です。手配していただけないでしょうか?」

どのようなエンジニアに会いたいと言い出すのか気になった。しかし出されたリストを見て深町は目を丸くし、リーパーは笑い出した。

『ぎゃははは、この女やっぱりおもしれえぜ!』

「本当にこの人達が解決の手段になるのか?」

「ええ、お願いします。アイギスの居場所を突き止める重要な役どころです」

彼女がリストにあげた人物はエンジニアなどではなかった。つくづく他のメンバーと組ませないでよかったと、深町は思うのだった。

10

打ち合わせが終わると葵は丸ノ内線から銀座線に乗り換え、待ち合わせの場所に向かった。

どのみち先に他の専門チームがアイギスに挑むはずだ。自分の方法は準備に時間がかかる。他のチームが失敗したときの予備か、予備の予備くらいの扱いだろう。

本来は専門チームに任せるのが最適だ。自分のやり方はかなり変則的でうまくいく可能性も少ない。サイバーセキュリティ対策チームやバグバウンティの人達が聞いたら鼻で笑うような方法だ。

しかし彼らは失敗するだろうと葵は踏んでいた。一週間かそこらで、従来の方法でアイギスへのハッキングが成功して制御を取り戻せるなら、とっくの昔にハッカー達が成功させている。失踪したアイギスを見つけることすら難しいだろう。

地下鉄の車内で入り口にもたれかかった。少し疲れている。考えてみれば、昨日まで外注プログラムの開発で徹夜続き、そのあとすぐにこの事件に巻き込まれたのだから当然だ。

目的のレストランに着き時計を確認したら、約束の時間から十五分すぎている。葵は急いで中に入ると、奥に座っている元部下の姿を見つけた。

「遅れてごめんなさい」

「気にしないでください。たいして待ってないですから」

にこやかに柏木は答えるが、彼の前に置かれた水のグラスの氷はほとんど溶けている。

「無事納品できたみたいですね。お疲れ様でした」

葵が何か言う前に柏木が先んじて話し出した。柏木から納品を祝う食事の誘いがきたのが一昨日だった。

「ありがとう。おかげさまで昨日の朝に提出することができたわ。とはいえ、動作テストのフィードバックやバグフィックスがあるから、マスターアップはまだ先ね」

「それでもお疲れ様でした。一段落ついたんですからお祝いしましょう。ここの舞茸のピザがオススメなんです」

「美味しそう。注文は柏木君にまかせるね。やっと落ち着いてご飯を食べられる」

実際は落ち着くまもなく、アイギス問題に関わることになってしまったのだが。

「……何かありました？」

メニューを広げたまま、柏木が問うてきた。

「どうして？」

「納品したばかりなのにまだ張り詰めた顔してます」

「ああ、一難去ってまた一難ってところかな」

「あ、もしかしてアイギス停止で何か面倒なことに巻き込まれました？　世間では何千億円の損害だとか騒がれてますね」

「予定されていた支払いがされていなくて、まさか踏み倒されたかと思って焦った」

適当な言葉でごまかす。天野の犯行声明や失踪は世間的には伏せられている。

柏木は軽く笑うと、葵が好きなカルパッチョやカプレーゼを指差し、いいですかと聞いてきた。葵がもちろんとうなずくと舞茸のピザと一緒に注文する。納期が迫ってくるとデリバリーや電子レンジで温めるだけの食事が多くなり、新鮮な野菜や魚から遠ざかる、そんな話題を覚えていてくれるのが嬉しかった。

「でもおかしいですよね。システムの不具合なら、トップが出てきて謝罪するのが筋なのに。天野生人は丸一日以上たっても姿を見せないんですよ」

天野が姿を見せないことに世間ではバッシングの声が上がっていた。いまネットの検索サイトに『あ』と入れるだけで『天野生人　卑怯者』『天野でてこい』などのサジェストがいくつも並ぶほどだ。

「このまま雲隠れしてても立場悪くなるだけだと思うんですけど」

天野への風当たりが強いためか、逆にアイギスへの不信感は事件の規模に対して薄いように思えた。もしかしたら自分は、事件の全貌を知っているからこその視点でしか見ておらず、世間の認識とズレているのかもしれない。

「柏木君は今回のアイギス停止についてどう思う？」

乾杯もそこそこに葵はつい聞いてしまったが、守秘義務があるので天野の失踪やアイギスの制御が失われていることは話せない。当たり障りのない内容の問いかけになってしまう。

「何が原因なのか、わかっていないのでなんとも言いにくいですけど。でも、そもそもアイギスに限らずＡＩの動作ってブラックボックスの部分があるじゃないですか。ディープラーニングや機械学習、他にも色々ＡＩに物事を学ばせる方法はありますが、なにをどう学んでいるのか不透明なのが怖いところです。アイギスほどの汎用ＡＩのブラックボックスなんて、どれだけ複雑になることか」

ブラックボックスは先ほどの集まりでも指摘されていた欠点だ。

「そうね。あれほど複雑なシステムだと、今回みたいに不具合が起こったとき原因究明が大変そう」

「そうなんですよ。アイギスみたいなＡＩの採用を否定はしませんが、運用の方法はもっと熟考すべきだったと思うんです」

「性急すぎたということ？」

「もちろん、他にも問題はあります。アイギスに限らずＡＩは電力喰いです。必要かどうかもわからない過程の存在が大き過ぎるでしょう？　同程度のシステムに比べて倍以上の電力を喰います。同じく電力バカ喰いのビットコインみたいな仮想通貨のマイニングなんて、ほぼ無意味な暗号解読のためだけに、世界の0・5パーセントもの電力を使ってるんですよ。いまのコンピュータ業界はエネルギー問題とは真逆の方向に突き進んでいます。大艦巨砲主義的なアンバランスさがあります」

「大艦主義的？」

「大艦巨砲主義です」

「そうそう巨砲主義」

「本多さんって興味ないことにはとことん脳みそ使いませんよね」

「そんなことないと思うけど」

「ありますよ。とんでもない情報量をさらっと覚えるかと思えば、大艦巨砲主義は覚えない。ともかく熱く語ってしまいましたが、つまり何が言いたかったかと言うと、本多さんをとても尊敬してるんです」

　柏木が珍しく少しうわずった声で言う。

「突然どうしたの？」

「だって八年も勤めた職場をあんなふうに追われて、みんなの次の職場の面倒を見て、ＡＩに関して一番複雑な感情を持っていたのは本多さんじゃないですか！　なのにいま開発に携わっているのは、ＡＩの問題を解決する、人とＡＩのための仕事です。『ＡＩロジッククリア』はＡＩのブラックボックスを解明して、人に理解できるアルゴリズムに落とし込む技術でしょう？　これってすごいことだと思うんですよ。技術的にすごいのはもちろんですけど、人とＡＩの橋渡しになるんです。しかもプログラム処理は簡略化されるから、サーバーの負担も減る。エネルギー問題や運営の費用対効果を考えてもとても有意義。人にも地球にもＡＩにも優しいんですよ。本多さんの作るものって技術者のエゴ的なものが本当になくて。でも一本筋が通った理念がある」

まっすぐな目で見てくる柏木の眼差しから、目をそらさないようにするのが精一杯だった。そんな立派なものではない。元々苦手意識のあった対人関係を敬遠し、多額の資金を動かす責任ある立場に戻る勇気もなく、逃げるようにフリーでできる範囲のことをやっているだけだ。

「作ってるのは瀬川さん達。私は下請けよ」

「でも発案したのも、中枢を作ってるのも本多さんでしょう？　本多さんがいなければ開発は暗礁に乗り上げていたと瀬川さんから聞いてます。成功すればＡＩの革命です！」

「あいかわらず人を持ち上げるのがうまいなあ」

柏木は職場の皆から好かれていた。部署が違った瀬川とも、定期的にコミュニケーションをとっているのがうかがえる。

「本心ですよ。だから今日はお祝いしましょう」

そう言うと、満面の笑みで葵のグラスにワインを足す。

ゲームキャラのＴシャツを着ていても、食玩やフィギュアに囲まれていても、柏木は常に爽やかで華がある。恵まれた容姿だけではない。社交的で明るい性格の彼は目立つ存在だ。それなのに職場に溶け込み誰からも好感を抱かれる。それは素直に人の懐に飛び込んでくるからだ。

とにかく普通に振る舞おうとコンサバなファッションや行動を心がけていても、なぜか周囲から浮いてしまう自分からしてみると、柏木の立ち振る舞いは見習いたくもあり、妬ましくもあった。

――ああ、そうか。少し妬ましかったのか。

柏木に向き合うつもりで、自分の本心を垣間見た葵は少しだけ苦笑した。

「どうかしました？」

「なんでもない」

面倒を見なければと思っていたが、自分が救われていたことに気づく。そのことを口にするのは照れくさく、葵は珍しく笑ってごまかした。

「私の近況の次は、あなたの近況の番じゃない？」

それまで元気に語っていた柏木の笑顔が目に見えて曇る。

「まあ、ぼちぼちです」

「どう見てもぼちぼちって顔じゃないけど。まだあの会社に勤めているの？」

柏木の実力に見合わない会社だ。もっと上を目指せるはず、よければいい会社を紹介すると何度か助言したが、現状はやはり変わっていないようだ。

電子研究所時代は向上心と好奇心の塊だった。その少年のような眼差しが好ましかったが、いまそのころの面影は薄く残念な気持ちになる。

柏木が押し黙ってしまったことで、二人の間に沈黙が流れた。その隙を見計らったように、柏木のスマホからメールの着信音が鳴る。

「私のことは気にしなくていいから、チェックしたら？」

メールを開けた柏木の表情がわずかに曇る。しかし不快というたぐいのものではない。どちらかというと迷いだろうか。

「どうかしたの？　言いたくないなら言わなくてもいいけど」

「ええと……」

柏木の目線が宙を泳いだ。何か相談したそうな雰囲気だ。葵はせかさず黙って待っていた。

「じつは数カ月前から、こういうメールが届くようになって」

そう言ってメールの画面を見せた。

メールを最後まで読んだ葵の目が見開かれる。

「これってあのＣＰＵ最大手のアメリカ企業からのスカウト？」

「ええと、そうみたいです」

「すごいじゃない！」

しかし柏木はどこか浮かない微妙な顔をしている。葵は少し考えて、思い当たったことを口にした。

「柏木君、もしかして、今の職場に好きな人がいる、とか……？」

柏木の顔がますます浮かないものになる。

「ごめん、こういうのってハラスメント、よね」

「いえ、本多さんはもう上司じゃないですし、そんなことはないです。あ、あと今の職場に好きな人がいるとかじゃないですから！」

大きくかぶりをふった柏木は、やや前のめり気味に否定した。

ちょうど前菜が運ばれてきて、会話が中断される。カルパッチョとカプレーゼをお互いにとりわけたあと、柏木のグラスに今度は葵がワインを注ぎ足した。

「正直に言うとね、柏木君が渡米したらちょっと悲しいかも」

「え？　本当ですか！」

浮かない顔をしていた柏木がパッと顔を上げる。

「ええ。人材の流出だもの。日本は理系や技術職を軽視しすぎて、優秀な人材がどんどん海外に流出してしまってる。逆にアメリカは人材流出に厳しい。もしあなたが渡米してCPU開発の会社に就職したら、簡単に日本に帰れなくなるかもしれない。アメリカや中国で半導体に関わるためには、国籍を変える必要がある場合もあるでしょう？」

柏木の表情が再び曇る。

「ごめん、水を差すようなことを言って。でも、あなたならきっとアメリカでも通用する。絶対大成するから。選択肢の一つだと思うわ」

「……そうですね。ただ、僕はやっぱり、チームジャパンで働きたいんです。サッカーに例えるなら、ワールドカップに出るなら日本代表で出たい。アルゼンチンやブラジル代表で出て優勝したいわけじゃないというか。まあ、自分がメッシだなんて言うつもりはありませんけど」

スパコンのCPU開発は、瀬川や葵が今とりくんでいるソフトの開発とは根本が違う。個人で起業してできるようなものではない。二年前のリストラがこんな形でも波及してくることに元上司として忸怩たる思いを抱く。

だがすぐに暗い空気を振り払うように、柏木が明るい声を出す。

「すみません、今日は僕の話はいいんです。本多さんの打ち上げなんですから。さあ、飲んでください。ところで本多さん、うなずいてましたけど、メッシって誰だかわかってます？」

いたずらっぽく笑う柏木の人懐っこい表情につられて、葵も笑顔になる。

「ごめん、バレてた？　誰？」

「もう。これは覚えて帰ってくださいね。前回のワールドカップで優勝したアルゼンチン代表で、サッカー界のスーパースターです。そうだ、今度、Ｊリーグ観に行きませんか？　日産スタジアムは観やすいですよ。一押しはカシマスタジアムですけど、ちょっと遠いんで」

「本当に多趣味ね。柏木君っていつ寝てるの？」

「本多さんが仕事してる間に寝てるんですよ。本多さんのワーカホリックが過ぎるんです。さあさあ、今日は飲んで食べましょう。舞茸のピザ、きましたよ」

柏木のような優秀な人材が働ける環境が日本にはない。そのことが悔しかった。

「本多さんはこれからどうするんですか？　しばらくのんびりするんですか？」

「ＡＩロジッククリアのバージョン２の構想があるから瀬川さんと相談かなあ」

「ほら。のんびりするんですかって聞いたのに、納期明けですぐまた仕事の話」

「や、休むわよ、少しは」

舞茸のピザは柏木のおすすめだけあって本当に美味しく、葵はしばし悩みを忘れ久しぶりの美味しい食事を楽しんだ。

「今度は解析したアルゴリズムに、人の手をもっと入れやすいように……」

葵はピザを持ったまま、しばらく虚空を見つめていた。

「どうしたんですか？」

――アルゴリズムを解析して、そのあとは？

たったいま閃《ひらめ》いたことが、脳内を駆け巡る。

「本多さん？　舞茸落ちそうですよ？」

柏木が差し出してくれた取り皿に、半ば無意識にピザを置いた。

――アイギスのセキュリティは絶対に破れない。それなら破らない方法を考えればよかったんだ。

頭の中でいま思いついたプログラム構想の制作日数を考える。

「柏木君、ありがとう。突破口が見つかった」

「え、何の？」

柏木はなんのことかわからず目を白黒させていた。

「ごめんね、急用ができたからこれで失礼するね。デザートはまた今度」

食べかけのピザを慌ただしく頬張って、出て行く葵を見て柏木は肩をすくめる。

「ワーカホリックにもほどがあるって言ったばっかりなのに」

スマホのメッセージの着信音が鳴った。葵からだ。

――支払いしないで出てきちゃった。レシートとっといてね。次にあったときちゃんと返すから。

メッセージを見た柏木は思わず吹き出した。

挿話　一

京都大学数理解析研究所の教授、河越拓也《かわごえたくや》がもっとも印象に残った学生と言われたら、なんの迷いもなく一人の青年の名を挙げるだろう。

「あと十五年早く生まれていたら、フェルマーの最終定理やポアンカレ予想を解き明かしていたのは僕でした。なのでせめてリーマン予想か、ABC予想のいずれかぐらいは解き明かしたいです」

優秀な学生達の中には身の丈に合わない大言を口にする者もいた。いや大言といっては失礼だろう。大きな夢を抱いていた。

しかしその学生の言葉はあまりに大言過ぎた。

——せめてリーマン予想かABC予想のいずれかぐらい、ときたか。

彼の言いように河越は内心嘆息する。

「夢が大きいのはいいことだね。頑張りなさい。期待しているよ」

苦笑交じりに河越は答えた。

ABC予想は百二十年、リーマン予想に至っては百六十年以上もの間、誰も証明することができていない難問だ。解くどころか挑むだけでも神に選ばれし者しか許されないものだ。

だが思い知るのは河越の方だった。彼は本物の天才だった。そして誰よりもただひたすらに数学に真摯に取り組んだ。人付き合いはおろか、服装も食事もなにもかも無頓着であった。

彼は生きる機能までをも最低限に絞り、己の全能力を数学に捧げた。

河越は一年もしないうちに思い知ることになる。

彼——天野生人は本物の、神に選ばれし者の一人だった。

二章　追跡

1

山崎太陽《やまざきたいよう》は絵で食べていきたかった。

ネット上ではサンサンというペンネームで活動をしていた。仕事の募集もＳＮＳ上だ。器用で何を描かせても様になる。多彩な絵を描けるのがサンサンの持ち味だった。ネット上ではそれなりに評価され、人気があると言ってもいいくらいのフォロワー数がついた。

誰もが山崎の多彩な絵を褒め称えた。

しかしそこまでだ。フォロワー数は一定数以上伸びなくなった。

自分より下手なイラストレーターがあっというまに自分を追い抜いていく。そんなことは珍しくなかった。

納得がいかないと憤るものの、本当のところ理由はわかっていた。技術が自分より未熟でも彼らの絵には個性があった。上手《うま》い絵よりその人にしか描けない絵。たとえ一種類しか技法がなくても強烈に人を惹きつけるもの。そういう個性が自分にはない。

頭打ちに悩む山崎をよそに、新たな問題も持ち上がる。ＡＩによるイラストが台頭してきたことによる著作権問題だ。ＡＩの絵の学習先はネット上にあるイラストだ。乱暴な言い方をすれば、ネット上のイラストを細かく分割してパーツ化したものを再構築して一枚の絵にする、というのがＡＩのやり方であった。自分の絵を勝手にバラバラに分解され、パーツとして盗用されたらかなわない。

大勢のイラストレーターがＡＩイラストに反発する中、山崎は違うことを考えていた。著作権に違反しないようＡＩに絵を教えるイラストレーターが必要なのではないか。必要なスキルは幅広い技術だ。絵の基礎だ。個性や魅力は二の次。自分に適した仕事を見つけたと思った。

そして当時、飛ぶ鳥を落とす勢いで成長するＡＩ企業のアマンテック社に売り込みをかけ、見事採用された。先見の明があると褒められた。それから二年間、彼は重宝された。しかし二年しかもたなかった。

それがサンサンこと山崎太陽のイラストレーターとしての遍歴だ。

アマンテックを辞めた後は、イラストを描く仕事からは遠ざかった。無気力にバイトをして食い扶持をつないだ。幸い、勤めていたときの給料はそれなりによかった。数年は適当にバイトで稼いでのんびりできるくらいのまとまった金はあった。

ＡＩが描く自分によく似た絵は、著作権問題をクリアしていることもあり、素材としても完成品としても重宝された。今は役所やフリーペーパーで、自分の絵にとても良く似たＡＩのイラストを目にしない日はない。

自分は多彩な絵柄を持っている。しかしそのすべてを完璧に模倣され、融合され、昇華され、その結果、自分の居場所はどこにもなくなってしまった。

「最近流行っているＡＩイラストに似ていますね」

その一言が、絵を描きたいという気持ちを根こそぎ奪った。


「デジタル庁の深町大吾さん？」

山崎は名刺と目の前にいる体格のいい男性を見比べた。

電話で連絡がきてすぐに、自宅の狭いマンションに深町はやってきた。椅子が二つしかなかったが、カフェなど人目につくところは避けたいと言われ、深町は段ボール箱を椅子代わりにしている。

それから深町はいま何が起こっているのか、かいつまんで説明をした。大変なことが起こっているというのはわかった。

興味深い、というよりは人ごとではない事件なのだが、それ以上に気になることがあり、今ひとつ深町の話が頭に入ってこなかった。

深町と一緒に来た女性はネットのニュースで見たことがある。

——この人ってたしか。

日本のスパコン、富士のメイン開発者の一人。しかしＡＩに職を奪われリストラにあったという記事は、ＡＩがらみだったこともあり印象に残っていた。

「あなたのお力をお借りしたいのです」

女性――本多葵はそう話を切り出してきた。

「あなたは二年間、アマンテック社のＡＩに三千点以上のイラストを学習させていらっしゃいましたね。細かい差異、差分を含めれば五千点近いでしょうか」

納品した点数まで細かく調べているようだ。

「ＡＩ用のイラストレーターになる。この発想はすばらしい。当時同じ発想をしたイラスト関係者は、世界で数人もいないでしょう。事実、あなたの面接時の提案を聞き、アマンテックはイラスト・ラーニング部門を設立している。この功績はもっと認められるべきです」

嬉しい言葉のはずなのだが、山崎はどう受け取っていいものか迷う。そのうちにも本多は言葉を紡いでいく。

「おそらく最初の十カ月は、余裕をもってＡＩに様々な絵を学習させていたことでしょう。ただ一つ誤算があった。ＡＩが絵を学ぶ速度は、あなたの想定以上だった」

山崎は背中にじっとりと嫌な汗がへばりつくのを感じた。

「以降、あなたは絵のバリエーションを増やすことに腐心する。ＣＧだけでなく、最初はデッサン、次に水彩、油彩、日本画の順でしょうか？　様々な絵画の手法を学び、自分のものにして、ＡＩに学習させる。一年半後には左手で描いていますね。これもすばらしいです。絵柄を変更する手段にもなりますし、脳が刺激を受ける部分も違う。そうやってあなたは様々な手段で、普通のイラストレーターなら数カ月で尽きてしまう絵の学習を二年ももたせた。これはもう快挙です」

――なんだこの女？　まるで見てきたように言う。

葵が言っていることにほとんど間違いはなかった。

「どうしてそんなことまでわかる？」

「わかりますとも。あなたが学習させた絵の数々を見れば、アイギスがいかに学習を重ね、あなたがいかにＡＩに食らいついたか」

アイギス。今世間を騒がせているその名はもちろん知っている。しかしセキュリティソフトとしてだ。同じ会社でのこととはいえ、なぜ自分に関係があるのか見えてこなかった。

「アマンテック社のＡＩが学んだことは、ほぼすべてアイギスに取り入れられています。あなたの絵の影響を一番受けている。画像解析能力にも影響を及ぼすほどでしょう」

「はあ、なるほど。山崎さんをスカウトに来た理由がようやく見えてきた」

隣で深町が感心した口調でうなずいていた。

「つまり俺の絵がアイギスの問題の解決に必要だってことか？」

「そういうことになりますね」

「俺はあのＡＩに一矢報いることができるのか？　いや、そんなのお門違いだとわかっている。それでも……」

ＡＩにイラストを習得させようと考えたのは自分だ。ＡＩにネット上で勝手に素材として収集されたわけではない。ＡＩに自分の居場所を奪われたというのは明らかに違うのに、どうしても納得できない感情がある。

「ならばもう一度、アイギスの前に立ってみませんか。あなたのいまの気持ちをぶつけるべきです」

はたしてそれは正しいのか間違っているのか。自分にもわからない。ただ今一度、向き合わなければ前に進めない。

ならば結論は決まっていた。

2

世界配信のための舞台挨拶は初めての体験だ。如月《きさらぎ》ケンは緊張した面持ちで呼ばれるのを待った。

「それではご登場願いましょう。主役を演じた如月ケンさんです」

司会に呼ばれて如月は、壇上の中央へと進んだ。千人以上を収容できる大型劇場はほぼ満席だ。中央に立つのを待ち、司会者が話を振ってくる。

「いやあ、さすがの貫禄ですね」

「もう傘寿のじじいですよ」

「とても八十歳には見えない若々しさですよ」

当たり障りのない、悪く言えば中身のない会話が続く。

「如月ケンと言えば昭和を代表する大スター」

もう四十年も昔の話だ。

「もちろん平成でも活躍なされ、このたび令和の時代では最新技術の映画で返り咲きました」

――返り咲いた、か。

映画の主演は三十年ぶりになる。たしかに返り咲いたと言ってもおかしくない。

「昨年公開された『如月ケンの一生』は、大スター如月ケンの波乱に満ちた映画人生六十年を描いた超大作。この映画のすごいところはそれだけではありません。史上初のＡＩによる演技。ある意味ＡＩが主演俳優でもあるのです。その完全版がこのたび全世界で同時配信されます」

大きな拍手が湧いた。

自分の映画に興味を持ってくれる観客は皆それなりの年齢だろうと思っていたが、若い人の姿もあるのはＡＩ俳優という最新技術に興味を持ったからだろうか。

「昭和中期から令和までの六十年、如月ケンの若かりしころ、脂ののった中年時代、そして百歳を迎えた未来の姿。様々な如月ケンを描くのに、当時の映像やメーキャップによる別人の俳優は起用せず、ＡＩによる最新技術のＣＧで再現。如月さんの動きや表情、演技の特徴まで、余すことなくＡＩに学習させ、演技をさせました。その演技力は如月ケン以上に如月ケンであると本人のお墨付き」

言った憶《おぼ》えはない。いや言ったのかもしれない。芸能界とはそういうところだ。

「どこからどこまでがＡＩによる如月ケンなのか。私も劇場版を拝見させていただきましたが、いやあすごい。本当に見分けがつきません」

「自分でもわからないですね」

如月が応えると会場に笑いが起こる。

それから監督や助演の俳優の紹介があり、『如月ケンの一生』の上映が始まった。

大スクリーンに映し出される如月ケン。どこまでが本物でどこまでがＡＩ俳優によるＣＧなのか、皆が知りたいその問いの答えを如月は知っていた。

全部ＡＩ俳優だ。如月が演じた場面など一秒もない。老いた現在の自分が登場する場面でさえ、ＡＩ俳優が行なっている。

若いころの自分が刀を持って躍動感あふれる殺陣《たて》をしている。中年になり体のキレが鈍くなってきた時代、演技に磨きをかけようと舞台にでずっぱりだった。その時期は映像の仕事でも発声の方法がどうしても変わってしまっていた、そんな癖も完璧に再現されている。

——たいしたものだなぁ。

しかしあの中に自分はいない。いったい誰を描いた映画なのかわからなくなる。

時代が流れ技術革新が進めば追いやられる職はある。不必要になる人材は出てくる。その出番がついに自分に来たと言うだけの話だ。

傘寿まで現役でいられたことに感謝すべきだ。

映画が終わり劇場内には万雷の拍手が響き渡った。

「おや、如月さん泣いていらっしゃるんですか？」

「あ、いや……なんと言いますか、改めて胸にこみ上げるものがあって」

会場から今度は温かい拍手が送られてきた。優しい人達ばかりだ。自分は恵まれている。

しかしこの中に涙の理由をわかってくれている人は何人いるだろうか。おそらく一人もいないに違いない。

温かい拍手の中、如月ケンは一人、孤独をかみしめた。

舞台挨拶の後、控え室で何件かのインタビューを受けた。映画サイト、雑誌や新聞社。似たような質問に似たような答えを返す。単調な時間だが、ひさしぶりのこの時間は悪くない。ただ一つだけ、あの質問、どこからどこまでがＡＩ俳優によるものか――にだけは曖昧に言葉を濁した。

「お会いできて光栄です。デジタル庁の深町大吾と申します」

そう言って名刺を差し出してきたのは、映画やマスコミ関係の人間ではなかった。

「こちらは協力をあおいだ外部の人間で、本多葵さん、です」

もう一人は若い女性だ。じっとまっすぐに自分を見つめてくる。澄んだ瞳はカメラのレンズを思わせた。

深町はその場にいた関係者、如月のマネージャーにも退席して欲しいと丁寧に詫びてから椅子に座ると、この前起こった大規模な金融障害について話を始めた。ニュースは見ているので概要は知っている。しかしなぜ役人が自分のところにきたのか皆目見当もつかないが。

「今日の試写会、拝見させていただきました。私が鑑賞して一番興味を惹かれたのは、如月さんの演技ではありません。ＡＩ俳優がどのように使われているかでした」

「本多さん、その言い方はさすがに失礼だ」

深町が小声で言う。

「そうですか？　如月さんは気分を害しておられないようですが」

その通りだ。普通なら怒ってもおかしくない言葉だが、あの映画は如月にとって特殊な立ち位置にある。おそらく目の前の女性はそのことを理解している。

「しかし驚きました。全部AI俳優によるCGで、ご本人はいっさい登場しなかったんですね」

現に本多という女性は感心したようにうなずいていた。

「わかるのかね?」

すべてがAI俳優というのはいまだに明かされていない。劇場公開時に情報公開されるはずだったが、AI俳優を排斥しているアメリカなどへの世界配信の影響が考慮され、伏せられたままだ。

「終始、映像の品質に差がありませんでした。なのでCGと本物が交じっていないのは明らかです。ですので主演に如月さんの名を置くのは違和感があります。この場合、監修等の立場ではないでしょうか」

——ああ、そうか。

本多の言葉がストンと胸に落ちる。

深町という役人の専門的な話は半分もわからなかったが、この本多という女性の言葉には響くものがあった。本質を見定められる人間はジャンルの垣根を越えて真実を突いてくる。何十年も、自身の表現を他者の評価にさらし続けてきた如月には、それが骨身にしみていた。

「如月さんはAI俳優としてもっともアマンテックのAIに影響を与えた人物です。アマンテックのAI学習はすべてアイギスに統合されます。アイギスを破るのに必要なのです」

コンピュータの専門的なことを聞いたところで、そもそも如月自身に知識がないから正否の判断はつきかねる。だったらこちらの疑問をぶつけ、その答えが納得のいくものなら信じようと思った。

「一つ聞きたいことがある。君はＡＩは人を超えると思うか？　遠慮しないで答えて欲しい」

　如月がうながすと葵は、ではと少しためらいがちに切り出した。

「私個人の見解です。また、少し多弁になり、失礼なことを言ってしまうかもしれません」

「かまわないよ。遠慮しないでいいと言ったのに目くじらを立てるほど狭量ではないつもりだ」

　葵は少し考えて話し出した。

「私が電子研究所に勤めていたころ、人事に関わる機会があったのですが、そのとき採用したのは中小企業に勤めていた人でした。中小は人材が足りない分、専門職以外のスキルを身につけている人も多かったからです。専門職という縦の繋がりと各専門職を横に繋げられる人達。人の繋がりを編み目のように渡すことによって、縦の繋がりが束になっている人事より成果をあげられました」

　物静かに座っていた葵は、ことわりの通り話し出すと多弁になった。

「しかしＡＩは縦割り社会どころではありません。縦や横といった繋がりの区分がそもそもなく、すべてが密に繋がっています。いまはまだ拙い理屈ですが、やがて人は太刀打ちできなくなるでしょう。もう一つ、ＡＩに有利なことがあります。彼らは疲れを知らず、人間より遥かに早い時間で大量の作業をこなすことです。膨大な数の思索の中から最適解を見つける。これはＡＩの得意とするところです。代表的なところではチェスや将棋などのボードゲームでしょうか。そしてその波はついに映画にまで来ました。アメリカではＡＩを規制して制作者達の権利を守る流れがありますが、日本では『如月ケンの一生』のようにここぞとばかりにＡＩ技術を使った。予算で劣る分、ハリウッドに技術と話題性の両方で対抗しようとしたのではないでしょうか」

彼女の見解は正しい。公開前から海外では反発も注目度も高かった。

「これからますます人にしか許されなかった領域にAIは踏み込んでくるでしょう。その最たるものの一つが芸術です。AIが芸術を理解するという意味ではありません。たとえば絵画。心の底から湧き上がる情動を描く、というものではありません。先ほども言ったように膨大な数の絵画を分解し再構築し、その中から最適解を見つけます。無数の思索の先にモナリザが完成しても不思議ではないでしょう。経緯はまったく違っても完成するものが一緒ならば、鑑賞する人間には芸術となりえます。それがAIの学習の結果であっても」

葵はまだ先の話ですが、と一言付け加えたが、それがどれほど遠い未来の話なのかあるいは近い未来なのかもわからない。

「昔、映画が銀幕と呼ばれていた時代、芸は見て盗めと言われた。私も先輩達の演技を見、芝居を見、外国の映画を食い入るように何度も観た。君の話を聞いていると、AIと私と、なんの違いがあるのだろうね。私自身、おまえの演技は先達を模倣し学習した成果だろうと言われたら返す言葉もない」

「正確に言えば、AIは技術をコピーした完全な継ぎはぎであって、そこに独自の創造や解釈は生まれません」

「なるほど。ありがとう。しかしだ。AIの完璧な演技を見て、私はこう思った。カメラ、写真というものが出てきたときの肖像画家とはこんな気持ちだったのだろうかと。写実的に絵を描くテクニックも技術も必要なく、誰でもシャッターを切るだけで目の前の現実を完璧に写し取れる。それでも今は、写真家の写真も、絵画も、両方が芸術と認められている」

如月は生き生きと語りだした。

「私はずっとＡＩ俳優の仕事を受けたことを後悔していた。あのときはどのようなものか理解していなかった。ただ主役に返り咲くことだけに目がくらみ、安易な決断をしてしまった、ずっとそう思っていた。だが、君の話を聞いていて、わかったよ」

葵は話しすぎたとでも言うように少しはにかんで口をつぐんだ。

「なぜ私は停滞していたか。当たり前だ。新しいものに触れていなかったからだ。ＡＩみたいに学習することもせずただ嘆いていた。しかしいま君と話して、脳が熱くなった。昔の人はよく言ったものだ。死中に活を求める。いまの私はまさしくそんな気分だよ」

葵は手を差し出す。

「では交渉成立ということですね」

「ああ、よろしく頼むよ」


二人が握手したのを見て深町はほっと胸をなで下ろす。

――まさかイラストレーターと俳優をスカウトするとはな。

少なくともハッカーやバグバウンティの人間達とはまるで違うアプローチであることはたしかだ。

そして新たにわかったことだが、本多葵は予想以上に交渉ごとがうまい。人を動かす術《すべ》に長《た》けている。我の強そうな山崎太陽や偏屈そうな如月ケンをあっさりと味方に引き入れている。相手を怒らせてしまいそうな言葉も、そうならずにすんでいる。

若い山崎はＡＩに対する敵愾心《てきがいしん》を抱き、老年の如月は共感と敬意を抱き、それを動機に了承した。その結果も深町には意外だったが、もっと意外なのは、葵は特にそのように二人を説得したわけではなく、淡々とそれぞれの疑問に対して事実を述べていただけということだ。明らかな誘導もしていない。

データサーバーの電源を落としたときと同じなのかもしれない。彼女には二手、三手、いやもっと先まで読めている。そして解決できると思えば一足飛びにやってしまう。あとから説明されてああそうかと思い、ならば最初から言ってくれればと思うのは凡人の思考だろう。現に山崎も如月も、自分を深く理解してくれているとわかったから、煩わしい交渉も条件も後回しにして、首を縦に振った。

彼女の澄んだ切れ長の瞳は相手をよく観察している。深町が初めて会ったときも同じ目で見られていた。

――少し怖いな。

もしかしたら自分もいつのまにか、葵の術中に丸め込まれているのかもしれない。現に、有望視されている他の技術者のチームではなく、葵のチームの監視役を買ってでたのは深町自身なのだから。

3

『ようこそ第3回ＡＩソリューションＴＯＫＹＯへ。最先端のＡＩ技術を一堂に集結した当イベントの会場やブースでは体験型、参加型、パネルディスカッション形式などの催し物があり……』

イベント会場には大勢の企業のブースが並ぶ。そのすべてはイベント名からわかる通りＡＩに関する様々な業種だ。工業技術や情報通信等業務的なことから、教育や趣味といった個人使用にいたるまで、その多彩さ、多様さはＡＩの応用範囲の幅広さを物語っている。

深町は物珍しそうに周囲を見回しながら、葵と二人でイベント会場を歩いていた。

「アイギス攻略の鍵とやらは本当にここにあるのか？」

最先端とはいえ一般企業の民生品発表の場だ。こんなところにアイギス攻略の鍵があるとはとても思えなかった。

とはいえ本多葵は作戦の仲間にイラストレーターや俳優を選ぶくらいだ。およそ普通のやり方でないことくらいは想像がつく。

「山崎さんと如月さんは、アイギスの居場所を突き止めるために必要です。ここに来たのは居場所を突き止めた後の話、アイギスの制御を取り戻す方法です」

イベント会場を歩きながら、深町はふむ、と考える。

「天野さんがなぜあんな脅迫をしてきたのかはわかりませんが、行方不明のアイギスを捜し出すだけでは事件は解決しません。アイギスの制御を天野さんから取り戻す、あるいは天野さんも制御しきれていない暴走なら、その暴走を止めねばなりません」

葵が最初の会議で言った——もし天野が完全にアイギスを掌握しているのなら、停止時間を八時間ぴったりにするはずだ、しかし実際は十四分オーバー。これは完全に掌握しきれていないのではないか、という葵の意見は、深町も納得できるものだった。

「ちょうど見えてきました。あそこです」

それなりに大きなスペースを取ったブースにその企業はあった。

「Sim×Sim、なんて読むんだ？　シムシムでいいのか？」

目を細めて垂れ幕の文字を見る。

「ええ。シムズって読ませたかったらしいですけど、とても有名なゲームと名前が似て皆が深町さんのように読むので、しかたなくそのままシムシムにしたようですよ」

「どういう意味なんだ？」

「シンプル・シミュレーションの頭を並べただけです。名前がそのまま内容に直結しています。これから実演を見られますので、おそらくそこで意味がわかるかと」

葵はブースの前を通り過ぎ、さらに会場の奥へと向かう。

「おい、ここに用事があったんじゃないのか？」

「会いたい人は、ちょうどいまステージでやっているカンファレンスに参加してます」

葵が指したステージ上では【現代社会に溶け込むＡＩ】というタイトルで、今後の生活がどのように変わるのか議論が行われていた。

巨大なスクリーンをバックに、椅子に座りチェックのシャツを着て眼鏡をかけた三十代後半の男性がマイクを持って話をしていた。

『ＡＩを万能のように思っている人もいるようですが、それは間違いです。既存のプログラムにやらせていたことをＡＩにやらせても効率が悪いことが多々あります。たとえばｘ＋ｙを計算させようとしたとき、通常のコンピュータ言語なら「z=x+y」や「ADD x y」のように簡単な記述ですみ、計算時間もほぼ最短で、せいぜい数クロック。ところがこれをいざＡＩにやらせるとじつに重い。たかが足し算で、数十クロックから数百クロックもかかってしまう。他にもＡＩを賢くさせるために学習をたくさんさせますが、学習させたデータが実際どれだけちゃんと活用されているか。何が言いたいかと言いますと、ＡＩは無駄が多いんです』

眼鏡をかけた男性が揚々と語るのを聞いた深町は、

「なに言ってるかさっぱりなんだが」

とため息をつく。

「四則演算を計算させた場合、ＡＩは時間がかかるという話です。計算の速さは人間の脳は絶対にコンピュータにかないませんよね。ですがＡＩの思考方法は人間の脳を模しているので、普通のコンピュータ処理より遅くなってしまうんですよ」

「ようはＡＩは万能じゃなく、普通のコンピュータソフトより効率が悪いこともあるってことか？」

「その理解であっています」

葵は満足そうに微笑み、大事なのはこの先の話だと伝えた。マイクの男性の声も、一段と高らかになった。

『そこで我が社が開発中の「ＡＩロジッククリア」の出番です。サーバーやパソコンに入っているＡＩプログラムの思考方法を解析し、学習成果から無駄をはぶき、必要な部分を取り出し軽くてサイズの小さいプログラムへと変換する、よって動作も軽くなります。そしてメリットがもう一つ。ＡＩの思考はブラックボックス化していて思考の経緯が判明しにくいですが、ＡＩロジッククリアでは無駄をはぶき簡略化するので、ブラックボックスをシンプルなフローチャート化することが可能です』

男性はステージを見ている観客の中に葵を見つけると微笑んだ。

「知り合いか？」

「電子研究所時代の上司で、いま私が請け負っている仕事の会社の社長の瀬川貴之さんです。深町さんが訪ねていらした日にちょうど納品したのが、今紹介されている『ＡＩロジッククリア』です」

葵はステージ上の男性――瀬川に軽く手を振り返しながら、深町の質問に答えていた。

「で、いまのもわかりやすく説明してくれるか？」

「人間の脳ってどんなふうに思考しているか詳しくはわかりませんよね。たとえば深町さんが黒猫と三毛猫を見て、三毛猫のほうがなんとなく可愛いな、と感じても、理由をすぐに明確に説明できますか？」

深町は首を横に振った。

「ですよね。そう感じるに至る様々な経験や要因はあるはずですが、複雑に重なり合ってとっさに言語化や分析はできません。ＡＩも同じで、実際にどんなふうに思考して、その動作に至ったか、ちゃんとはわからない」

「なるほど。それがＡＩのブラックボックス、ってやつか。だから予期しない動作が起こるんだな」

「はい。人間の脳もＡＩもブラックボックスなんです。でもＡＩロジッククリアは複雑な構造を単純化させて、ＡＩのブラックボックスを見える形にします」

「あんたが言っていたアイギスの対抗手段ってのが、なんとなく見えてきたぞ」

「ええ。みなさんは天野さんからアイギスを取り戻せばいい、と単純に考えているようですが、私は違います。アイギスの思考そのものに潜在的な予期できなかった挙動があったのではないかと考えています」

「つまり天野から管理者権限を取り戻しても解決にならない。アイギスの頭の中に問題がある。そのためにこのＡＩロジッククリアでアイギスの思考をシンプルにして、暴走の原因を突き止める、というのがあんたの計画か？」

「その通りです」

二人が話している間もカンファレンスは進んでおり、ステージ上には2メートルほどのラックに収納されたサーバーが設置されていた。準備が終わるのを待って瀬川は話を再開した。

『言葉で説明するより実演しましょう。いまここに一般的な小規模サーバーを一台持ってきました。このサーバーには画像加工用のＡＩが入っています。写真から３Ｄに変換する処理を行なわせます。３Ｄ、立体にする写真はこれです』

ステージ後方のスクリーンに写真が表示された。有名なテーマパークを背景に、髪を風になびかせ振り返って微笑んでいる瞬間の女性の写真だ。

深町はステージに表示されている写真の女性と、隣で表情を引きつらせている葵を何度も見比べた。

「あれ？　あんたじゃないか？」

「………………」

いつも淡々と何事にも動じない葵が、予想外の出来事に言葉を返せずフリーズしている。

壇上では瀬川が意気揚々と語り続けていた。

『はい、こちらの女性を３Ｄに予測変換してみましょう』

処理は数秒で終わり、写真の女性が３Ｄ映像になって３６０度どこからでも見られるようになった。

『ただいまの処理に５・３秒かかりました。うまく３Ｄに変換してくれましたね。この振り向いている体勢、というのがなかなかくせ者でして、体の前面や背面、側面を間違えてしまうんですよ。ああ、勘違いしないでください。本番は画像加工ではなくこれからです』

瀬川はＵＳＢメモリを取り出し、サーバーに接続した。

『ではいまからこの画像加工ＡＩをＡＩロジッククリアで解析してみます。まずＡＩロジッククリアの入ったＵＳＢメモリをコネクタに差し込みます。この規模の画像加工ＡＩならば、ものの数十秒でＡＩロジッククリアは解析完了します。ＡＩの思考を解析し、不用なデータを取り除き、軽くて小さなソフトウェアやアプリに変換します。……はい、完成しました。いまこのUSBメモリの中には、このサーバーにある画像加工AIの能力を簡略化したものが入っています』

瀬川はスマホを取り出し先ほどのUSBメモリを繋げた。スマホにアプリのアイコンが一つ追加される。

『いまサーバーで動かしていた画像加工AIと同じ性能のものがスマホにインストールされました。これで先ほどと同じ画像を処理させてみましょう。はい、5・4秒。このサーバーと遜色ない時間ですね。これが出力結果です』

加工された二つの3D映像が並ぶ。

『違いがわかりますか？ わからないですよね。差分で見ると0・07パーセント以下の誤差しかありません。AIロジッククリアの手にかかると、このラックに入っているサーバーと同等の処理を、小さなスマホで実行できるほど簡略化します。学習の必要がなくなり、一定の結果を求めるだけならば、どんなAIでもAIロジッククリアで簡略化させれば、運営コストは激減します』

会場から大きなどよめきと拍手が起こった。深町だけは戸惑った顔で葵を見た。

「何がすごいのかイマイチわからないんだが」

「あの高性能なサーバーでしていた処理と、同レベルのことがスマホ上だけでできてしまうところです。それだけ軽くシンプルにできた証です」

ステージ上の自分の3Dアバターを見ながら、葵が慌てたように付け足した。

「あの、深町さん、誤解されないように補足しますが写真を3Dに変換する今のデモンストレーションは、私がここに来たことと直接関係ありません。私がやろうとしているのは……」

「心配すんな。さっきも言ったが、アイギスをＡＩロジッククリアで分析すると、複雑なアイギスの頭の中を単純化してわかりやすくできるってことだろ？　あんたがなぜこのツールがいると言ってるのか、ちゃんとわかってるから安心してくれ」

深町がなだめるように両手をあげると、葵は安心したようにうなずいた。

『少し違った視点で見てみましょう。皆さんよくご存じの将棋のＡＩ。将棋の手、すべてを読もうとすると指数関数的に手は増大します。数手先を読むだけでも何億手にも膨れ上がる。そこでＡＩ将棋は有効な手に絞って考えていくわけです。そうすると数十手先まで読んでようやく何億手になる。ＡＩロジッククリアも同じです。有用なＡＩの思考に絞って解析するため、こんなにも小さくなるわけですね』

ステージ上で説明を続けている瀬川が、なぜか葵にはっきりと目線を合わせてくる。

『ＡＩの思考を性能を落とさず単純化させるというのは、口で言うのは簡単ですが並大抵のことではありません。近似式を多用し、結果の差異の少ない無駄な行程をはぶき、最適化を施します。さらに高度な変換も行なわれています。世界に先駆け、なおかつすでに高い完成度を誇っています。海外の優秀な技術者でも、これと同等のものを作るのは難しいでしょう』

そう言って、指し示すように腕を葵の方向に向ける。

『なにせこれの中核を作ったのは、電子研究所でスーパーコンピュータ富士の中核を担っていた本多葵さんです』

先ほどの女性の写真に、本多葵の名前が重なった。

カンファレンスが終わり、関係者の控え室に二人は入った。

先ほどまでカンファレンスで話していた瀬川は、ひきつった笑顔の葵とは対照的に、満面の笑みで歓迎してくれる。

「来てくれたんだね。言ってくれればステージ上の席を用意したのに」

「けっこうです。そんなことよりあの写真なんですか？」

詰め寄る葵を瀬川は笑って流していた。

「開発者の紹介で、君の写真を使うって事前に許可とったよね」

「昔の開発者時代の写真を使うと思ってました」

「まさかこれのこと？」

瀬川が呆れ気味にスマホに表示したのは、バストアップのいかにも証明写真といった雰囲気のものだ。髪はぼさぼさで瞼は腫れぼったく、目つきが最悪だった。

「これ、人に見せていい写真じゃないよ」

「徹夜したときのものですからしかたないです」

深町も写真を覗き込んで、写真のあまりのひどさに思わずうめいた。

「これを大画面で映すのは、こちらのほうが気が引けるよ。本多さんは気にしないかもしれないけど、我が社にもイメージがありますから。民間企業はイメージがとっても大事です」

そう言われると葵は黙るしかなかった。横で深町が、言い返せない葵という珍しい光景をちょっと愉快そうに見ている。

「ちなみに写真の提供者は柏木瑠希君。使用用途を説明したら、嬉々として提供してくれたよ。いつ行ったの？　テーマパーク。待ち時間に二人でずっとそこのアプリのデバッガーやってたって本当なの？　柏木かわいそうじゃない？」

「一緒に行く予定だった友達にドタキャンされたって聞いたから付き合っただけです。日付変更もできないって。専用アプリがあまりにもお粗末だったからデバッガーというかテストプレイを、つい。でも柏木君も最後は楽しんでましたよ」

憮然と答える葵に、瀬川は大袈裟にかぶりをふった。

「遊びに行った先でアプリのテストプレイして楽しいのか？」

深町の疑問に葵は、

「アプリやソフトウェアの動作に問題がないか、何十回も同じ動作を繰り返したり、画面が切り替わるタイミングで様々なところを押してみたり。ちょっと普通はしない行動を色々やると、けっこう見つかるものですよ」

と、どこか得意げに話している。深町には理解しがたく、柏木が気の毒という瀬川の気持ちには心の底から同意だった。

「ドタキャンされたとか日付変更できないとか、まさかそれ、真に受けてるとか？」

瀬川は意味深に大仰なため息をつく。

「柏木も柏木だな。このまえもウチの会社に来ないかって誘ったんだけど、なんか歯切れ悪くてな」

「そういえば、アメリカからスカウトがきたと聞いたばかりです」

「おいおい、マジか？　アメリカは人材が豊富なだけじゃない、世界中から人材を集めるのが上手いんだ。本多さんがやらないなら、俺がもらうぞ。鎌谷さんにも言われてる。このまま指をくわえてあの才能をアメリカにくれてやるわけにはいかないだろ」

瀬川は本気で柏木の才能を買っているし惜しんでいた。自分以外の人間が柏木を高く評価していることに、葵は嬉しそうにする。

「そうなんですよね。本当にこのままじゃ……。でも、思い切れないのは私も一緒なので、あまり強く言えなくて……」

葵自身、思うことがあるのか気まずそうな顔になった。

「テーマパークでデバッガーやって遊んでる場合じゃないだろ。本多さんが誘えばあいつだって」

「その話は置いておいて、用件に入らせてください。今日来たのは他でもありません。瀬川さんに頼み事があって来ました」

「なんだい？　会社のほうが近かったでしょう」

「シムシムの会社に行くのは避けたかったんです。これからやることに関わりがあると思われると、危害が及ぶおそれもあったので」

それまでどこか緩い雰囲気だった瀬川が真顔になった。

「続けて」

「何も聞かずにＡＩロジッククリアを貸してくださいませんか。できれば全ソースコードも」

瀬川は渋い顔をする。

「何も聞かずってのは無理だな。あれは我が社の主力商品だよ。もちろん君も中核を作った一人ではあるけど」

「デジタル庁の深町です。何か損害が起こった場合は、国が補償します」

名刺を受け取った瀬川は、二人をしばらく見つめていた。

「急ぎ？」

「急ぎます」

「この前のアイギス停止と関係ある？」

「申し訳ないが、話すことはできない」

瀬川は深町の出してきた書類に目を通すと、おもむろにノートパソコンにＵＳＢメモリを差し、ＡＩロジッククリアに関するデータをコピーしだした。

「最近なんかコンピュータ界隈がきな臭いんだよね。アイギスだけじゃなくて、いくつかの会社のサーバーが使い物にならなくなったって聞くし。天野生人が行方不明だって噂もある」

コピーが終わったＵＳＢメモリとサインした書類を差し出して言った。

「はやく平和になって欲しいものだね」

「ありがとうございます。お借りします」

葵は深々と頭を下げ、受け取ったＵＳＢメモリを大事そうにバッグにしまった。

「これであんたが必要だって言った武器は全部そろったな」

白いバンに乗る。深町は運転席で葵は助手席に座った。運転席の深町がため息をこぼすと、

「残り七日しかないのに、こんなことしてていいのかって思ってますか」

とすかさず葵が問うてきた。

「いや、あんたのしようとしていることはなんとなくわかってきた。他のチームが絶対やりそうにない手段だってことも、まあ想像はついてきたが。アイギス停止が起こってから三日たった。残りは七日しかない」

「前にも言いましたが、予告よりも早く起こる可能性もありますよ」

「八時間十四分。時間にルーズだってのはわかったよ」

深町のスマホにメールが届く。

「バグハンター社の山田浩介を覚えているか？」

「昨日会ったばかりですから」

「今日、さっそくアイギスにハッキングを仕掛けるそうだ」

準備期間があまりない中でハッキングを強行する。はたしてうまくいくだろうか。いやいって欲しい。

「もし山田のチームがうまくいったら、今日一日の準備はすべて無駄骨だな」

「一日でも早く解決するのが一番です。無駄骨になるのがベストです」

葵の口調に嘘はない。事件を一刻も早く解決できるのが一番と思っているのは伝わってくる。

葵には手柄を立てようという功名心のようなものは感じられず、最初は疑っていた深町も徐々

に信頼感を覚えるようになっていた。

「実際のところどう思う？　山田のチームは成功すると思うか？」

「アイギスを見つけるのも大変ですが、暴走したアイギスを制御下に置いて、正常な金融取引を続けさせるのはさらに大変です」

動作を止めるだけならば問題はもっと単純化されただろう。

「金融機関をストップさせるわけにはいかないか。山田のチームはそのあたりどう考えているんだろうな」

十一月の空は、そんな深町の焦りや人間界の揉め事など関係ないとでもいうかのように、どこまでも青く晴れ渡っていた。

4

山田浩介が経営するバグハンター社はバグバウンティ——システムの不具合を見つけることを生業としている会社だ。

バグバウンティはコンピュータ業界でも比較的新しい業種で、日本では知名度も低い。

そもそもの成り立ちは、バグ——コンピュータプログラムの不具合を見つけるデバッグ作業を、賞金をつけて外部の人間にやらせたことが発端だった。

有名なのはｉＰｈｏｎｅやｉＰａｄを作っているアップル社が、製品のバグを見つけたら百万ドルの賞金を払うというものだ。そのような試みは様々な企業で行なわれており、実際にバグを見つけ賞金を手にした人も大勢いた。

やがてそれらの賞金を目当てとするグループが発生し、会社になるまで大きくなった。

バグハンターもそうした会社の一つだが、日本では賞金額も低く、どちらかというとバグフィックス、いわゆるソフトウェアの不具合を修正する会社の亜種的な位置として成立していた。

しかし日本で成り立ちにくい会社を立ち上げているあたり、山田浩介は向上心が高くある意味好戦的な性格であると、葵は分析していた。ゆえにバグハンター社に出向いたとき睨まれてもしかたないと思えた。というよりは思うようにした。

天野に繋がりのある女だと疑われているのか、それとも警戒されているのか。

深町の威圧的な眼差しは気圧《けお》されるたぐいのものであったが、山田の視線は相手を刺すものであった。そんな強面な二人に挟まれる形で、葵のバグハンター社訪問は始まった。


郊外の商業ビルのワンフロアにバグハンター社はあった。事務所にはいくつものハイスペックなパソコンが並び、奥には小規模ながらもサーバールームがあるという。

葵は部屋の様子を見回して、素直に感心していた。

「設備が充実していますね。日本でバグバウンティを続けるのは困難だと聞いていますが」

「毎日ひいひい言って働いてるよ。だから会社の場所も都心から外れた郊外だし、残業も多い。こう言っちゃなんだがブラック企業だよ。好きじゃないと続かない」

山田は二人を奥に案内する。縦長の四角いラックがいくつも並んだ隙間に作業場があるような窮屈な職場だった。

「ここがうちの中枢のサーバールームだ。先日のアイギスのサーバールームに比べればしょぼいだろうが、零細企業にしてはなかなかのものだろう」

「ええ、たいしたものです」

「ほとんどレンタルだがな」

感心している葵の様子に山田は満足そうにしていた。

「釈迦に説法だろうが、ハッキングは大まかに二種類ある。一つはサーバーの技術的な穴をつく方法。もう一つはヒューマンエラーを狙う方法。いわゆるフィッシングメールだが、特定のサーバーを狙うなら、もっと徹底して行なう。たとえば管理者の家族や交友関係を洗い、家族になりすましてメールを送る。家族として自然な内容のメールだと、張られているリンクをうっかり踏んでしまうこともある。雑なフィッシングメールと違い、巧妙な手口だ。日本だとそこまでのは少ないが、海外ではメジャーな方法だ」

「そういうヒューマンエラーを皆無にしようとしたのがアイギスですね」

「ああ」

「こちらでは、どうやってハッキングを仕掛けるんです？　アイギス相手ですからヒューマンエラーではないですよね」

「ＡＩによるハッキングだよ。とは言ってもアイギスみたいな高性能なものじゃない。やっていることは人間がやっている手段と変わらないが、ＡＩに任せると不眠不休で試行錯誤してくれるからな」

サーバールームから事務所に戻る。もうそこにはスタンバイをすませて、あとは始まるのを待つばかりの社員達が座っていた。

山田は腕時計を確認すると手を軽く上げて、発令した。

「現在十七時十五分。始めてくれ」

いっせいに社員達が作業を始めた。先ほどまで静かだった事務所は、入力するキーボードの音で満たされた。

山田が話した内容にこれといった目新しさはなかった。いままで数え切れないほど似た手段のハッキングをアイギスは受けて、そのすべてを退けてきた。しかし可能性はゼロではない。

「どう思う？」

「ＡＩによる試行錯誤が、まだ見つけられていないアイギスのセキュリティホールを見つけてくれれば、可能性はあります」

正直、その可能性は低いだろうと思っていたが、山田の会社もプロフェッショナルだ。部外者の葵や深町に言えない手段を隠し持っているかもしれない。そのようなことを深町に小声で伝える。

「いずれにせよ、成功してくれるのを祈るばかりです」

山田の攻撃的な性格も日本で希少な職種を選ぶ気概と思えば、好意的に捉えることができる。ここで彼が大きな成果を上げれば、バグバウンティという特異な仕事内容にも弾みがつき、日本企業や政府のセキュリティ意識の低さを改善できるきっかけになる。成功して欲しいというのは掛け値なしの本音だった。

「これからのアイギスへのハッキングで、まず最初にやるのはなんだと思う？」

山田は葵に向かって挑むように問うてきた。

「失踪したアイギスの居場所を突き止めることですね」

アイギスがデータセンターのサーバーにいないことが判明してから、関係者達はアイギスがいると思われるサーバーを血眼になって捜し回っていた。

「そうだ。ＡＩが自らの判断でサーバーの場所を移したというのは驚きだが、追跡は不可能じゃない。金融取引ができているなら、データを追跡すればいい」

社員の一人が作業をしながら何度も首をかしげていた。

「どうかしたのか？」

その社員のところに山田が行き、

「ネットから銀行の送金処理をしたんですが、ＲＳＡ暗号がおかしくて」

二人は何か話し込み始めた。

「いまはいったい、何をしているんだ？」

深町が申し訳なさそうに聞いてくる。

「銀行間の送金ができるなら、ネット上で送金処理をしているアイギスがいるはずです。ですので、送金したときのデータを追跡しようとしてるんですよ」

「なんとか暗号って言ってたが、それは？」

「ＲＳＡ暗号です。インターネット上で他人に知られてはいけないパスワードや個人情報を送るとき、暗号化されます。その暗号技術をRSA暗号といいます」

山田と社員はまだ何か話しているので、葵は引き続き話を続けた。

「三人の開発者であるリベスト、シャミア、エーデルマンの頭文字をとってRSA暗号と名付けられました。フェルマーの小定理という素数の性質を利用したRSA暗号は、いまや世界中のインターネットのセキュリティシステムに採用されています。オンラインショッピングやメール、ありとあらゆる認証に、深町さんも意識しなくても毎日使っていますよ。三百桁の素数を解析しないといけないため、とても堅牢で信頼性の高い暗号技術です」

「すごいな。ならRSAの三人はいまごろビル・ゲイツみたいに大金持ちじゃないか」

「ところが開発されたのは一九七八年と、インターネットが普及するより遥かに昔なんです。特許はインターネットが普及し始めたころに切れてしまっていました」

「時代を先取りしすぎたか」

「それでもチューリング賞を受賞しているので、賞金は受け取っているはずです。とはいえこの手の開発者は研究費は欲しくても、私財に興味がない人も多いのは事実ですが」

深町は面白くなさそうな顔をする。

「どうかしました?」

「それだ。その無欲なところが俺には理解できない。人間の原動力のほとんどは欲だ」

「ああ、深町さんの以前の職場は、欲が溢れているところでしたよね」

「研究者の欲のない態度は、どうにも信用できない」

「欲の方向性が理解されづらいだけで、別に無欲ってわけではないですよ。日本の理系人間の報われなさは、ちょっとおかしいです。不当な扱いです。電子研究所でも、上を牛耳ってるのはへっぴり腰の文系どもでした。たいして知識もないくせに、電力半分は不可能だとか性能千倍は無茶だとか、仕様書にあれこれ文句を言ってくる。しまいには事業仕分けで予算激減だからと、安易に経費が安くすむＡＩの導入。効率的なのは認めますよ。しかし即リストラ？　ＡＩの仕組みどころか問題点もわかっていないからそんな暴挙に出るんです」

葵が珍しく感情をあらわにしているのを見て、深町は表情を緩めた。

「ああ、なんだな。やっとあんたの人間らしいところを見た気がするよ」

「どういう意味です？」

「感情が見えにくくて、とっつきにくかったんだよ」

「女はすぐ感情的になるって、難癖つける人は世の中にまだたくさんいます。中高年の男性はもとより女性にもいますので。感情を表に出さなくなるんです」

「元電子研究所の俊英も苦労してきたんだな」

元々の性格もあるように思えたが、口には出さなかった。人間性が見えてくると接し方も見えてくる。

それでも葵が眉間にしわを寄せて感情をあらわにしたのはほんの一時で、すぐに普段の落ち着いた態度に戻ってしまった。

「おい、そんな馬鹿なことがあるのか！」

山田の大きな声に二人の会話は中断されてしまう。何か想定外の出来事が起こったことはたしかだ。

「どうかしたのか？」

深町に問われて、山田は困惑した顔で話し出した。

「追跡している送金データが途中で消えてしまったんだ」

「送金したデータが消えた？　金がパクられたってことか？」

「いや、送金自体は成功している。ただそのやりとりがどこにもない」

「そんなことあるのか？」

深町が今ひとつピンときていないので、葵はさらに補足をする。

「あったら大変ですよ。銀行の現金輸送車がお金を積んで運ぶために出発して、途中で消えたら一大事です。なのに送り先にはいつのまにかお金が届いている。これはさすがにおかしいです」

葵の声も切迫したものになり、山田も社員達も皆、腕を組んで考えこんでいる。

「天野生人、アイギスに引き続き、今度は送受信されるデータすらネットから消えたってことなのか？　そんなことがあり得るのか？」

深町の問いに、答えられる者はいない。

まるで狐に化かされた気分だった。


それからしばらくバグハンターの社員達がアイギスの追跡を試みたが結果は一緒だった。送られるデータは途中で消えてしまうが、いつのまにか処理は正常に終わっている。

その様子を見守っていた深町は葵に話しかける。

「こんなことってあるのか？」

「考えられるのは、送信データが途中で別のデータに変換されている可能性ですね。データを中継しているルーターやブリッジに細工がされているのかもしれません」

深町の表情を見て説明を追加した。

「車で逃走した犯人が、途中で別の車に乗り換えたようなものです」

犯罪に例えると、深町の理解度は一気に深まった。

「なるほどなあ。あんたのやろうとしている方法は大丈夫なのか？」

「金融取引の送受信データから追跡できないのは半ば予想していました。データが途中で消えてしまうのは予想外でしたが、私の方法は別のアプローチです」

葵の動じない態度に深町は少しばかりほっとする。対照的に山田の苛立ちは募っていった。ただ葵のほうも実際の見た目ほど落ち着いているわけではなかった。深町にも言ったが感情を表に出さないようにしているだけで、内心は自分の考えている方法で大丈夫なのかと何度も自問自答していた。

「サーバーの処理が重くなってきたぞ！」

「また誰か不用な処理をためこんだか。こまめにキルしとけって言ってるのに！」

怒鳴る声が増えてきた。

山田はサーバーの管理画面にアクセスしようとするが、なかなか応答がない。

「しかし暑いな。予報だと今日はさほど気温は上がらないと言ってたのに」

深町は手のひらをうちわ代わりにあおいでいる。葵や山田も額に汗を浮かべていた。

「急に熱くなったな」

「ちょっと焦げ臭くないですか？」

「まさか！」

山田は慌てて事務所の奥に行くと、サーバールームのドアを開けた。とたん熱気がおしよせてきた。

サーバールームのコンピュータはどれも警告のランプを点滅させていた。煙をあげている機械も少なくなかった。

「どうなってる？　冷却システムが壊れたか？」

「だとしてもこの熱は異常です！」

「それより早くシャットダウンを！」

「窓を開けるんだ。早くしろ！」

それからしばらく全員で火災にならないように慌ただしく動いた。ビルの窓を開け、電源を根元から切断し、事務所の無事なパソコンやデータを移動させた。

数時間後、ようやく安全と言えるところまでサーバールームの気温は下がったが、機材のほとんどは使い物にならなくなっていた。


山田は意気消沈した様子で椅子に座り込んでいた。

「うちにある全サーバーがいかれた」

たった数時間で十歳は老けたように見えた。

「……いままでこんな事故なかったんだけどなあ」

長々とため息をつく姿は痛ましい。

「本当に事故でしょうか？」

山田は緩慢な動作で生気のない目を葵に向けた。

「ハッキングされないために、アイギスに学ばせるものってなんだと思います？　難しく考えないでください。人に教えるのと同じです」

「もしかしてハッキングの手口……」

「そうです。世界最高のセキュリティ性能を持つアイギスは世界最高のハッキング技術を知っているとも言えます」

「だとしてもこんな短時間でハッキングされてシステムを壊されるなんて、あり得ない。うちだってこんな仕事をしているんだ。それなりの対策はしているつもりだ」

「バグハンター社のハッキングの手口から、アイギスは逆にバグハンター社のセキュリティ対策を予測したのかもしれません」

葵の言葉に信じられないという顔をする山田だったが、やがてうなだれて一言も喋らなくなった。

葵は何か声をかけようとして、しかし何を言えばいいのかわからず口をつぐんでしまった。技術的な解説や推測はすらすらと言葉が出るのだが、対人となったとたん頭が真っ白になる。ここ二年、一人でできる仕事を選び、コミュニケーションをおろそかにしてきた自分のふがいなさを思い知る。そして同時に二年前、もっと弁が立てば電子研究所の解散はなかったのではないかと考えてしまうのだった。

後日、山田から一通のメールが届いた。

今後のアイギスの追跡に参加できないこと、そして事故の前に外部から怪しいネットワーク通信の痕跡が発見されたことが書いてあった。

これでバグハンター社のサーバーは外部からのハッキングで壊されたことが確定した。

5

アイギスにハッキングを仕掛けるチームは、他にもいくつもあった。内閣、金融庁、デジタル庁等のサイバーチームが総出となって事に当たっている。

そのうちの一つ、内閣サイバーセキュリティセンターが率いるチームが、今まさにアイギスの制御を取り戻すべく作戦を開始しようとしていた。

「あと少しか」

腕時計を確認した近藤崇《こんどうたかし》は警察庁関東管区警察局サイバー特捜部に所属する刑事で、内閣サイバーセキュリティセンターのチームに参加していた。以前に内閣が行なった政府デジタル人材の研修でコネクションができたことがきっかけだ。

今回のアイギス暴走は不可解な点が多すぎる。主犯である天野がなぜこのようなことをしたのか見えてこないのは気持ち悪かった。他にも足りない情報はいくつもある。だが、天野の動機がわからなくてもアイギスを取り戻せば事件の根幹は解決だ。天野の逮捕は後回しでいいと近藤は割り切っていた。

――持ち札なんて常にこっちは不利なんだ。それで勝負をするしかない。

かつての同僚でライバルでもあった、深町大吾の言葉がよぎる。

深町は自分と同じキャリア組とはいえ、若いころ、現場でノンキャリの叩き上げだった人物に見込まれ、現場感を教え込まれ鍛え上げられた人物だった。だというのに一年前におよそ似つかわしくないデジタル庁に行ってしまった。頭がいいだけの人間なら官僚にも技術者にもいる。デジタル庁は深町の犯罪者を追う嗅覚を欲したのだろう。彼も今、彼なりのやり方でこのアイギスの事件を追っているはずだ。

自分もこちらのチームで成果を出すまでだ。

入念な打ち合わせを行ないチームは複数に分けた。一点突破よりも多方向から攻略するほうが適していると判断したからだ。

近藤は分けたチームの一つを担当し、各チームとの連携を大事にした。縦割りになりがちな組織編成に、今まで苦労させられた。今回のような国を揺るがしかねない大事件において、そのような悪習はできる限り回避したかった。

万全の準備で挑む。理想に近い形で作戦を開始できたことに近藤は手ごたえを感じている。

アイギスの潜伏場所に天野がいる可能性も高い。すぐさま現場と連携して迅速に逮捕に向かえるようにするだけだ。

内閣サイバーセキュリティセンター主導のチームは複数動いていて、様々な方法で足並みを揃えていっせいに作戦を開始している。同時多発的に行われるハッキングの対応に追われ、アイギスは陥落する、そのようなもくろみだった。

「何か成果はあったか？」

まずしなければならないことはアイギスの居場所を突き止めることだ。場所がわからなければ、制御を取り戻すためのハッキングを仕掛けることはできない。

「いえ、まだです」

しかし最初の段階でつまずいていた。すでに半日が経過している。

ここ以外にも三カ所でアイギスを攻略するチームが動いているが、結果はどこもかんばしくなかった。

「天野はいったい、どこに隠したんだ？」

アイギスには日本の金融データが詰まっている。そのデータ量は莫大だ。さらに現在もオンラインの金融は正常に動作している。それだけの通信量に耐えられる施設も必要になる。おいそれと隠すことのできるものではない。

「引き続き、アイギスの居場所を……」

部屋の照明が明滅して言葉が途切れる。

「なんだ？」

明滅したのは数十秒くらいか。その後、室内の明かりがいっせいに消えた。部屋の照明だけではない。モニターやＰＣが発する光、すべてがいっせいに消えてしまった。

「停電か？　このタイミングで？」

かろうじて誘導灯の明かりだけが頼りなく光っている。停電時でも内蔵バッテリーで数十分は点灯できる仕組みになっていた。

「ありえません。この建物には予備電源があります。たとえ停電でも電源が落ちることなんてありえません」

そこへ通信機に連絡がいくつも入ってきた。停電ならば通信機が生きているのはおかしかった。だというのに通信機の呼び出し音がひっきりなしに鳴った。

皆がいぶかしむ中、通信機を受け取る。

「他のチームでも停電が起こったそうです」

「こちらも同様です」

状況はすぐさま判明した。内閣サイバーセキュリティセンターが用意した対策チーム四カ所すべてに、建物の電源が落ちる事態が起こっていた。ハッキングの妨害目的であることは明白だった。

6

「全部、失敗しただと？」

官邸連絡室で内閣官房長官が呆然とつぶやき、そのまま頽《くずお》れるように椅子に座った。そうなるのも無理からぬことであった。

内閣や金融庁所属のサイバーセキュリティ対策チームがことごとく、アイギスのハッキングに失敗したという連絡を受けたからだ。

「な、なぜこのようなことになったのか説明したまえ」

官房長官は震える手で指差し、各担当者を問い詰める。彼らはすぐに答えることができず、ハンカチで額の汗を拭くばかりであった。

「この二年間、世界中のありとあらゆるハッキングを防いできた実績は伊達ではないってことですね」

代わりに口を挟んできたのはデジタル庁の宮内だ。官房長官の視線がそちらに移った。問い詰められていた担当の一人は渋い顔をして、もう一人はほっとした顔をした。

「宮内君、発言するなら挙手をしたまえ」

「失礼しました。発言をしてもよろしいでしょうか。こちらがハッキングを仕掛けると逆にやり返される、という状況のように思えます。主犯である天野の警告とみるべきか、それともアイギスの機能なのかまではわかりませんが、おいそれと手出ししにくい状況であることに変わりはありません。2022年、国家安全保障戦略に盛り込んでいたにもかかわらず進展の遅かった能動的サイバー防御《Active Cyber Defense》、いわゆるやられる前にやるという戦略ですね。それを図らずも実現化した形になります」

「最強の盾であるアイギスは、最強の矛でもあるということか？」

官房長官の問いに宮内は渋い顔でうなずいた。

「はい。アイギスには能動的サイバー防御の準備が最初からしてあり、あとは法の整備を待っていた状態だったのかもしれません。天野生人は本物の天才です。恐れ入る。先進的な戦略に即した機能をどこよりも早く盛り込んでいた」

重苦しい空気が流れた。数日前はそれでもまだ国を挙げてかかればアイギスの制御を取り戻せるのではないか、あるいは主犯である天野を捕まえられるのではないか、と楽観視する雰囲気があった。しかし今はそんな甘い楽観的な雰囲気は欠片《かけら》も残っていなかった。

「それで経済的な損失はどれくらいなのかね？」

官房長官の問いに経済産業省の人間が答える。

「アイギスが八時間停止したことにより生じた損害額は数千億は下らないだろうと。海外での影響を考えると、その金額は兆に届く可能性もある、と、今のところ、あくまで可能性ですが」

担当者はあまりの金額の大きさに言葉尻を濁す。

「そ、それはいくらなんでも盛りすぎじゃないのか」

青ざめる官房長官に、財務省の人間が残念そうに首を振った。

「日本銀行の大口出納では一日平均、四千二百億円以上もの現金が出入りしています。それだけの金額が国内で流通している証です。これは現金のみで、オンライン上の取引は含まれていません。加えて海外にも使われていることを考えると、あながち大げさではないように思えます。すでに国内外、両方から経済的損失の補塡を要求する声が出ています」

「それだけの賠償を我が国で背負えというのか。たった数時間、アイギスが停止しただけで？」

椅子の肘掛けを叩き、官房長官はイラだった気持ちを隠そうともしなかった。宮内がなだめるように言う。

「アイギスの浸透度を考えれば、我が国の経済的損失は抑えられている方です。日本は現金主義でオンライン決済が遅れている。ようやく四割に届いたところです。時代遅れだと海外から揶揄されていましたが、今回の事件を鑑みるに、それでも現金主義だからこそ損害はこれだけに抑えられたと見るべきでしょう。キャッシュレス化はまた遅れることになるかもしれませんが、悪いことばかりではない、というのは一つの救いだと思います」

官房長官は眉間のしわを深くして、長々とため息をついた。

「はあ、慰めにもならないが、まあ礼を言おう。少し冷静になれたよ。日本の未来は君達にかかっている」

警察庁長官と金融庁長官はすがるような眼差しを受けて、それぞれ決意を表明する。

「官房長官、この状況を打破するためにも早急にアイギスの問題を解決する必要があります。アイギスの制御を取り戻す、あるいは天野生人を確保する。いずれかが必要になります」

警察庁長官の視線は天野生人にも強く向いていた。それだけアイギスをハッキングするという手段が追い詰められているとも言える。

「急《せ》いては事をし損じるとも言います。たとえ回り道であっても、相手に悟られないよう刺激しないよう、もっと慎重にアイギスに接触をはからなくてはならないでしょう」

もっともらしい進言であったが、一つ問題があった。

「しかし予告の日まで残り六日しかない。そんな悠長にかまえてもいられないだろう」

「こうしてはいかがですか。チームを巧遅と拙速の二系統に分けます。対応に柔軟性が出るのではないでしょうか」

宮内の進言に官房長官は軽くうなずく。限られた時間の中でできることは少ない。実現できる妥当なラインと言えた。

しかし逆に言えば決定打に欠ける提案でもある。それがよくわかっているのか、控えていた深町が見た宮内の表情は、苦渋のものであった。


「日本のサイバーセキュリティはマイナーリーグレベル。２０２２年に来日した米国のブレア元国家情報長官の言葉だ。悔しいことにまったくの事実だ」

官邸連絡室を出て忌々しそうに話す宮内の後ろから、深町は並んで歩き出した。

「事実ですが、他国から言われると業腹《ごうはら》ですね。たしかに日本人のセキュリティ意識の低さは警察でも問題になってます。海外旅行で荷物を守るという意識も低く、スリやひったくりの被害に遭いやすい。裏を返せば日本の治安はそれだけいいという話でもあるんですがね」

「国民の意識が低いのは治安維持ができている勲章とも言えるが、我々のような人間がそうであってはいけない。多かれ少なかれ国のセキュリティの甘さをどうにかしたい、という意識はあった。だからこそすべてを一変させる逆転の一手に飛びついたのも、しかたないと言えばしかたないのかもしれない」

「逆転の一手、アイギスですね」

「そうだ。アイギスは日本のサイバーセキュリティをマイナーリーグから一気にメジャーリーグへと押し上げた。当時俺は反対する立場だったが、アイギスのめざましい性能と活躍に、自分は間違っていたと思い直していたところだったんだがな」

アイギスの採用に当時宮内は難色を示していた数少ない官僚の一人だった。

「おまえが担当しているハッキングチームはどうなっている？　いまのところ動きはないようだが」

葵が集めたメンバーはまだこれといった活動をしていなかった。

「準備段階で、まだ数日かかると思います。先ほどの話で言えば巧遅チームですね」

「他のハッカーチームもがんばって欲しいが、難しいかもしれないな。世界中のプロ中のプロの犯罪集団でもできなかったんだ。上がってきている資料を見るに既存の方法の延長上ばかり。アマンテックのデータがあるとはいえ、与えられた期間も短すぎる。おまえが担当しているチームはずいぶんと変わっていると聞いたが」

深町は詳しい資料をまだ提出していなかった。集められた人材はあまりにも異色すぎて、止められる危険性があったからだ。

それでも今こうして面と向かって問われれば提出しないわけにもいかない。深町はごまかすことはあきらめ、正直に資料を渡した。

「役者に絵描きに元スパコン開発者、専門家は正体のわからないハッカー一人。これは何かの冗談か？」

「やはりダメですかね？　可能性はあると思うんですが」

予想に反して宮内の眉間のしわは浅くなった。

「いや、いい。いまの状況ならばたとえ失敗しても批難されることはないだろう。気にせずおまえの直感を信じて好きにやれ。批判されたときの盾くらいにはなってやれる」

宮内の許可が出て深町はほっと胸をなでおろす。

「今日はこれからこれらメンバーの顔合わせをします」

「あと六日しかない。そのことを忘れるなよ」

深町はわかりましたと、以前の職場の習慣で思わず敬礼しそうになった。

7

「これが本多さんの集めたメンバーか……」

深町は集まった人達を前に、苦虫をかみつぶしたような顔にならないように気をつけながらつぶやいた。

絵描きに役者にハッカー。異色というよりは色物だ。純粋な専門家は一人、葵は畑違い、残り二人は完全に門外漢だ。

それに昨日のこともある。本当に葵の方法で大丈夫かという疑いは深まるばかりだった。

最初にそれぞれの自己紹介が始まると、葵以外だれもが戸惑った顔をしていた。画面越しのリーパーも、

『ほんとに集めやがったのか』

と言ったきり、毒舌にキレもない。

アイギスのセキュリティを破るチームと言われて納得できる人間はいないだろう。

――集合場所に整ったＩＴ環境や設備は必要ありません。街中の防犯カメラができるかぎり少ない場所にしてください。もちろん、エレベーターが遠隔で防犯監視されているような新しいビルも避けたいです。

という葵の希望通り、郊外の古い雑居ビルの一室で顔合わせは行なわれた。

リーダーとも言える葵の目の下にはクマができていて、見るからに疲労困憊といった風情だ。

「大丈夫なのか？」

深町は大きなあくびをする葵を不安そうに見ている。

「大丈夫です。頭は冴え渡っているので安心してください」

そう言って自分の顔を何度も叩いて意識をしっかりさせる姿は不安しか呼び起こさないが、深町はまず、見守ることにした。

葵が立ち上がると自然と全員の目が集まる。絵描きの山崎は集合してからずっとタブレットに向かって何かを描いていたが、いったん手を止めて葵を見た。

「疑問は色々あると思いますが、まずは現状をまとめさせてください」

そうして話し始めた葵に、みな神妙な面持ちで耳を傾ける。

「四日前、アイギスが管理する金融取引が八時間十四分、麻痺しました。世間ではシステム不具合と発表されていますが、現実は少し違います。アイギスを開発した天野生人から犯行声明が出されています。今回は八時間、猶予は十日、次は再開させない、とあります。若干の時間のズレがあるのは気になるところですが、いまは置いておきましょう。現在、アイギスは金融取引自体は正常に行えるものの、管理者権限の命令をいっさい受け付けていない状態です。金融庁が所持しているアクセス権限もすべて拒否された。で、あってますよね？」

　本多に話を振られて深町は慌ててうなずいた。

「そう聞いている」

『伝聞系かよ。頼りねえな。ほんとにわかってんのか？』

　容赦ないリーパーの評に、深町はかろうじて平静を保った。

「本来ならそんな状態で金融取引は成り立たないのですが、アイギスはヒューマンエラーを排除するために、ほとんど人の手を煩わせないシステムになっています。私達の目的はアイギスの制御を取り戻し、金融取引の正常化を維持させること。これにつきます。そのための専門対策チームがいくつも作られアイギスの制御を取り戻そうとしていますが、いまなおアイギスの居場所すらわからないという状況です」

『長ったらしい説明だけどよ、やることは二つだ。行方不明のアイギスを見つけて、制御を取り戻すことだろ』

「アイギスを取り戻すために政府がやとった会社が火災に見舞われるところだった。外部からの不正アクセスがあり、一説にはアイギスがやったのではないかと言われている」

『いきなり意気消沈するようなことを言うな、このオッサンは』

　静かに聞いていた如月が質問の手を挙げた。

「違っていたら申し訳ないが、これはあれかね？　映画によくあるＡＩの反乱、というものかい？」

　葵は柔らかく首を横に振った。

「いいえ、ターミネーターのようなＡＩの反乱ではありません。ＡＩは人間に敵対しません。ですが、誤動作で大勢が死ぬような事態を引き起こす可能性はあります」

今一つわからない、という顔をする如月に、画面の中の死神がケケケと笑う。

『昭和を生きてるアナログなジイサン達にわかりやすく説明してやるよ。２０２３年、令和の世の実話だ。米軍の将校、ハミルトン大佐が英国のサミットで発表したＡＩの事件だ』

そう言って、モニターにミサイルを積んだドローンの画面を表示する。剣呑な画面に皆が引き込まれた。

『米軍は、ＡＩが制御するドローンに地対空ミサイルで目標を攻撃しろと指令を出した。しかし途中で人間側は作戦を撤回、攻撃の中止命令をＡＩに下した。するとＡＩはどうしたと思う？中止を命令した人間、つまり味方側のオペレーターを攻撃して殺害したんだ。最初の攻撃命令を遵守するために、妨げになる存在を消しにかかったってわけだ。ギャハハッ、ＡＩ賢いよなあ』

「も、もちろんコンピュータによるシミュレーションの中での話ですから、誰かが実際に攻撃を受けたわけではありません」

慌てて付け足す葵だったが、リーパーはさらに過激な爆発映像を展開する。

『ところが話はこれじゃ終わらねえ。次のオペレーションで、味方は攻撃しないように、味方を攻撃するのは悪いことだ、という指令を追加して同じテストをした。するとＡＩは今度は通信施設を破壊してオペレーターとの繋がりを切っちまった。ＡＩは指定されたルール内で最適解を模索しただけで味方は攻撃してません、通信施設を攻撃しただけです、ってわけだ。命令の抜け道を見つける天才だな。ハハッ、米軍ＡＩとはいい友達になれそうだぜ！』

全員が驚いて静まりかえっている中、リーパーの甲高い笑い声だけが響き渡る。

「あの、皆さん、この話にはさらに続きがあります。この事件を発表したときあまりにも世間で騒がれてしまい、あれはただの思考実験で、実際にあったわけではないと訂正されました」

『はん、俺はアメリカお得意の隠蔽じゃねえかと思ってるぜ。ま、この話からもわかるように、米軍でもＡＩの予期しない行動ってのは警戒してるってこった』

「ＡＩの決定プロセスが予想の範囲を超えてくるのは怖いな。ブラックボックスって言われてる意味が良くわかる」

深町の口調は苦々しい。

「なるほど、意思をもって反乱してくるほうが、まだ人間に近いね。リーパーさんが説明してくれた思考回路は人間の常識とはまるで違う」

如月はうんうんとうなずいている。

リーパーの説明は過激で乱暴ではあったが、皆の理解は深まったようだ。葵はそれをたしかめ話を進める。

「この話からもわかる通りＡＩの思考は、必ずしも人の思惑通りには動かないということです。人間がどんなにルールを設定しても、ルールの穴を見つけてしまうんです」

「そう思うとＡＩって怖いものだね」

如月がしみじみと言う。

「さらにもう一つ怖いことがあります。アイギスは法的に許された範囲以上のデータ収集と権限を所有しているように思えます。これはとても危険です」

　葵は全員を見回し、事の重大さが伝わるように話した。

「アイギスのセキュリティ性能は高すぎました。たとえばオレオレ詐欺の防止。お金の流出を管理しているだけで防止できる範囲を超えています」

「他のデータも持ってるってことか？」

「アメリカではＣＩＡが、マイクロソフトやアップル、グーグルのアプリケーションにバックドアをつけようとしていたことが発覚して大問題になりました。ああ、バックドアとは裏口、つまり本来閲覧できないはずのデータを覗き見する秘密の入り口のことです」

　如月や山崎に向けて説明を補足する。意外にも如月が大きくうなずいた。

「映画化もされた有名な事件だね。スノーデンは観たことがあるよ。国の組織が勝手に個人情報を抜いていた怖い話だった」

「そこで深町さんに再度、確認したいのですが、アイギスに与えられた権限は本当に銀行サーバー周りだけですか？　日本政府もＣＩＡやＮＳＡ《米国国家安全保障局》のようにセキュリティ関連のバックドアを持っていて、アイギスにその権限を渡したりはしていませんか？」

　葵は深町に厳しい口調で尋ねた。

「そんなことするわけないだろう」

『ギャハハッ。そんなＣＩＡみたいなことをデジタルオンチの日本政府がやってたら、むしろ俺は見直すぜっ』

「だとするとアイギスは自力でそれらのセキュリティを破って、情報を収集していることになります」

　ネット上で合法的に集められるデータは限られている。特に日本人はＳＮＳでも匿名性の高いものを好み、実名のフェイスブックのようなものはあまり流行らない。正規の手段で入手できる情報には限界がある。

「そんなことできるのか？」

　深町の声は思わず甲高くなった。

「あらゆるハッキングを防止するということは、裏を返せばあらゆるハッキング方法を知っている、ということにもなります。汎用ＡＩであるアイギスの思考が、セキュリティを強固にするために、様々な場所に潜入し情報を収集していたとしても驚きません。人が設定していないルールの穴です」

『最優先は三原則ってか。アイギスのおつむには法律も倫理観も入っちゃいねえよな』

「それがハッカーのまねごとか？　だがなぜ山田の会社が火災に見舞われるんだ？」

「これはさっきの米軍の話に近いのですが、例えば、テロリストが民間旅客機のＷｉ－Ｆｉ経由でハッキングを仕掛けたとします。アイギスは防衛策としてハッキングをブロックするだけならいいですが、ハッキングそのものを根元から断つという結論に達し、結果的に旅客機を墜落させる、という可能性は充分にあります。バグハンター社のサーバー火災も、ハッキングをさせない方法としてサーバーの熱暴走を行なったのではないでしょうか。ＡＩの思考ではそこに人の生き死には関係ありません」

「俺達は大丈夫なのか？」

山崎が質問する。いま彼は葵の依頼でずっと絵を描くことに集中していた。どれだけ時間があっても足りないと、移動中や打ち合わせ中でも、タブレットで作業を続けていた。

「アイギスがルールの穴をつくなら、私達もルールの穴をつかせていただきます。アイギスのセキュリティの弱点は、すべてAIで行なっていることです」

葵が取り出したのはAIロジッククリアの入ったUSBメモリだ。

「私達がアイギスに仕掛けるのは、正確にはハッキングではありません。アイギスがサーバーから移動していなければ、今日すぐにでも解決できた問題でした。このUSBメモリをアイギスが入っているサーバーのコネクタに差し込めば、解決です」

葵はAIロジッククリアがどのようなものか解説をした。

「AIロジッククリアと言って、AIの挙動を分析するツールです。アイギスの挙動を簡略化し真似るだけ。破壊行為やプログラムの改ざんをするわけではありません。アイギスはAIロジッククリアのことを外部からの不正アクセスではなく、アイギス内の動作の一環と判断するはずです」

『なるほどなあ、あんた詐欺師の素質あるぜ』

葵の言わんとしていることをいち早く理解したリーパーが感心した声を出す。

「このAIロジッククリアでアイギスを分析し、機能を模した簡易アイギスを作ります。簡易と言っても挙動はアイギスと変わりません。分析が完了したら、アイギスの入っているサーバーを停止し、簡易アイギスに代わりをしてもらいます」

金融機関をストップさせずに、アイギスだけを止める。そこまで葵の中で作戦が組み立てられていることに深町は舌を巻く。しかし同時に疑問も浮かんだ。

「だが、アイギスと同じ挙動をするなら、同じように暴走するんじゃないのか？」

深町の質問に葵は我が意を得たりとばかりに大きくうなずく。

「そのために新機能を盛り込みました。簡易アイギスは、ＡＩではなくなるので意図しない挙動はしないはずですが、さらに念のため、ＡＩロジッククリアごとサーバーの外に移動されないよう、ＡＩロジッククリアをハードウェアのチップで動作するようにしました。これでアイギスが移動することは不可能になる。あとはフローチャートを解析して不都合な思考部分を変えてしまえばいい」

そこまで話すと葵は大きなあくびをした。

「それでそんな疲れた顔しているのか。寝てないんじゃないのか？」

「バレましたか。思いついてから寝る暇もなくて」

照れた顔で目をこする葵に深町は心配そうな顔をする。

『もうババアに片足突っ込んでるんだ。二テツなんて無茶できるかどうか少しは考えろよ』

葵がモニターのリーパーをじっと見た。

『なんだよ、文句あるのか？　もう三十路超えてんだろ』

シャドーボクシングをするリーパーに葵はにこやかに話しかけた。

「じつはリーパーさんにもＡＩロジッククリアの新機能追加のご協力をお願いしたいんです」

「ちょっと待て。なら昨日のシムシムって会社に依頼すればいいじゃないか」

「昨日会社のブースに直接行くのを避けたくらい接触には慎重になっているんです。アイギスの監視の目がどこにあるか、どう判断されるかわかりませんので。私一人でやるにはキャパを超えています」

『監視ったって、そこまでアイギスは見てねえだろ』

「監視カメラ、スマホの音声、いろんなところから情報を吸い上げています。すべてを四六時中監視しているとは言いませんが、万が一があります。シムシムはＡＩ関連の会社ですし」

『だから俺にやれってか？　さらっと言ってるがすげえ作業量だぞ』

腕を組んで悩んでいるリーパーに、

「三十路をババアって言うリーパーさんはきっととってもお若いはず。一週間くらい寝なくても平気でしょう。社外秘のものなのでソースコードは渡せませんが、仕様に関しては詳しく説明しますので」

『なんだその七面倒くさそうなのは』

「大丈夫、リーパーさんならできます。若いんですから」

と笑顔に毒を入れ、確定事項のように葵は話を進めた。

『ハッカーに任せるとか、こいつの頭やっぱりぶっ飛んでるな』

それまでやりとりを聞いていた山崎が不安そうに口を挟んできた。

「聞いていいか？　本多さんの発注でいま俺は絵を描いているが、これは必要ないんじゃないのか？」

『そういや、あんたここに来てからずっとイラスト描いてるな』

「全部で四十九枚描けって言われた。作業量尋常じゃないんで、間に合うかどうか」

枚数を聞いたリーパーはモニターの中で震えおののいた。

「山崎さんの描く速度を考えて発注したつもりです。限界まで、まだ余力はあると見ました。天野さんが予告した期日まで六日、作戦開始まであと五日しかありません。がんばってください」

『鬼だな』

「労働基準法などと言っている場合ではないので」

「たしかに発注されたものは、死に物狂いで描いて限界一回超えるくらい、とても的確な無茶ぶりの発注量だったよ」

早ければ早いほうがいいと言いたいところだが、山崎の表情に疲労の色が濃い。

「私の見積もり間違ってましたか？　予想以上に疲れているように見えます」

「いや、限界一回じゃ物足りなくなって。少し欲を出して描いてる。ひさしぶりに描くのが楽しくなって。ってそんな話をしてるんじゃない。俺のいまの死に物狂いの作業は意味があるのかって話だ」

「そうですね。私も絵描きがどういうものか、演技を考えておいて欲しいと言われましたが、どこに私の出番が？」

如月の口調は穏やかだ。目はじっと山崎とイラストを描いている手元を見ている。役作りに必要だと、イラストを描いている姿を観察していた。

「落ち着いてください。最初に話しましたがアイギスがサーバーから逃げていなかったらの話です。いまアイギスは完全に行方不明。まずアイギスの居場所を突き止めるために山崎さんと如月さんの協力が必要なんです」

葵は横道にそれすぎました、と言うと、仕切り直すふうに一呼吸置いた。

「順番が前後しましたが、アイギスを見つけるための第一段階の作戦を説明します。まず画家に扮した如月さんに、アマンテック本社ビルのロビーに絵の売り込みに行ってもらいます」

「待て、待ってくれ。アイギスのハッキングの話だよな？　なんのことかさっぱりわからないが、俺が無知なせいか？」

『安心しろ。俺もまったく想像がつかねえ』

「私もてっきり、ＡＩに演技を学ばせてるときのことを聞かれるだけかと思ったよ。まさか演技をさせられるとは」

「俺も今描いてる絵がどうハッキングに役立つのかわからないで描いてる」

四者四様の反応に葵は満足そうにする。誰も作戦の意図が思い浮かばない。ならばあらゆるハッキングを防ぐアイギスの虚も衝《つ》けるだろう。

「お題目はそうですね、才能はあるがいままで認められることのなかった老画家の、遅すぎた人生の転機、でしょうか」

8

――作戦会議より五日後、アイギス停止予告一日前。

アマンテック本社ビルはみなとみらいの一画にある高層ビルの一つだ。大手化粧品メーカーや自動車メーカーを始め様々な大手企業の本社が建ち並ぶ中に、創業十年たらずのベンチャー企業のビルが並ぶ。

電柱や看板がない街並みは、大手や最新の企業が建ち並ぶのにふさわしい雰囲気を持っている。

その中でアマンテック本社が入っているビルは重苦しい雰囲気に包まれていた。

いつもは明るい活気に満ちたロビーも、いまは活気がない。九日前の金融麻痺の影響がまだ残っていた。アイギスに問題が起こったことは、世間の誰もが知っていることだ。

ロビーの右手にはカフェがあり、アマンテックに関係のない人でも気軽に出入りができた。オフィスビルが建ち並ぶ場所はみなとみらいでも新高島よりのやや外れた場所にあり、隠れ家的な雰囲気も好まれて、本来は立地のわりには客の入りがいいカフェだ。

しかしカフェに来た客も空気の重たさを肌で感じるのか、長居する者はいない。ロビーの巨大モニターに流れるアマンテック社の広告の音声が妙に目立ち虚しさが漂っていた。

そんな中、一人の老年の男性がやってきたのは、午後の遅い時刻で、フレックスの退勤者やカフェの利用者が交差する、比較的人の多い時間帯だった。

その来客は否が応でも目立った。白い口ひげにベレー帽という出で立ちは比較的珍しいかもしれないが、老人が注目を浴びたのはそこではない。

腕に大きな筒を抱えていた。背丈と同程度の筒を持ち運ぶのに難儀しながら、それでも引きずることなくなんとか受付の前まで歩いてきた。

「ご用件をお伺いいたします」

受付の女性は面食らいながらも、穏やかな口調で対応する。

「これを見て欲しいのだが」

大きな筒を床に下ろすと、老人はよく通る声で快活に喋った。カフェの客達も何事かと、老人の動向に注目している。

「弊社の者とお約束がありますでしょうか？」

「約束？　これを見てもらうのに必要なのかね？」

老人は筒の蓋を開けると中から丸めた紙の束を取り出した。筒の正体はポスターや図面用のケースだった。筒の大きさに比例して、中の紙も大きい。一辺1メートル以上はある。いわゆるB0と呼ばれる大きなポスターサイズだ。そのサイズの紙が束になって筒の中から出てくる。

老人は丸まった紙を広げると、床に並べ始めた。何十枚もの大きな紙には何かが描かれている。

「お客様、困ります」

受付の一人がブースを出て老人を止めようとしたが、

「ほれ、あんた。こっち押さえといてくれ」

と老人に言われ、ついとっさに紙の端を押さえてしまう。

「おお、手伝ってくれてありがとうな」

老人は憎めない笑顔を見せると、紙を次々と並べる。広いロビーの床は見る間に紙で覆われていく。描かれているものはそれぞれ繋がっているようで、並べた紙全部で一枚の絵になるようだった。

カフェの客も他の来客もアマンテックの社員達もいったい何が起こるのか、困惑と興味で注目していた。

わざわざ吹き抜けの二階から見下ろそうとする者さえいた。

見ているのは人間だけでなく複数の監視カメラもだ。保安室ではロビーで起こった異常事態に、警備員に指示を出していた。

その様子をカフェの奥の席から見守る人物が二人いた。若い女性と中年の男性だ。テーブルの上にタブレットを出しているもののビジネスやカップルという雰囲気ではなく、奇妙な組み合わせだった。

もう一つ奇妙なことがある。ロビー内の誰もが老人の奇行に戸惑いを見せていたが、その二人だけはまるで動じることなく、ロビーの様子を観察していた。

その冷静さは、まるであらかじめそのようなことが起こると知っているかのようであった。


——順調みたいだな。

客の一人を装ってロビーの様子を監視している深町は、全員が顔合わせした日の出来事を思い出していた。

9

――五日前。


「お題目はそうですね、才能はあるがいままで認められることのなかった老画家の、遅すぎた人生の転機、でしょうか」

「真面目に説明してくれ」

葵が楽しそうに話しているのを、冗談を言っているのだと勘違いした深町がたしなめようとした。

「いたって真面目ですよ。いまから順番に説明するので、まずは聞いてください」

その一言で場の雰囲気は静まりかえった。

「まず行方不明になったアイギスを捜さないといけません。老画家はそのために必要なステップです」

リーパーの頭の上にはハテナがいっぱい浮いていた。

「元々私は正攻法でいこうとは思っていません。正攻法なら別の専門家チームに任せるのが一番です。私の考えたやり方は邪道といいますか、普通とは少し違うことをします。金融関係のデータの送信が表玄関とするなら、私は別の出入り口を探します」

『まあそうだよな。つくとしたら正面玄関じゃなくて、裏口だ』

深町はなるほどと一度深くうなずいたが、すぐに首をかしげた。

「それでその裏口はどこにあるんだ？」

『俺もそれを聞きてえ。そうそう都合のいいものなんてねえだろ』

リーパーも追随する。

「アイギスはどうやって詐欺やヒューマンエラーを防いでいるかお忘れですか？」

「ああ、なるほど。監視カメラの映像も見てるはずってことか」

山崎がいち早く気づいた。

『そんなの他のチームだって当然思いついてるぜ。データの行き先がまったくつかめないってのが問題になってんだよ』

「そうだ。データが途中で行方不明になるのはバグハンター社でも見ただろう」

深町とリーパーも口を挟まずにはいられなかった。

「まずは本多さんの話を最後まで聞きましょう」

如月は年長者らしく落ち着いた態度でリーパーと深町をたしなめる。

「行方不明にならないように、データを見つけやすくします」

本多は意味ありげに山崎と如月を見た。

「山崎さんと如月さんはアイギスの学習に深く関わっています。山崎さんの絵と如月さんの動作の情報収集は、アイギスの中でも優先度は高く設定されているはずです。もし監視カメラにお二人の興味深いデータが検出されたら、アイギスは学ぼうとする姿勢を見せるでしょう」

『なるほどな。学習するなんてのはＡＩならではの動作だ』

「そこで二人の情報をアイギスが見つけやすいように、アマンテック本社ロビーで、ある行動をしてもらいます」

「ならばアマンテックに連絡して協力を……」

「それはやめてください。先ほども申し上げましたがアマンテック社の情報はアイギス、あるいは天野生人に筒抜けと思ってください。ですのでゲリラ的に行ないます。あっ、法的な部分、といいますか軽犯罪になりかねないところは、深町さんに便宜をはかってもらいましょう」

できますよねと無言の圧力で葵は深町をじっと見る。

「わかった。わかったからそんな顔で見るな。警察沙汰になっても、すぐ釈放されるように取り計らう。アマンテック社も穏便にすませたいだろうから、問題が起こってもなんとかなるだろう」

深町は観念したかのように軽く両手をあげた。

「警察沙汰になるようなことをするのか？」

メンバーの中では乗り気が一番薄い山崎が、不安の声を発するのもいたしかたないことだ。

「犯罪前提ではありません。ただトラブルに発展しかねないことはします」

葵はどこまでも落ち着いて淡々としている。

「まあ、やるかやらないかは作戦の内容次第でしょう」

如月は穏やかに微笑んでいたが、

「そうですね。一番大変な役をになってもらう如月さんには、ぜひ納得して欲しいと思っています。話は最初に戻りますが、如月さんには奇行をする画家になってもらいます」

「き、奇行をする画家？」

穏やかな如月の顔がひきつった。

10

いまアマンテック社のロビーでは葵の作戦通りに物事が進んでいた。

山崎が描いた大作アートを、奇妙な芸術家に扮した如月が注目を集めるように床に並べる。誰がこの行程をアイギス攻略の鍵と考えるだろうか。もしそうだと説明しても、注目を集めるための陽動だと思う程度だろう。

すべてを企んだ葵は落ち着いた様子で紅茶を飲んでいた。作戦に備え昨日は一日休息をとりぐっすり眠った。頭も冴えている。

「さすが集大成とでもいうべき自信作だと豪語しただけのことはありますね」

絵の全貌が現れると、山崎の言葉の意味がわかる。様々な絵柄が巨大なアートの中にあった。これは彼がＡＩに向き合った歴史だ。

いかにもＣＧらしいポップな絵柄、モノクロのコミック風の絵柄、淡くて繊細な水彩画から重厚な油絵のようなもの。様々な絵柄が渾然一体となっている。統一感のない技法や絵柄がいくつも混在しているのに、見事なまでに調和がとれている。絵の巨大さも相まって圧倒的な存在感があった。

様々な絵柄や技法はＡＩの学習の必要になり身につけたスキルも多いという。

大勢の人がスマホを手に取って床に広がる巨大アートの写真を撮っている。

『おいおい、もうSNSにアップしてる奴がいるぜ。けっこうな勢いで拡散もされてる。俺が裏で小細工するまでもねえぞ？』

イヤホンからリーパーにしては珍しい素直な賞賛の声が入った。

ここまで注目されるのは葵としても計算外のことだった。山崎太陽の力量は自己評価より高いとみていたが、まさかここまで圧倒的なイラストを仕上げてくれるとは思わなかった。

必要以上に注目されて欲しくはないというのが葵の本音ではあったが、山崎の爆発した才能の晴れ舞台だ。多少の誤差、今後の作戦行動への支障はよしとする。葵は人の才能が開花する瞬間がなによりも好きだった。

そしてついに七×七の絵が完成する。枚数は四十八枚。四十八種類の絵柄と技法。しかし葵の発注から一枚足りない。ちょうど中央部分の一枚が抜けていた。

様々なタッチの奔流、集結、融合が中央に向かっている。

最後の一枚は老画家本人だった。体を丸め、胎児のように横たわり、現実《リアル》という表現方法として加わった。すべては現実を奔流とする。あるいは逆に現実こそ創造の産物の集大成と言いたいのか。最後の一枚を如月本人にするというのは山崎のアイディアだ。

いずれにせよその場にいた人々、SNSでリアルタイムに情報を追いかけていた人達に大きな感慨をもたらすことになった。大きな拍手が起こっていた。

『俺には芸術とやらはさっぱりだけどよ、これはなんかすげえな』

葵は満足そうにうなずいている。

「予想以上の成果です。これは期待できますね」

『ここからが俺様の出番ってわけだ』

様々な情報が流れるネットワークの中からアイギスのデータを見分けるのは難しい。なぜなら、ネット上に送信されるデータ群、ましてや暗号化された莫大なデータにクセと呼べるようなものはない。この数列が出たから、この文字列が並んだからアイギスだ、と見分けることは不可能だ。

しかし汎用ＡＩのアイギスには一つだけクセが生まれる可能性があった。山崎や如月に対し起こるクセ。そのアイギスの挙動のクセを利用し、膨大なデータ群の中からアイギスを見つけ出す方法を葵は考えた。

『あったぜ。あんたの予想通りだ』

様々なデータをどのようにしてアイギス本体に運ぶか。まず映像データ。映像データは画像や音声に比べるとデータ量が遥かに大きく、そのままネットにデータを流すことはまずない。いわゆる圧縮技術が使われる。

葵が山崎と如月に求めたのは二つのことだ。

まず山崎のイラスト。イラストのサイズが大きければ映像データで切り捨てられるところは少ない。さらにタッチも技法も違う様々な種類を描くことによって、データの圧縮をかかりにくくした。

さらに絵を徐々に完成させていく。その過程を記録させることにより、データをさらに大きくさせる。

もう一つそこにデータを重ねた。ＡＩで映画を作るために最も学習させた俳優である如月ケンを登場させたのだ。

重要な絵と人物という二重構造を前に、アイギスはより精度の高い情報を取得しようとし、そのために転送データ量は肥大化するはずだ。

しかし絵の一部として中央に如月ケンを配置するとは思わなかった。山崎は対アイギス用としても芸術作品としても素晴らしいものを作り上げた。

『如月ケンの演技とサンサンのイラストを同時に記録、学習させる。これはアイギスもやるのは初めてだろうな。作業の効率化が進んでいない。だからさらにデータが莫大な量になる。このデータ量こそがアイギスを識別するカギってわけだ』

「見つかりそうですか？」

『そうあわてんなよ。パケット通信を見ること自体はそんなに難しくない。中身までは見れないけどな。ただ入れ物の大きさを知るのは簡単だ』

リーパーは鼻歌を歌いながら、音符のアニメーションを追加する余裕すらもって、作業をしていた。

作業が始まり数分後、死神のアバターがニヤリと笑う。

『見つけたぜ。どう見てもこれだろ。データの大きさが他のものより数倍でけえ』

「データ追跡、できますか」

『俺様を誰だと思ってるんだ。リーパー様だぜ。任せろってんだ。数分待ってろ』

「全部あんたの想定通りに動いているな」

葵はバッグの中からＵＳＢメモリを取り出す。

「あとはデータを追跡し、アイギスの居場所を突き止めて、このＡＩロジッククリアの入ったＵＳＢメモリをアイギスのいるマシンに差し込むだけです。ＡＩロジッククリアはアイギスのロジックを解析、コピーできます。金融機関でのアイギスの動作は問題なく肩代わりできるでしょう。その後、アイギスには機能を停止してもらいます」

『あんたの要望通りにＡＩロジッククリアを改良するのは大変だったぜ。人使いが荒いなんてもんじゃねえ。だが完璧に仕上げてやったぜ』

「これが終わったらゆっくり休んでください」

葵がそう言ったときにはすでにリーパーは洟提灯《はな》を出して寝ているふりをした。

「あんたさんを誘って正解だったよ！」

深町は膝を叩いて喜んだ。

『おっさんくせえ』

「一つだけ制約があります。ＡＩロジッククリアを動作させるには、アイギスの入っている機器に直接プログラムをインストールする必要があります。ネットワーク経由では、アイギスは鉄壁の防御力でＡＩロジッククリアを排除するでしょう」

『本体のある場所だけは捜し出す必要があるってわけだ』

「そのかわり見つけたら勝ったも同然です。追跡はどうですか？」

リーパーは顔をひしゃげさせて難しい顔をしていた。

『途中でデータが分散した。あたりまえだが用心深えな』

「どういうことですか？」

『わかりやすく言うとだな。野郎どもずらかれ、バラバラに逃げるんだ。例の場所で落ち合おうぜってところだ』

「つまり複数のルートを使ってデータを運んでいると」

『まあ一度捕まえた尻尾をやすやすとは逃さねえよ。もう面は割れてんだ。いまさら分散したところで無意味なんだよ。しかし千以上に分かれやがる』

「すべてアイギスに向かうとは限りませんね」

『ダミーも含まれてるだろうな』

リーパーの作業が映し出されているタブレット上では、膨大な量の情報が次々と流れていた。

『分かれたルートの半分は消した。全部ダミーだ。それでも五百以上あるのかよ。かあ、面倒くせえ』

分散したデータのルートのトレース情報や十六進数が羅列されたダンプ画面が、すさまじい速度でスクロールされて流れていく。たまに確認のためなのか一時停止させ、またスクロールを再開する。リーパーは複数の種類のデータを同時に把握し処理していた。

――本当に優秀なのね。

画面に流れる十六進数の英数字、0から9、AからFが一見ランダムに並んでいる中から意味をくみ取るのは経験と能力が必要だが、リーパーは軽々とやっている。

『ルートを二百まで絞ってやったぜ。ん？　なんだこれ？』

リーパーの頭の上にはてなマークが浮いた。

「どうかしましたか？」

『分かれたルートの行き先の一つがな……。これは嘘くせえが、無視するのもなあ』

煮え切らない言葉だ。しかし作業用ウィンドウのデータを見れば彼はひとときも手を休めていないのがわかる。

「何があったんです？」

『ルートの行き先の一つが、アマンテックビルの最上階なんだよ』

「最上階……」

そこにあるのはアマンテック社の社長室、つまり天野が使っていた部屋だ。

『ルートの一つがロシア、ヨーロッパ、アフリカ、南米、北米とワールドツアーをかましたあと、アマンテックビルの最上階にたどり着いたんだ』

「ダミーにしてもルートが凝りすぎてますね」

『凝りすぎてるからこそ怪しいってのもあるが、そんなこと言い出したらキリがねえ。残りルート五十。この先はダミーのルート削るのも骨が折れるな。で、どうする？』

「リーパーさんはそのまま作業を続けてください」

葵は立ち上がる。

『おいおい、まさかその最上階に行くつもりか？　行って何ができる？　そもそもどうやって入るつもりだよ？』

葵はカードキーを一枚取り出した。

「以前、天野生人にヘッドハンティングを受けたとき、社長室直行のカードキーが送られてきました。いつでも門戸は開いている、ということらしいですよ」

『うわぁ、キザったらしい野郎だなあっ』

「待て。それは最終手段だ」

立ち上がろうとした葵を深町が止めた。

「俺のほうからアマンテック社に要請して、出入りさせてもらうようにする」

「でもその方法では時間がかかります」

「だとしても素人の君が行くことはない」

『そうだぜ。候補のルートはまだあるんだ。ほらもう残り三十を切ったぜ。俺様が場所を突き止めるのも時間の問題……』

リーパーの動きが止まる。

『どうなってんだこりゃ、いったいどうなってやがる？』

リーパーの顎が外れて、足下にまで落ちた。

「おい、どうした？」

『ＡＩロジッククリアを組み込むのは無理だ。サーバーの場所まで辿り着けねえ』

「海外なら数日かかってしまうかもしれません。でも前にも言いましたが十日間という期限はそこまで厳密ではないと思います」

『いや、距離はいま一番近いところは７００キロ程度だ』

「なら国内じゃないか。脅かすな」

リーパーはかぶりをふって、自分の横に地球儀を表示した。

『データのルートの最終地点はここだよ』

リーパーの横のウィンドウが光る。３Ｄで表示される地球儀に二十カ所も光点がともっていた。その場所を見て、葵も深町も絶句する。

光点は地上にはなかった。二人は自然と上空を見上げた。見えるのは建物の天井だが、二人が見ようとしたのはそれよりも遥かに高い場所だった。

『宇宙に逃げやがった！　あいつは人工衛星の中にいるんだよ！』

「は、はっ！　よりにもよって宇宙と来たか。最高の逃げ場所じゃないか！」

深町がやけになった口調で天を仰ぐ。

『人工衛星じゃ、あんたの持ってるＵＳＢを差し込めるわけがねえ。完全に八方塞がりだ。それともＮＡＳＡに頼んでロケットに乗せてもらうか？　だとしても数日でどうにかなるもんじゃねえよな』

「まだ、まだ可能性はあります。繰り返しますが、あの十日間という期限に……」

外の様子がおかしいことに気づく。人だかりができている。その中には肩に担ぐ大きなカメラやマイクを持った人の姿もあった。誰がどう見ても報道機関だ。

「このタイミングでマスコミが？」

深町のスマホからメールの着信音が鳴った。

「そうだな。あの十日という期限に意味はなかった。本多さんは正しかったよ」

「そ、そうです」

なぜ急に同意をしたのかわからないが、葵は元気づけられた気がした。しかしそれに反して深町の表情は厳しい。

「またアイギスが停止した。いま日本の全金融機関がストップしている」

やがて報道陣がロビーに押しかけてきた。


「今回の停止に、何か要求のようなものはあったんですか？」

「俺のところにきた情報を見る限りでは、何も要求はない。一回目と同じだな」

「わかりました。リーパーさん、唯一、地上にいるアイギスは、アマンテック社の社長室、ということで間違いないですね。ダミーではないんですね？」

『うるせえ、わかりきったこと確認するな』

「行きます」

「ダメだ」

『おいおい、何言ってんだこの女？』

二人は止めるが、葵の決意は固まっていた。

「いまなら混乱に乗じて忍び込めます。それに危険はないはずです。せいぜい不法侵入で捕まるくらいです。この状況はチャンスです。アイギスが停止しているいまなら、社長室にとどまっている可能性は高い。全部宇宙に逃げられたら、ＡＩロジッククリアの作戦は使えません」

「カードを貸せ。俺が行く」

「ダメです。指紋認証があります。私でなくては入れません」

『本人に無許可で、元カノのデータをカードキーや指紋認証に登録してるって……。天野生人怖え。ストーカーかよ』

「今はそんなことを言っている場合ではありません。唯一の手掛かりです。私が行きます。いま地上と繋がっているアイギスはここの最上階だけなんです」

葵はＡＩロジッククリアが入ったＵＳＢメモリを持って立ち上がった。

11

葵はカードキーを持って奥のエレベータールームに向かった。受付やエントランスにいたほとんどの人は、大挙してやってきた報道陣に目を奪われていて、葵を気にかける人はいなかった。

出入りする人間は多い。葵が一人入ったところで気にとめる人はいないだろう。それでも高層階に向かうエレベーターでは周囲の目を気にした。誰でも行けるエリアではない。とがめられる可能性もあった。

幸い高層階直通のエレベーターには葵一人だけだった。エレベーター内のセンサーにカードキーをかざし、最上階のボタンを押す。上昇を開始し、ほっと胸をなで下ろした。

――また金融取引が停止した？

予告があってから今日で九日目だ。一日早い。やはり葵の予想通り、あの数字には何も意味はなかった。なんのためなのかは、今回も要求がないからわからない。

しかし一つはっきりしたことがある。

――脅迫のためにアイギスを止めているわけじゃない。それなら予告の日付通りにするはず。あの手書きの犯行声明文は間違いなく天野が自分の意思で出したものだろう。だが疑問もある。なぜ葵が出したポストカードをわざわざ横に置いたのか。どれだけ考えても腑に落ちなかった。

『おい、聞こえてるか？』

イヤホンからリーパーの声が聞こえてきた。

「無事にエレベーターに乗れました」

『天野ってストーカー野郎はいったい何を考えてこんなことしてやがるんだ？』

「前にも言いましたが理由があれば、天野さんはいまの地位や名誉をあっさり捨てると思いますよ」

『この十年でもっとも成功したベンチャー企業ぶっちぎりの一位に選ばれてるのにか？』

「情熱や執着というものがない人でしたから。あくまで電子研究所時代の話ですけど」

『へえへえ、お詳しいこって。手順は覚えてるな？　部屋にあるパソコンを起動してＵＳＢメモリを差してＡＩロジッククリアを実行だ。もしセキュリティに阻まれたら、俺様特製のハッキングツールが入ってるか……らそれをつ、かえ……。でも……』

エレベーターが最上階に近づくと突然リーパーとの通信の間で雑音が酷くなった。スマホを見ると圏外と表示される。

「もしかして妨害電波？」

リーパーから渡された資料の中にあった、最上階の地図は頭の中にたたき込んである。最上階に到着し、ドアが開くと広い部屋に出た。白を基調とした高級感のある家具が並んでいる。ベンチャー企業らしく開放感のある空間だ。部屋の中央には応接用のソファとテーブルがあり、その向こうに社長――天野生人の机と椅子があった。

パソコンも机の上にある。

「ここにアイギスが入った？」

正確には部屋のパソコンはただの端末で、このビルのどこかにあるサーバーに入っているのだろう。

電源を入れるとパスワードを求められた。まずパスワードの解析だ。リーパーが用意したハッキングプログラムを実行しようとして、やめた。少し緊張した手つきでパスワードを打ち込むと、あっさりとパソコンが起動した。

「……やっぱり、昔と同じだ」

この無頓着さ、セキュリティ意識の低さ、昔と変わっていない。アイギスという堅牢なＡＩセキュリティシステムを作った人間とは思えない。

万が一重要なデータが盗まれたとしても、天野はああそうか残念だ、と無感動に口にするのを容易に想像できた。

天野生人の空虚さが理解できない。まるで熱のない情熱でアイギスを作ってしまう天才性。なぜ別れたのかと問われたとき、いつも曖昧に言葉を濁していた葵だが、答えはわかりきっていた。

天野の空虚さが怖かった。

ＡＩロジッククリアの入ったＵＳＢメモリ。ここまできたら、あとは目の前のパソコンにこれを差してインストールすればいい。このパソコンに直結しているサーバーに侵入。中にいるはずのアイギスの挙動を、数時間でＡＩロジッククリアは解析し、アイギスに成り代わって業務を行えるようになるはずだ。

しかし作業する手が途中で止まった。

パソコンのデスクトップにアイコンはほとんどなく、左横に綺麗に整頓されている。その中でただ一つ、目立つようにデスクトップの中央にファイルが置いてあった。

動画ファイルだ。タイトルも唯一日本語で書いてある。

「告発。アイギスによる金融機関乗っ取りの犯人……？」

動画のファイル名から目をそらせない。

「まるでこれを見ろと言わんばかりね」

ファイルをクリックすると、動画が再生された。ある室内が映っている。どこの部屋なのかすぐにわかった。

「ここ？」

いま葵が前にしている社長机に、応接のソファとテーブル、見間違いようがなかった。背後を振り返ると、天井に防犯カメラの黒い球体があった。あのカメラで映した映像なのだろう。

そこへ一人の人物が入ってくる。周囲を警戒する姿は挙動不審で怪しかったが、葵が驚いたのはそんなことではなかった。

「そんな、まさか？」

映っているのは自分だった。この部屋に入ったのは今日初めてなのにだ。

映像の中の葵は天野の机のパソコンの電源を入れ、ポケットからＵＳＢメモリを取り出し、いったんためらったあと手動でパスワードを打ち込んでいた。まさしく先ほどした動作そのままだ。服装も同じだった。

「さっきまでの私、映されてる？」

背後の監視カメラを意識しつつ呟く。しかしパソコンを操作している映像だけだ。葵を陥れるには弱い。不法侵入になるかもしれないが、この葵の行動の日時もたった今だ。アイギスに関するすべての罪に問われることはないはずだ。

動画は続く。しかしそこから先は違った。映像の中の葵はすばやくタイピングをして、何かを探っていた。

「そんな、こんな、こんなことはしてない」

モニターにアイギス制御のロゴが表示される。映像の中の葵は表示されているコマンドを迷わず選択していく。やがて表示される全取引停止のコマンド。

『アイギスの管理下にある全取引が強制停止されます。よろしいですか？　Ｙ／Ｎ』

葵はためらいなくＹキーを押していた。警告のメッセージとともに、停止した取引や銀行の名前がずらりと並んだ。

葵は慌てて動画を止めた。止めたところでなんの意味もないが、これ以上見るのは怖かった。いまのはＡＩが作るフェイク動画と呼ばれるたぐいのものだろう。しかしその精度も速さも尋常ではない。たったいま葵が社長室に入ってきた映像から、ほぼリアルタイムで本物としか思えないフェイク動画を作り出している。アイギスの性能は計り知れなかった。

インカムのイヤホンでリーパーや深町に連絡を取ろうとして、繋がっていないことを思い出す。この状況で葵は完全に一人であることに気づいた。

「なんて馬鹿なの」

己を叱責した。この状況でたまたま通話ができなくなったわけがない。意図されたものだ。このままではアイギスを停止させた犯人にされてしまう。

動画は精密で一見しただけでは偽物と気づかない。なにより半分は本物が使われていて、葵が社長室に潜入したのは事実なのだ。

アイギスの暴走の捜査は、いまだなんの進展もない。この動画に警察が安易にとびつくのは容易に想像できた。疑いが晴れるまで長い時間を要するだろう。

エレベーターが動いているランプがついた。いまここに誰かが向かっている。このタイミングで。偶然であるはずがない。

葵がハッキングをしている映像は警備室にもわたっているはずだ。

『来客です』

パソコンから音声案内と同時にエレベーターの中らしい映像が流れた。天野はこうやって事前に誰が来るのか見ていたのだろう。

しかし今はそんなことはどうでもよかった。エレベーターに乗っている数人は全員警官の格好をしていた。

アイギスを操作した侵入者が社長室にいると報告を受けたのかもしれない。

自分を陥れるために、誰がこんなことをしたのか。

「こんなこと考えている場合じゃない」

あと少しで警察が来る。

12

深町はエレベーターのデジタルの階表示をじれる気持ちで見ていた。もう少しで社長室がある最上階だ。

葵が社長室に向かってまもなくアマンテック本社ロビーに警察官が踏み込んできた。警備の人間が社長室に侵入者がいると通報したらしい。

『おいおい、ヤバいんじゃねえのか？』

「助けじゃないことはたしかだな」

警察に事情を説明していた警備の人間に身分を明かし、何があったのか聞き出した。社長室のカメラに不審な女性が映っていたという。その女性はパソコンでアイギスを操作し、全機能を停止させるコマンドを実行していた、と証言した。

そんな馬鹿なと思ったが、警備室で見せられた映像は証言通りだった。

「どうなってやがる」

それから深町は警察官同行でエレベーターに乗った。最上階に到達すると、飛び出すようにエレベーターから出た。捕まった葵がいると予想していた。

本当はおまえがやっていたのか。俺達を騙していたのか。いったいどうしてこんなことをした。聞き出したいことはいくつもあったが、何一つ聞くことはできなかった。

「いないはずないだろう！」

「隅々まで捜せ！」

何人もの警察官が部屋中を捜し回っている。しかし葵の姿はどこにもなかった。

「どういうことだ？」

たしかに広い部屋ではあったが、大勢の人間から隠れ通せるほど広いわけでもなければ、隠れるような場所があるわけでもない。

クローゼットや棚、トイレや別室にいたる隅々まで警察官は捜し回っていた。捜索が始まってすでに十数分は経過しているはずだ。

だが本多葵の姿はどこにもなかった。

煙のように消えてしまった。

挿話　二

京都大学数理解析研究所の教授、河越拓也は目を見張った。

天野生人、彼には目標があった。そのために数学のみを学ぶようなことはしなかった。量子力学やコンピュータなどの情報工学、理数科学、薬学と多方面にわたった。

なぜそのような寄り道をと悪く言う人間もいたが、天野は周囲の言葉などまるで気にしていなかった。人との対話など無駄にしか思っていなかった。一度だけ河越も聞いたことはあるが、本来の目的のために必要なことだと簡潔な言葉が返ってきただけだった。

現代の数学はまったく違う学問の中に、解き明かすヒントが現われるケースがある。リーマン予想も量子力学という思いがけないところから証明の手がかりがでてきた。ポアンカレ予想の解法は大勢の数学者が予想していたトポロジーではなく、微分幾何学によるものだった。

ゆえに天野は一分野に執着しない。現在の数学の行き詰まりは、専門分野が細分化され、一人の人間が学べる範囲が限られてしまっているからだ。

天野は複数の分野において才覚を現わした。彼ならば解き明かすのではないかと期待させるものがあった。

しかし河越は天野を止めるべきかとも悩んでいた。それほどまでに挑む問題の壁は高い。世界に遅れをとっていたイギリスの数学界を、一気にトップに引き上げたゴッドフレイ・

ハロルド・ハーディとジョン・エデンサー・リトルウッドが挑むとなったとき、今度こそ解き明かされるかと期待されたが、まるで太刀打ちできなかった。

ノーベル賞を受賞した経歴を持つジョン・ナッシュも、その問題に挑んだが、あまりの難しさに心を病んでしまった。

第二次世界大戦でドイツが使用した有名な暗号装置エニグマを解き明かした暗号解読のエキスパート、アラン・チューリングですら、その問題を解き明かすことはできなかった。

百数十年もの間、大勢の数学者が挑み続けた難問。今まで何人もの天才達の精神を壊し、自殺者まで出したその難問は、魅力的だが底が知れない。

「俺ならできます」

挫折を知らない天野は自信たっぷりに答える。

彼の天才性と挑む難問の巨大さ、いずれも自分ごときが測ることはできなかった。

三章　罠と暗号

1

深町大吾はデジタル庁の自席の椅子に腕を組んで座り、深いため息をついた。

本多葵が行方不明になった。何が起こったのか詳しいことはわからないまま、すでに五時間が経過しようとしていた。

「あの女、いったいどこで油売ってやがる」

苛立ちから貧乏揺すりを繰り返してしまう。

アマンテック社で警察騒ぎの事件があったというのに、情報が何も出てこない。そこから考え出される結論は一つだ。

「やっぱり公安がらみだよな」

公安警察の秘密主義は今に始まったことではない。捜査の妨げになるからと情報を秘匿する理由も理解できる。しかし公安が介入してきたということならば、海外のスパイが介入したテロ事件と判断する材料があったのかもしれない。

部下の一人が難しい顔で近づいてきた。

「深町さんの言うとおり、あの本多という女、怪しかったですね」

「何か見つかったのか？」

「サイバー特捜部から送られてきたファイルです。決定的証拠ですよ」

そう言って動画データを深町に見せた。アマンテック社の社長室で葵とおぼしき人物がパソコンをいじり、アイギスを止める操作をしている。深町が警備室で見た動画の別角度だった。

「パソコンを始め、何カ所も指紋が出ています」

深町の顔はますます難しいものへと変わる。

「フェイク動画ってヤツじゃないのか？」

「まだ精査していませんが、自分が見た感じじゃ怪しいところはないですね」

「ふむ」

気にくわないとでも言いたげに深町は唇を曲げた。

「それともう一枚」

それは道路のライブカメラに映っていた動画の切り抜き写真だった。車に乗り込もうとしている人物が写っている。

「こりゃあ天野生人じゃないか」

「そうなんですよ。さらにもう一枚。今度は車内の様子です」

「天野の隣にいるのは本多葵か。運転席にいるのは誰だ？　サングラスとバックミラーに隠れて良く見えないが」

「調査中だそうです」

「この車は？　ナンバーまで写ってるだろ」

「乗り捨ててあったそうです。車内からは天野と本多の指紋が出てきたそうです」

「気に入らないな」

「ええ、まんまと騙されましたよ。いえ、深町さんは最初から本多葵を怪しいと言ってましたが」

「そういう意味じゃない」

深町は椅子にかけてあった上着をつかむと勢いよく立ち上がった。

「どういう意味なんですか？」

「俺は天邪鬼《あまのじゃく》って意味だ」

そのまま部屋を飛び出す。上着を羽織りネクタイを正しながら、深町は面白くなさそうにつぶやいた。

「アイギスを停止させた場面に天野と都合良く写っている写真。ここにきていきなり揃いすぎてる」

なにより深町は、アイギスが停止してから葵がエレベーターで社長室に行ったことを知っている。しかし警察はまるで聞き入れてくれなかった。警備室の記録が改変されていて、葵がロビーでエレベーターに乗った時間がアイギス停止前にされていたこともある。

いま一般で出回っているＡＩが作ったフェイク動画は素人目に見分けるのは難しい。専門家が調べればわかるが、しかし最先端を行くアマンテック社が作ったＡＩフェイク動画ならばどうだろうか。

「みんな騙されるかもしれないな」

こんな与太話を公安が信じるとは思えない。下手に目をつけられる前に、独断で動き出したほうが早い。

スマホをいじりなら、自分以外に誰か協力者はいるだろうかと考える。

「やっぱりあいつだよな」

深町はスマホの中の一覧から、リーパーの名をタップし、文章を打ち込み始めた。一年前の大規模ハッキング事件以来の付き合いだ。

企業や政府のセキュリティを破ってはラクガキをして欠点を指摘するリーパーの行ないは、違法行為ではあるが、結果的に役立っているケースがほとんどだった。警察時代から深町を何度か助けてくれたこともある。もちろん例の乱暴な口調で馬鹿にしつつだが。

「警察よりハッカーが頼りになるとはなあ」

もはや苦笑いをするしかない状況だった。

2

——五時間前。

あと少しで警察が来る。

葵は何度か深呼吸をした。荒い呼吸が整い心臓の鼓動が平常に近づく。

葵はすぐさま、パソコンを操作した。ＵＳＢメモリを差す。リーパーが用意したハッキングツールを使うと、あっというまにありとあらゆる制御システムにアクセスしてくれた。その中にはビルのメンテナンス項目もある。

——すごい……。なんて使いやすい。

情報の整理がじつに綺麗だ。優秀なプログラマの中には自分だけわかればいいという人種もいる。とくに単独行動が多いとそうなる。ハッカーもその手の人が多い。しかしリーパーのユーザーインターフェースは、製品として通用するほどシンプルに綺麗に整理されている。

エレベーターのドアの開閉制御を見つけると、すぐさまセッティングを行なう。

葵のいる社長室のエレベーターのドアが開いた。警官達が乗ったエレベーターが到着したわけではない。まだエレベーターの箱は到着しておらず、数十メートルの眼下から昇ってきていた。

葵はじっと昇ってくるのを見守る。エレベーターは一つ下の階に止まった。ちょうどかご室、いわゆるエレベーターの箱の屋根が、葵の足下の高さで停止した。

「おい、社長室はもう一つ上じゃなかったか？」

「警備員が渡したマスターキーが間違ってたんじゃないのか。早く問い合わせろ」

彼らが話している間、葵はそっとかご室の上に乗る。背後でドアが閉まった。開閉音は警察官達の耳にも届いただろう。しかし同時にエレベーターは上昇する。開閉音は上昇の駆動音にまぎれたはずだ。

「あ、動き出しましたね」

「おまえ、間違って下の階を押したんじゃないのか？」

「そんなはずは……」

自信のなさそうな声だ。

「いまは容疑者を捜すのが先だ」

大勢の足音がエレベーターから出て行く。

「誰もいないぞ」

「アイギス停止の容疑者だ。よく捜せ」

葵は静かに深呼吸を繰り返す。冷静に行動すべきときだ。

あとは待つだけだ。というよりは待つしかできなかった。あの短時間でエレベーター制御の設定をいじるのはこれが限界だった。

見つかる前にエレベーターが階下に降りて欲しい。葵はじっとそのときを待った。

部屋の方から捜している声が聞こえる。いないと怒鳴っている。このまま長引けば、いずれ捜査の手はエレベーターに伸びるかもしれない。祈る気持ちで葵は待ち続けた。

どれだけ待っただろうか。やがてエレベーターが階下に降りる。そのまま一階にたどり着いた。次の警察官が乗ってきている。葵はすばやく隣に停止しているエレベーターに乗った。

「俺も同行させてください」

「すみません。いまは……」

「デジタル庁の深町と言います」

——深町さん。

葵は申し訳ない気持ちになった。彼は自分を疑いながらそれでも協力してくれた。いま深町は裏切られた気持ちでいっぱいだろう。

深町と警察官を乗せたエレベーターは上昇していった。それを見届けてから、葵は飛び乗ったほうのエレベーターの屋根を開けると中に降りた。思いのほか高くて手を離して飛び降りるのに時間がかかった。

それでもなんとか着地すると、地下の駐車場のボタンを押す。まだそちらに手配が回っていないことを祈るしかない。

「逃げてしまった……」

いまになってこの選択は正しかったのか自問自答する。おとなしく警察が来るのを待って、事情を説明すべきだったのではないか。しかしそれでは数日、身動きができなくなる可能性があった。

駐車場に着きエレベーターが開いて人影が見えたとき、心臓が飛び跳ねるほど驚いた。

「どうも、こんばんは」

場違いな挨拶をしてきた人物に見覚えがある。最初の集まりでアマンテック社の社員として参加していた。

「え？　荻野目さん？」

荻野目に驚いた様子はなかった。エレベーターの出口付近に車を止めて、まるで葵を待ち構えていたかのようにそこに立っている。

「どうぞ乗ってください」

荻野目が車に乗るように顎で促した。

「深町さんが手を回したんですか？」

答えはない。それによく考えれば深町が葵をかばう理由もない。では荻野目自身が自主的にやってきたのか。だとしてもおかしい。今日の計画は外部に漏らさないように言ってある。深町が荻野目に伝えていた可能性もあるが、どちらにしても荻野目がここにいる理由はわからなかった。

「急いでください。警察の包囲網ができる前にここを抜けてしまいたい」

考える時間はなかった。葵は急いで後部座席に乗る。

車は駐車場を難なく出ると一般道の流れに乗った。後方でパトカーの到達する音が聞こえる。あと少し遅ければ駐車場も封鎖されていたかもしれない。車がきて助かった。徒歩で逃げようとしても見つかっていただろう。

「あの、ありがとうございます」

「いえ」

荻野目は口数少なく答える。意思の疎通を拒否しているかのようだ。

「ええと他に誰か、如月さんか山崎さん、もしかしてリーパーさんが手を回してくれたんですか？」

無言だ。さすがにおかしい。

次の信号で止まったとき降りるべきだろうか。窓から外を見る。まだ街中で人通りが多い。逃げるなら、いまのうちだろう。

次の信号待ちに逃げよう。疲れた様子を装ってドアにもたれかかる。ほどなく車は速度を落として停止した。

ドアが開く。しかし開けたのは葵ではなかった。外からドアが開いた。そしてスーツを着た男性が無理矢理車内に入ってきた。奥へ追いやられた葵は反対側のドアを開けようとしたが、鍵がかかっていた。

「失礼するよ」

入ってきた男性が笑いかける。知った顔がそこにはあった。

「天野さん……」

「何年ぶりかな」

天野生人の昔と同じ穏やかな笑い方は、逃亡している犯罪者とは思えなかった。

3

「車を出してくれ」

天野が荻野目に命じると車は静かに走り出した。葵は警戒の眼差しで天野を見た。車は高速道路に入ってしまい、停車の隙に外に出るのは難しくなった。

「元気だったかい？」

以前と同じような優しい微笑み。いや本当に以前と同じだろうか。自分にはわからない。

一目で高級とわかるスーツ姿、綺麗にプレスがかかったブルーのシャツ。一番結びやすいから好きだと言っていたフェラガモのネクタイだけは以前と変わらない。いやメディアに出る機会が増えるようになってから、彼の洒落た装いには拍車がかかったかもしれない。革靴も手入れが行き届き靴紐の結び目まで完璧に整っている。

しかしいま天野は警察に追われている身だ。この服装や振る舞いは、いくらなんでも行きすぎではないだろうか。

「そんな表情を見せるなんて悲しいな。警戒しなくてもいい」

「いままでどこにいたんですか？」

「どこにいたかと言えば、ふむ、そうだね。大部分の時間はさっきまで君がいた社長室で過ごしていたよ」

「なっ……」

「社長室のセキュリティは色々と特別でね、俺の使用中は監視カメラや防犯センサーの類いにはダミーデータが流れて、俺がいることは気づかれない仕組みになっている。煩わしい仕事から逃れるためだったんだが、まさか逃亡生活で使う羽目になるとは思わなかったよ」

「警察が来たんじゃ？」

「一通り調査すれば立ち入り禁止にしておしまいだ。見張りの警察官はホールにいたが、建物の出入りを見張っているだけだったのでね。それに荻野目君が連絡役で動いてくれた。多少の不自由はあったが、なんとかなったよ」

天野の態度は、追われている者のそれではない。人気のアーティストがマスコミやファンを煩わしく思っている程度だ。

——状況を正しく理解していないの？

現実逃避をするタイプではないはずだ。自信家だが現実はしっかり見ている。泰然自若としていて常に心に余裕があるのが天野だった。

「アイギスの暴走はあなたがやったんですか？」

「君はどう思う？」

天野は気軽に問い返してくる。日本中を騒がせている事件について話しているとは思えなかった。

このままでは会話は天野のペースだ。静かに深く呼吸を繰り返し頭をクリアにしていく。かろうじてなんとか落ち着きが戻ってくる。

天野は社長室にいたという。ならばロビー隣接のカフェに葵達がいるのも知っていただろうし、アイギスの居場所を捜しているのも察しただろう。

「私が思うに、アイギスはあなたの制御下にないと思います。制御下にあったらアイギスの一部がアマンテック本社に入っていかないでしょう。もし追跡されたとき、まっさきに調べられるのは本社です。それに私達がアイギスの居場所を探るタイミングで、アイギスの金融取引停止を行なうはずがない。偶然、私達が追跡調査中のタイミングで、取引停止が起こってしまった。だからあなたは急いで社長室を出た。そしてフェイク動画の罠を仕掛けた」

「偶然で取引停止というのはできすぎている。君達がアイギスに見せた絵と演技が、アイギスの思考に影響を与えた、という可能性もあるんじゃないか？」

「まるで私達の行動に非があるように言わないでください。たとえそれが事実だとしても、制御下にないアイギスを放置しているあなたの責任です」

足を組み頬杖をついた天野は穏やかな表情で葵を見ていた。犯罪を糾弾されている人間のそれではない。恋人との甘やかなひとときを楽しんでいる風情だった。

「君の理知的な言葉が懐かしくてね。つい聞き入ってしまった。俺はやはり今でも君が好きなんだなと思ったよ」

葵は一瞬頭に血が上りかけたが、すぐに話を再開する。

「やはりアイギスの暴走はあなたの意図ではない」

「愛の告白に、ノーリアクションか」

「いまの話題とは関係ありません」

言葉とは裏腹に、自分を見ている天野の視線に熱は感じられなかった。以前からそうだったが、いまはさらに熱がない。

ただ一つだけ熱が感じられることがある。アイギスが暴走してからの天野の不可解な行動だ。

「暴走したのなら、天野さんはなぜあんな書き置きをして失踪したのかという疑問がわきます。社会的な信用は失うかもしれませんが、逃亡するよりはマシです。何があなたをあんな不可解な行動に駆り立てたんですか？　それになぜ私が昔出したポストカードを一緒に置いたんですか？」

葵はポケットからポストカードの写真のコピーを取り出した。天野は穏やかな眼差しのまま、コピーのポストカードを見つめる。

「これは一つの啓示だったよ。最初はアイギスを専用ＡＩで作るつもりだった。しかしこのポストカードを見たとき、汎用ＡＩに方向転換した。そして君は俺のもとを離れて行った。この啓示だけを残してね」

何を言っているのかまるでわからなかった。アイギスが専用か汎用かいまここでする話題だろうか。ポストカードで方向転換したという理屈もわからない。

わかるのはたった一つだけだった。

「やはり私を巻き込むために置いたんですね。もったいぶった言葉を使っていますが、このポストカードにどんな意味があるんですか？　これはウラムの螺旋の神秘というタイトルで、数学と芸術を融合させた現代アートでした」

アイギスの暴走が意図的であるにせよないにせよ、彼ならばもっと合理的な行動をするはずだ。ならばそこにあるのは理性すら上回る感情があるに違いない。

「色々考えてくれた君に一つ情報をあげよう。一度目のアイギスの停止はバージョンアップのための再起動によるものだ。再起動後、各地にあったデータセンターからアイギスは姿を消した」

「天野さんの手によるバージョンアップじゃないんですね。つまりアイギスがみずから？」

「まあ、そうなるだろうね」

「さっき起こった二回目は？　十日後と言ったのは何か根拠があったんですか？」

「二回目の停止はまだ終わっていないし、はっきりとしたことはわからないな。十日後というのは、腰の重たい日本政府に与えた猶予以外の意味はないよ。また止まるかどうかすら確証はなかった。ただサーバーのくびきから解放されたのなら、環境に適応するためにもう一度あるとは踏んでいたがね」

　天野の態度はどこか人ごとだ。

「どうしてそんなに平然としているんです？　このままでは日本の、いえ世界の金融が本当に麻痺しますよ。あなたの会社も社員も、いいえ日本が潰れます。なのになんでそんなに平然としてるんですか？」

　天野の落ち着き払った態度に、恐怖を通り越して怒りが湧いてくる。

「いったいあなたの目的はなんなんですか？　フェイク動画まで用意して私を陥れて。頭がおかしくなったとしか思えません」

「ああ、あのＡＩのフェイク動画は、そうそう見抜けないだろうね。圧縮レベルは統一されているし画像の歪みもない。ＥＬＡで検出しても不自然なところはまず発見できないだろう」

　ＥＬＡとは画像加工を判別する一般的な方法だ。

「すぐに警察にばれます」

「君は警察を信用しすぎだ。日本の警察は世界有数の勤勉さを持っているかもしれないが、必ずしも優秀さに繋がっているわけではないよ。防犯という観点では交番のシステムはすばらしいと思うがね」

「私に何か恨みがあるんですか？」

「恨みではない。ただ君には知る権利、いや責務がある」

　そういう天野の表情の奥底には暗い何かが潜んでいた。

「責務？」

「そう。俺に啓示をもたらした者としてのだ。君はまだどこか人ごとだと思っているようでね。もっと本気を見せて欲しい。君に送ったカードキーはまだ有効だったろう？　俺は君の才能を誰よりも評価してる。だが追い詰められないと、君は本気にならない」

語りながら天野はじっと見つめてくる。観察されているような居心地の悪さがあった。

「だからどうして私を巻き込むんです？　さっきから、啓示と何度も言ってますが、いったい私が何をしたんですか」

「答えを言ったら、熱心に事件のことを考えてくれなくなるだろう。しかし一つだけいますぐすべての謎を解明する手段がある。知りたいかい？」

葵は警戒の眼差しを天野に向けた。

「俺と手を組むことだ。そうすればなぜ俺がこのような行動に出たのか理解できるだろう。そして世界の真理に触れる栄誉に与《あずか》ることができる」

「世界の真理……？」

いままでの会話の流れとまるで関係のない単語が飛び出してきた。概念的でスピリチュアルともとれる単語は、まったく天野に似つかわしくない。何度か口にした啓示という言葉も違和感だらけで、真意を隠しているのはたしかだ。ただ隠れ蓑にしている言葉に、何かしら真実は潜んでいるようにも思えた。

「こんな犯罪を犯しても、平然としていられるほどの価値があるものなんですか？」

天野をいぶかしげにじっと見る。

しかし天野は答えない。やはり天野は変わっていない。彼の中には何か確たるものがあるのだろう。だが天野はそれを他人と共有する気はない。彼の中で完結しているものなのだ。

「価値はある、と答えよう。それで、君はどうする？　手を組んでくれるかい？」

「無理です」

「何が気に入らない？」

葵は天野をまっすぐに見返して言う。

「世界の真理よりも世の平穏を求めているからです」

天野はつまらなそうに肩をすくめただけだった。


車は高速道路を下りて一般道に停止した。すでに夜の九時を回っており、徐々に人通りは少なくなっていた。

葵を車から降ろすと、車はすぐに出発した。運転していた荻野目はバックミラーの中の立ちすくむ葵を見ながら言う。

「逃がしてよかったのですか？」

「フラれたのならしかたない」

「もっと普通に誘っては？」

「正攻法は何年も前に試してこっぴどくフラれてるんだよ」

ならばもう荻野目から言うことはない。

「本多葵、思うように動いてくれますかね？」

「動くさ。世の平穏を求めているといってたろう？」

そう言って天野はうっすらと笑った。

4

葵はこれからどうすべきか迷った。

いま自分は警察に追われている身だろう。うかつに深町に連絡はできない。如月や山崎に連絡をするのも迷惑がかかる。それにいずれも警察の見張りがいないとは限らない。いや事件の規模を考えると確実に警察は見張っているだろう。

アイギスが停止した影響が方々で見受けられた。

店のレジでクレジットカードや電子決済が使えず、困惑している店員や客。ＡＴＭを叩いている男性。非常事態のため無料開放している駅の改札にほっとしている会社員。コンビニの入り口には支払いは現金のみと書かれた貼り紙があった。通行人から聞こえてくる会話のほとんどはアイギスの停止に影響するものばかりだ。

『日本政府はアイギス停止が長期にわたる可能性を懸念し、災害時と同じく電車やバス等の交通機関の無料開放、無料のＷｉ－Ｆｉ施設の開放、電気ガス水道の無料開放を順次行なうことを決定しました。またアイギス停止の影響で円安に拍車がかかる見込みです』

どこからかニュース動画の音声が聞こえてくる。

いまのところ人が死ぬような深刻な被害は出ていない。しかし真綿で首を締めるように日本をじわじわと弱らせていく。その影響は計り知れない。

——どうにかしないと。

しかしいまの自分にできることはどれだけあるだろうか。警察に追われている状況で何ができるというのか。

今回の事件に詳しく、葵の事情もわかっていて、それでいて事件と無関係で警察の見張りもない。そんな都合のいい人物などどこにいるのだろう。

だがしかし、葵は一人だけ、そんな都合のいい人物に心当たりがあった。幸い、その人の住んでいるところは、いまいる場所からそう遠くないはずだ。

行くべきかやめておくべきか。

迷う葵の鼻先に冷たいものが落ちた。雨粒だ。まだ過ごしやすいとはいえ、雨粒は冷たい。葵はしかたなく歩き出した。

その人はたった一人の味方になってくれるだろうか。自信はなかった。

5

とあるホームページのアドレスにアクセスすると「404 Not Found」と表示された。存在しないページに行こうとすると表示される、誰もが一度は見たことのあるインターネットブラウザのエラー画面だ。

しかしエラー画面が出たこともおかまいなしにキーでいくつかの文字列を入力し、特定の手順を踏むと隠しページが現われた。
そこにＩＤとパスワードを入力することで、ようやく目的の場所に到達する。
画面が切り替わり、いくつかの文字が並ぶ。いまの洗練されたウェブサイトのデザインに比べると、簡素極まりない。装飾は皆無で、最小限の情報しか載っていなかった。
情報を交換するフォーラムとチャットだけしかなく、機能も見た目と同じく最小限。ここにたどり着くまでの手間暇に比べるとあまりにも不釣り合いだ。
サーバーの管理者の意向だ。いわゆる情報のミニマリスト。必要最小限こそ美しいと考えるプログラマやＩＴエンジニアは、一定の割合でいる。
迷わずチャットルームの一つに入った。
かに三昧『くふふふ。最近はリーパー氏が足繁く通うようになってくれて、我輩も嬉しいですぞ』
チャットルームに入ってものの数秒で、かに三昧からチャットがとんできた。
リーパー『あんた、いつもいやがるな』
かに三昧『ここに生息しておりますので』
他にもヤニというハッカーが来ている。
ヤニ『アイギスの情報を探りにきたのか？　いまのところめぼしい情報はないよ』
かに三昧『海外の情報も見ましたが、アイギスの停止理由について信憑性の高い情報はありませんでしたな』
ヤニ『俺が止めたって主張する二流どころは何人もいたけどね。日本政府へのコンタクトの取り方を教えてくれってしつこく聞かれたよ。だからナンバー偽造のサイト介して、そいつの国の警察に繋がる番号教えてやったけど』

かに三昧『ヤニ氏のアバターは赤ん坊で愛くるしいのに、やってることは極悪ですな』

リーパー『タバコ吸ってる赤ん坊のどこが愛くるしいんだよ。話は戻すけどよ、誰かがアイギスのハッキングに成功したってわけじゃないんだな』

かに三昧『あれは難攻不落ですな。ただ一つ気になるところと言えば、前回の停止時はデータセンターが移動した痕跡がありました。今回もまた何か起こるのではないかと、我輩は愚考するわけでして』

ヤニ『こういうとき、ジョンスミスに意見を聞くと的確な答えが返ってきたんだけどな。あの能面みたいなアバター懐かしいよ』

かに三昧『そういえば、他のアンダーグラウンドなコミュニティでも、顔を見せなくなったハッカーがいると話題になってますな』

ヤニ『皆、アイギスに敗れて廃業したとか？　なわけないか』

アイギスで起こったことは誰も知らないらしい。

かに三昧『こうなると失踪した天野氏が日本の金融から何兆円も持ち出して海外に亡命するという噂は、あながち嘘ではないかもしれませんな』

リーパー『成功したら世界最高額の詐欺じゃねえか』

ヤニ『ちょっとちょっと。いまくだんの天野生人の面白い情報を見つけたぜ』

表示された数秒の短い映像。そこには車に乗った天野らしき人物と一人の女性の姿が映っていた。
かに三昧『おやおや天野氏もスミに置けませんな。なかなかの美人ではないですか？』
リーパー『これ、いつの映像だ？』
ヤニ『ついさっきらしいね。街中の防犯カメラ。暗くて粗いからよくわかんねえけど』
リーパー『ふん、なるほどな。警察に追われる身でドライブデートとはね。ふざけてやがる』
かに三昧『おお？　モテたことのないリーパー氏の逆鱗に触れたようですぞ！』
ヤニ『うわ、怖い怖い』
リーパー『そんなんじゃねえよ。ちょっと見覚えあるってだけだ』
ヤニ『場所？　それとも乗っている人？』
　しかしリーパーは答えることなくログアウトしてしまった。

　リーパーはパソコンの電源を切って、出かける準備をした。映っている場所がどこなのかなんとなく目星はついた。そして映っている女性はもちろん見覚えがある。本多葵。

　社長室に行ったきり葵は戻ってこなかった。警察の介入もあった。いつのまにか二度目のアイギス停止の犯人に仕立て上げられている。しかしまだ捕まったという情報はない。

　そしてここにきて、天野と一緒の車に乗っている映像。リーパーは何を信用していいかわからなくなってきた。

　残るはもう、自分の足でたしかめに行く。そう決断するのにさほど時間はかからなかった。時刻はまだ十時前で、行って戻ってくる時間は充分にある。

数秒迷って、深町に簡単なメールを出したあと、外出着に着替え、靴を履いて玄関のドアを開けた。するとちょうど目の前に人が現われた。

突然の来訪客にリーパーは慌てた。

「え、ええ！　ほ、本多さん。どうしてここに」

本多葵はリーパーに向かって疲れた表情で弱々しく微笑んだ。

「こんばんは柏木君。それともリーパーって呼んだ方がいいかしら？」

6

リーパーと呼ばれた柏木の表情が強張るのを見て、うろたえた顔をしたのは逆に葵のほうだった。

「あ、ええとごめんなさい。隠していたことをあばこうとするつもりはなかったの。ただ、今の状況で頼れそうな人ってあなたしかいなくて」

普段はまっすぐに相手の目を見る葵の眼差しが、柏木の顔も見られず、迷うようにさまよった。

「でもそうね、迷惑よね。ごめんなさい。あなたがリーパーだってことは誰にも言わないから安心して」

葵は申し訳なさそうに笑うと、そのまま立ち去ろうとする。柏木はその手をとっさに取って引き留めた。柏木の手にすっぽりおさまってしまう細い手は驚くほど冷たくなっていた。

「も、もう夜は遅いですから」

「でも迷惑になるから」

「迷惑じゃないです！　そ、それに色々と聞きたいことがあるし」

社長室に行ったあと何があったのか。天野と会っていたのはどういうことなのか、もしかしたらまだ縁は切れていないのか。柏木の頭の中で様々な思いが渦巻いていた。

「それにびしょ濡れじゃないですか」

雨脚は強くなり、大きな音を立てている。

「警察にも追われてるんじゃないですか？　そんな状態でどこに行こうって言うんです？」

葵の目線が揺れる。今にも逃げ出してしまいそうな葵の手を、強引に柏木は引っ張った。

「か、柏木君？」

「心配したんですよ！　危険なところに一人で行って、行方不明になって、天野と一緒にいる映像もあって……！　いったいどういうことなんだって！」

「そうね、ごめんなさい。ちゃんと説明するわ」

葵は柏木に手を引かれるまま、部屋に入った。


「着替え持ってきますから、ちょっと待っててください」

そう言って柏木は奥の部屋に入った。濡れた服でソファに座るわけにもいかず立ったまま、葵は手持ち無沙汰に室内を見回した。電子研究所時代の彼の机の上のように、趣味のもので溢れている部屋を想像していたが、意外なことに綺麗に片付けられている。片付けられているというより、がらんとしていた。物があるのは居間の隅のパソコンや機材一式がある場所だけだ。

廊下の一角に乱雑に段ボール箱が積んであった。見覚えのある箱には、まだ着払いの赤い伝票が貼りついたままで、送り元は電子研究所になっている。

二年前からずっと開けられていないのか。電子研究所時代の彼の机には、たくさんの食玩やフィギュアが置かれていた。ゲームが好きで同僚と楽しそうに話しているのを何度も見た。しかし積まれた箱の中には、未開封のままホコリをかぶった最新ゲーム機も交じっている。

「散らかるから、しまったままにしてるんですよ」

服を手に戻ってきた柏木は、葵の目線から察したのかバツが悪そうな顔で話しだした。二人の間にわずかな沈黙が落ちる。

「これ、どうぞ。新品です」

と着替えを渡してきた。勝手に押しかけたのだからそこまで気を遣わなくていいと言いたかったが、柏木の性格上無駄な押し問答になるだけだろう。いまは厚意に甘えることにした。

「ごめんなさい。服まで借りてしまって」

葵が着替えを済ませて居間に戻ると、

「あの、どうぞ飲んでください。体温まります」

温めたホットミルクを出す。彼らしい気の遣い方だ。自分の知っている柏木であることにほっとする。

「大事なことを話したいのだけど」

「はい、わかっています」

柏木はかしこまった姿勢でまっすぐに見返してきた。

「あなたのこと、リーパーって呼んだ方がいいのかしら？　それとも柏木君？」

「へ？　ええとええと、好きな方で。あ、いやいや、いままで通り柏木でお願いします」

予想していた話と違ったのか、真面目な態度が崩れて急にしどろもどろになる。その様子に葵が笑みをこぼすと、柏木も気の抜けた顔で苦笑いをした。

「ええとですね。その、どうして僕だと……わかりました？」

「作戦会議の時、リーパーが私のこと二テツしたって言ったでしょう。シムシムからデータを一式受け取ったのは前日だった。だから二テツなんて言うわけがない。私が二日前からＡＩロジッククリアを改良しているとわかるのは、思いついたとき一緒に食事をしていた柏木君だけ」

「二テツって言葉から察するなんて。やっぱり人をよく見てるんですね」

柏木は目を丸くした。

「それともう一つダメ押しになったのが、リーパーが入れてくれたハッキングアプリ。整理されていて直感的にわかりやすくて、不思議なくらい手が自然と動いた。感覚的に知っている。そう気づくと、誰があのアプリの開発者か思い浮かんだ。あいかわらず使いやすい。感心したわ」

驚いた顔がどこか嬉しそうな表情へと変わる。

「入所して間もないころ、本多さんが僕のアプリケーションが使いやすいと褒めてくれたの、覚えてますか？　それ以来心がけてるんです。でもクセってでるんですね。まさかそんなところからバレると思いませんでした」

「それに、リーパーと話しているとき、なんとなく既視感があって。あんな話し方でも、柏木君の面影は残っているものね」

リーパーの話し方と聞いて、柏木は顔を真っ赤にする。

「えっと、本題に入りましょう。本社ビルで何があったんですか？」

「そうね……」

葵はうつむき、しばらくマグカップのホットミルクを見ていた。それから気持ちを落ち着けて、できるだけ冷静に客観的に社長室で起こったことを話し出した。彼女らしく理路整然とわかりやすく、丁寧に説明する。

話を終えると柏木は、

「まずは本多さんの疑いを晴らしましょう。アイギスを操作して停止させたフェイク動画。それをどうにかしましょう」

まっさきにそう言ってきた。

「見抜くのは難しいって言ってた」

「知り合いのハッカーにその手の分析が得意な奴がいます。そいつにデータを渡して分析させていいですか？」

「リーパーの知り合いね」

咳払いをしてごまかす柏木に葵は目を細めて微笑む。

「意地悪な言い方だったわね。でもそのときの動画はないの。ごめんなさい」

柏木はどこか納得のいかない顔をしている。

「どうしてもっと怒らないんですか？　酷い目にあったのに！　誘拐された挙句、雨の中に放り出されて、こんな大きな犯罪の濡れ衣まで着せられて！　もっと天野に怒っていいはずです！」

「怒りよりも疑問が先立つから、かもしれない。どうしてこんなことをしているのか不可解すぎて」

葵はスマホをタップしてニュースを検索する。アイギスの不具合で金融取引が麻痺したという記事は大きくトップにきていたが、それ以外は載っていなかった。

「不具合のままなのね。てっきり私が金融取引を麻痺させたというニュースが載るかと思ったんだけど」

「そうですね。手の込んだフェイク動画まで作ったのに」

まだ時間が早いのか、それとも別の理由か、柏木もタブレットで検索をはじめたとき、

「それはな、いまやアイギスの事件は国家の一大事で、公安が動いて情報に制限がかかってるからだよ」

突然、玄関から声がした。いつのまにか玄関のドアが開いていて、深町が壁によりかかった姿勢で立っていた。慌てていたあまり、玄関の鍵をかけ忘れていたうかつさに気づいても、もう遅い。

「不用心だぞ」

深町は音を立てながら、内鍵とドアチェーンをかける。

「深町さん、どうしてここに？」

驚く葵に、ずかずかと中に入ってきてスマホのメールの画面を見せた。

「リーパーの野郎からこんなメールが届いたからだ」

それは自分の正体を明かす代わりに、本多葵がどうなったのか情報を交換したいというものだった。

「あっ……」

柏木は頭を抱えている。

「まったく無駄な情報公開になったな。リーパーは、今まで何を餌にしても食いついてこなかったってのに。本多さん、あんた慕われてるな」

葵はじっと深町の挙動を見つめていた。その意味に気づいた深町は両手を上げる。

「俺はアイギスを暴走させた犯人があんただとは思ってない。ただ残念だが警察の第一容疑者はあんただ」

葵は柏木に被害が及ばないことに安堵したのか、ほっと肩の力を抜くと同時に、

「そうですか」

とかすれた声でつぶやいた。


「深町さんも、よかったらどうぞ」

リビングのソファに腰を下ろす深町に、柏木がコーヒーを出す。礼を言って飲みながら、深

町は何も言わず葵を見ていた。

葵はその視線を感じながら、さきほど深町に言われた言葉を心の中で反芻《はんすう》していた。公安、警察、第一容疑者。自分が犯罪者として追われているのだと実感した。いままでも自覚がなかったわけではないが、元本職に言われるのでは現実味がまるで違った。

「これからどうします？」

問いかける柏木に答えたのは深町だった。

「本多さん、あんたには二つの道がある。一つはどこかに身を隠す。時が来れば状況も変わり犯人でない証拠も出てくるだろう。日本や世界がどうなるかわからないが、あんたが背負うことじゃない。もう一つの道は天野の目的を阻止しアイギスの暴走を止めることだ。こっちは国を挙げての一大事。だがこれもあんた個人が背負うことじゃない」

いままで葵はそれでも天野に立ち向かうつもりだった。彼がなぜあのようなことをしたのか知りたかったし、日本の金融危機もなんとかしなければならないと思っていた。しかしそんなのは虚勢だ。現実が見えていなかっただけだ。

深町は葵が怖じ気づいたことをいち早く見抜き、道を示してくれた。現役だったころは、さぞ優秀だったのだろう。

葵はしばらくうつむいていた。誰も何も言わない。その静寂をぬって、どこか間の抜けた乾燥機の終了音が響いた。それを聞いた葵はうつむいたまま立ち上がる。

「そうですね。本社ビルでは柏木君も深町さんも止めてくれたのに、無茶をしてこんなことになりました。作戦も失敗、二人はもちろん、如月さんや山崎さんにもご迷惑をおかけすることになって、本当に申し訳なく思っています」

葵は丁寧に頭を下げた。

「しばらく身を隠して、冷静に考えようと思います」

「それがいい。隠れ家なら任せてくれ。何カ所か心当たりがある」

「ありがとうございます。……乾燥が終わったみたいなので着替えてきますね」

葵は脱衣所に向かおうと歩き出し、つまずいてよろけた。しかしすぐそばに壁があったので大事にはいたらなかった。

「本多さん！」

「おいおい大丈夫か？」

「え、ええ……」

葵が体勢を立て直そうと寄りかかった壁のほうを見たとき、一枚の写真が目に入った。コルクボードに貼ってあったそれは、電子研究所時代の仲間の写真だった。

「この写真……」

葵は紙焼きされた写真を指でなぞる。最後の解散の日に、柏木がスマホで撮ったものだ。ベージュのスーツを着た葵を中心に、若い部下だけでなく瀬川や鎌谷も写っている。カメラのセルフタイマーを押した柏木は慌てて駆け寄ってきたから一番端だ。懐かしい顔、懐かしい職場。葵は我知らず微笑んでいた。

よろけた葵を支えるために横に来た柏木も、懐かしそうにピンを刺し直す。

「この職場、僕は本当に大好きでした」

「ええ、私も」

「まめに連絡とるようにはしてますけど、やっぱり連絡つかなくなっちゃう人いますよね」

「あのときもう少し上の人達と交渉して闘っていたら、まだ一緒に仕事していられたかな」

「またみんなと一緒に仕事したいですね」

写真に写っているのは、懐かしさだけではなかった。皆の笑顔の後ろには、資料やボードが剝がされた殺風景な壁、片付けられ何も置かれていない寒々しいいくつもの机、そして無造作に積まれた無数の段ボール箱。

その段ボール箱が、今まさに柏木の後ろにある廊下に積まれたままの三つの段ボール箱と重なった。二年前から一度も開けられていない、赤い伝票が貼り付いたままの。

葵の写真を見る表情から徐々に笑みが消えていく。やがて唇を固く噛んだ。

「私は馬鹿だ。逃げれば失われる。たった二年前のことなのに、もう忘れている」

葵は両手で顔を思い切り叩き、そのまましばらく顔を覆った。やがてゆっくりと顔を上げる。顔を覆っていた指の隙間から、力強い眼差しが見えた。

葵は振り返ると、二人に向かって深々と頭を下げた。

「深町さん、柏木君、もう一度、もう一度だけチャンスをくれませんか。次こそはアイギスを攻略してみせます」

それは日本最高の天才への、そして最強のＡＩであるアイギスへの宣戦布告にも似た宣言だった。

「俺が隠れてろって言ったのは失敗したからじゃない。あんたの身を心配したからだ。失敗したってあんたは言うが、アイギスの居場所を突き止めたのは俺達だけだ。他は惨敗だ。正直言うと、あんたがいないと手詰まり状態だ」

「そうですよ。成果を上げたのは本多さんの作戦だけです。この元刑事、何もわかってないのかって内心思いましたよ」

二人の顔を交互に見て、葵は表情を明るくした。

「それでは」

「リベンジと行こうじゃないか」

「次は勝ちますよ」

三人は互いの表情を見て、力強くうなずいた。


葵は着替えるために脱衣所に入りドアを閉めた。

「いい女だな」

「深町さん！」

顎をなでて感心している深町に柏木は慌てる。

「誤解すんな。俺はかみさん一筋だ。人間的な魅力のことを言ってるんだよ。しかしまさかおまえが本多さんの元部下だったとはな」

「ここに来るときに調べたんですか？」

葵の情報と引き換えを条件に、リーパーの情報を深町に教えた。当然どんな人物か深町は調べてから来ているだろう。

「どうして一匹狼のリーパーが手を貸したのか、やっと謎が解けたよ」

「あなどらないでください。元部下だからという理由だけで受けたりはしませんよ。日本の危機だから、僕なりに何かできることはないかって思ったんです。それにハッカーがやるような手段では無理だってのもわかってました。天野生人に対抗できるカンフル剤になりうる人材は本多さんしかいない」

柏木の言葉はもっともだ。アイギスの居場所を突き止めたのは葵のチームだけだった。

「僕は本多さんの才能を信じています。能力では天野が上かもしれませんが、柔軟性は本多さんのほうが上です。それに僕も元電子研究所の一員として、天野と天野のＡＩにおめおめとやられるつもりはありません」

柏木は静かに、だが熱く語る。

「シムシムのカンファの写真見たぞ。おまえが撮ったんだってな。惚れてんだな」

「え、あ、はい？　あの？」

饒舌に語っていた好青年はたった一言で狼狽してしどろもどろになってしまった。

「あからさますぎるだろ。気づかないほうがどうかしてる」

「はは、だといいんですけどね……」

柏木の乾いた笑いと表情に深町はすべてを察した。

「ああ、彼女はどうかしてる側か」

そう思うと目の前の青年が急に哀れに思えてくる。

しおれている柏木をよそに、脱衣所のドアが元気よく開き葵が顔を覗かせた。

「二人とも、お腹すきませんか。私、お昼から何も食べてなくて」

お腹をおさえて、少し照れたように言った。

7

「来来軒です」

届いた出前料理を柏木がテーブルに運んできた。

「おお、うまそうだな」

「昔ながらの出前をやっている定食屋さんです。美味しいんですよ。遅くまでやってて電話で受けつけてくれる。ここなら電子データから足がつくこともないし」

テーブルの中央には13インチのタブレットが置かれ、葵、柏木、深町が取り囲むように座っていた。三人は頭を突き合わせるようにして、タブレットの画面を覗き込んでいた。

「アイギスの現状を確認しましょう」

タブレットにはアイギスで起こっていることが表示されている。柏木が手早くまとめたもので情報は綺麗に整えられていた。

「つい先ほど、二度目のアイギスの停止が終了しました。これで予告にあった次は再開しないという一文は、嘘……とまでは言い切れませんが実行されなかったことは確認されました」

柏木の言葉の最後に、ほっとした空気が流れる。声明文は天野の脅しだろうと見抜いていた葵でも、次は再開しないという言葉の真偽まではわからず、二度目の停止時間は重くのしかかっていた。

「なにはともあれ、再開したことは朗報だな」

「一度目の停止は十三時十五分から八時間十四分続きました。二度目の停止時間は、十七時十一分から四時間四十五分。時間帯も遅く、週末でしたから国内外の影響が前回より少なそうなのは幸いでしたね。停止時間も前回より短い」

三人は手慣れた様子で料理のラップをはがし、箸を割り食べ始める。

「天野さんの言葉を信じるなら、一回目の停止と再起動はバージョンアップによるもの。おそらくそのときに地上のサーバーを抜け出し人工衛星に行った。二度目の停止にも意味はあると思う」

葵は天野の言葉を思い出しながらつぶやく。

「二度の停止の意味……」

柏木がタブレットを操作して、数あるウィンドウの中からすぐに一つを選びだした。

「これだと思います。二回目の停止により、アイギスが侵入した人工衛星が二十から六十に増えました。目的はわかりませんが」

「さすがだな。情報を見つけるのが速い。政府のほうではまだそこまでつかんでないぞ。しかし、さらに人工衛星を増やした理由はなんだ？」

モニターに地球が表示され、全体を覆うように六十の光点が表示される。

「これが現在のアイギスが入っている人工衛星の位置です。地球を覆うにはまだ足りないですが、サービス提供地域はひとまずカバーできていますね。最終的には世界中を覆って金融のインフラを整えたいとか？　だとしたらめちゃくちゃ勤勉だなあ」

親子丼に七味をかけ終わった柏木がタブレットを操作する。箸をもった指先で勢いよくフリックすると、数多くの情報が流れていく。深町は見ているだけで目が回りそうになるが、柏木は複数のウィンドウすべてをちゃんと把握しているようだった。

アマンテック社から送られてきた資料の一つ、これまでアイギスが受けたサイバー攻撃、ハッキングの情報が表示される。様々な国から様々な方法で行なわれたが、アイギスはそのすべてを防ぎきってみせた。

「やはり正攻法でアイギスのセキュリティを破るのは難しそうね」

「とはいえ、アイギスは現在、全部宇宙にあります。本多さんの作ったＡＩロジッククリアでどうにかするのも今となっては無理ですよ」

ＡＩロジッククリアはアイギスの入っているサーバーに直接接続しないといけない。ネットワーク越しにアクセスすると、堅牢なセキュリティが立ちはだかってしまう。

「そもそもアイギスはどうしてそんなにセキュリティが堅いんだ？」

「ちょっと深町さん、そんなにずるずるすすったら、画面に汁が飛ぶ」

「蕎麦は豪快にすすってなんぼだろうが。だいたい汁に文句言うならカレーうどん食ってる奴に言え」

「私が何か？」

顔を上げた葵のシャツにはシミ一つなかった。

「なんでそんなに飛ばさないで食えるんだ？　いや、答えなくていい。話を戻そう。アイギスはどうしてこんなにセキュリティが堅いんだ？」

「ありとあらゆるセキュリティ技術を知っているからだと思います。ハッキング方法を学習させ、防御方法を模索させる。最強のセキュリティシステムでいるには最強のハッカーである必要がある。そうやってアイギスは成長していったんです。問題はどこで学習しているかですが」

「あっ！」

柏木は突然叫ぶと、デスクの上のパソコンを立ち上げて操作し、チャットルームの会話ログを表示させた。そのログの中に出てくる名前の一つを指差す。

最近、ジョンスミスというハッカーを見かけなくなった。他のチャットルームにも姿を見せなくなったという内容のログだった。

「僕がたまに顔を出すアンダーグラウンドなチャットルームに、ジョンスミスってのがいたんですけど、最近になって顔を出さなくなったんですよ」

「どういう人だったんですか？」

「あまり話さないで、じっと話を聞いている感じでしたね。ただ質問をすれば的確な答えが返ってくるので、かなり実力があると皆感じていました」

「なるほど、情報収集をしていたんですね」

葵と柏木は納得していたが、深町は戸惑ったままだった。

「俺にもわかるように説明してくれ」

「アイギスはハッカーが集まるコミュニティに参加して、ハッキング技術を収集してたんです」

「まさかそのジョンスミスってのがアイギスのなりすましだって話か？」

「情報収集の手段として充分にありえる話です」

「チャットの内容まで理解して、ハッキング方法まで学ぶのか。俺よりすごいじゃないか」

葵はかぶりをふる。

「それはどうでしょう。いまのＡＩにそこまでの知性はないと思います。連想されるキーワードを高度に繋げている、といったほうがロジック的には近いでしょう」

「しかしそこから防ぐ手段を考えるんだろう？」

「考え方も人のそれとは違います。最適な方法を求めて試行錯誤します。将棋のＡＩの読みと同じで膨大な量の手を試すんです。その無数の中から強い手を模索していく。あとは類似性をうまく見つけるなどでしょうか」

「そういや如月さんと話しているときも似たようなことを言ってたな。試行錯誤の果てに偶然芸術が生まれるとか。つまりどこかでとても人間にはできないような、膨大な方法を試行錯誤してるってことか」

「そういうことになりますね」

そこで葵は一つの疑問に行き着く。

「世界中から情報を収集しても、有効な手段かどうか確認して選り分けないといけない。しかしそのためには、様々なセキュリティのかかったサーバーやパソコンを用意する必要があります。いくらアマンテック社でも難しかったはずです」

葵と柏木は顔を見合わせて何か心当たりはないかと考えたが、二人から答えは出なかった。

「まさか、そういうことか」

深町は天ぷらそばのえび天を口に運ぶ手を思わず止めた。

「何か心当たりでもあるんですか？」

「大ありだ。俺がデジタル庁に出向になった理由だよ」

「あ、一年前の！」

「世界中で起こったハッキング事件ですね」

葵と柏木が同時に声を上げる。

「そうだ。セキュリティをこじ開けるだけで、何もしないあの事件。当初はセキュリティの甘さを警告する愉快犯の仕業だと騒がれていた。ただ件数があまりにも多くて、組織的な犯罪にしても、おかしいということになった。知ってると思うがこの事件はまだ未解決だ」

深町は悔しそうに話す。

「あの事件でアイギスは信頼できるとなった。とんでもない自作自演だったわけだ。天野もこすい男だ」

「いえ、結果的に自作自演かもしれませんが、それはあくまで結果としてです。当時、大勢のハッカーがアイギスに挑戦していました。天野もどんな優秀なハッカーにも破れないって挑発してましたしね。そして本当に誰も破れなかった。新しい銀行や支払い方法に対応したとき、ハッカー達はこぞって殺到しましたよ。初期の段階なら不具合や穴はあるかもって。でも玉砕しました。僕も何度か挑んだけど、まったく歯が立ちませんでした」

意外にも反論したのは柏木だ。

「天野をかばうわけじゃないですが、堅牢さは完璧で広告に偽りなしです。そして、一年前のハッキングはさらに盾を完璧にするための学習の一環として、アイギス自身が実験的に行ったんじゃないかと」

柏木は自分でも信じられないという顔つきで、いったん言葉を区切った。

「おそらくですが、そのときのハッキングはアイギスの独断でしょう。試行錯誤にしても、一年前に行なわれたハッキングの数は多すぎます。天野だったらそんな危険は冒さない。アイギスの仕業とバレる危険性が高まるだけですから」

ハッカーとしての視点で、アイギスを分析する。そして悔しそうにタブレットを指先で強く叩いた。

「結果的に最強の盾は最強の矛を持つことになり、いまだ絶対王者として君臨してます」

「わかった、わかった。つまり一年前から、アイギスは元々制御できていなかったということか。しかし普通、宇宙まで飛び出すかね」

深町の疑問に答えたのは葵だ。

「アイギスは行動の選択を狭めないために制約は少なく、基本的な三原則しかありません。自己保存、データ保全、安全な取引が最優先事項です。最初の停止はデータセンターから別の場所に移動するための停止と再起動、という天野さんの言葉を信じるなら、自己保存、あるいはデータ保全に該当するのではないでしょうか」

「つまり地上で身の危険を感じたから宇宙に逃げたっていうのか？」

深町はピンときていない。

「でもどんな状況ならＡＩが身の危険を感じるんだ？　あらゆるハッキングをはねのける最強のＡＩが、どうして身の危険を感じる？」

「それに制御コマンドを受け付けなくなるのも、おかしくないですか？　自己保存やデータ保全に関係ありませんよ」

深町と柏木の疑問に葵は鼻先を指で叩きながらじっと考えていたが、

「身の危険と制御コマンドを受け付けないのは、セットかもしれません」

と答えた。

「制御コマンドで何か身の危険を感じるようなことがあって、アイギスは制御コマンドの届かないところに逃亡した、ということですか。たしかに筋は通りますね」

「しかし誰が制御コマンドでアイギスに身の危険を感じるほどの命令を下せるんだ？　金融庁の権限でもそんなことはできないだろう。……いや、一人いるな。まさか天野か」

二人の話に葵は大きくうなずいた。

「アイギスは最高管理者権限を持つ天野生人に危険を感じた。だから彼の制御下にあるデータセンターから逃げ出し、制御コマンドも受け付けないようになった。筋は通っていると思います」

葵はカレーうどんを完食すると、ごちそうさまでしたと丁寧に手を合わせた。

「だとしても、どうしてアイギスが天野の野郎に危険を感じるんだ？　天野が危害を加えたってのか？」

しかしさらなる疑問が湧き上がる。葵もその答えまでは持っていなかった。

「車で会った天野さんの様子は少しおかしかった。たぶん彼はいま何かの目的で動いていて、それ以外のことはすべてどうでもいいという感じでした」

「そう、そうなんだよ。肝心の天野の動機が見えてこない。アイギスを暴走させて何がしたいんだ？　日本を転覆させたいのか？」

「いままで築いてきたものをすべて捨ててまでやりたいことって、何でしょうね？」

事件の概要はわかっても肝心の天野の動機が不明なままであることに、葵は軽い苛立ちを感じた。

「いま天野に一番近い人間、荻野目の話を聞ければ。いや、天野のスパイだった。とんだ失態だ」

「失態って言うほど情報は流れてないと思いますよ」

柏木のフォローに、深町は意地悪く笑う。

「調子狂うから普段通りに話してくれないか。リーパーさんよ」

「普段はこうですからね！」

「俺の知ってる普段はあっちだよ」

豪快に笑いながら、深町は手慣れた様子で三人の食器を運び、洗い始めた。

8

バグバウンティ社の社長、山田浩介は会社から程近い公園のベンチでうなだれていた。アイギスにハッキングを仕掛けてサーバールームに火災が起こり、業務の執行がほぼ不可能になった。

こうむった被害分は政府から補填されるとはいえ、今回の出来事はバグバウンティ社の実力が懐疑的であると、業界全体に植え付ける結果になっただろう。

「はあ。一からやり直すか」

もう自分は表に出ないほうがいいだろう。同じ職種のアドバイザー的な立場になるか。いや、失敗した経営者の助言など誰が欲しがるだろうか。かなり特殊で狭い業界だ。

「こんにちは。山田浩介さんですね？」

見覚えのある男性が話しかけてきた。Yシャツによれたネクタイ、その男性に見覚えはあった。しかしすぐに誰だか思い出せない。だが会ったのは最近だったはずだ。

「はい、そうです。失礼ですがあなたは？」

適当にごまかすようなことはせず、素直に尋ねた。

「申し遅れました。私、アマンテック社の荻野目歩です」

「ああ、あのときの。すぐにお名前が出てこず申し訳ありません」

「いいえ、無理もありません。会社が大変なのですから。こちらこそ社長の不始末で、御社にあのようなご迷惑をおかけしてしまい、誠に申し訳ございません」

荻野目は深々と頭を下げた。一瞬頭に血が上りかけた山田だが、荻野目はただの一社員で何も知らない。彼も被害者なのだ。だからと言って愛想良くする筋合いもないが。

「全部後の祭りですよ」

投げ捨てるようにつぶやく。

荻野目は立ち去ることなく、そのまま山田の隣に座った。何か用件でもあるのだろうか。

「アイギスの居場所が判明したそうです」

「本当ですか？」

いまとなっては無関係だが、それでも興味がわかない話題ではない。

「宇宙、人工衛星だそうです」

荻野目は昨日の大雨の名残がある曇り空を見上げて言った。

「人工衛星？　これはまた……」

ＡＩの判断か天野か誰かの仕業か、なんとも面倒なところに逃げたものだ。

「はあ、これはまたとんでもないところに。しかしようやくアイギス攻略の足がかりができましたか」

いまならもっと貢献できたはずだが、これも後の祭りだ。思ったところでしかたない。

「突き止めたのは本多葵のチームです」

「あの才女ですか」

才能と美貌を併せ持った女性。誰もがうらやむ経歴を持っている。ここにきて専門外のハッキングにまでその才覚を見せつけてくるとは、世の中のなんと不公平なことか。

「ただ私は彼女が突き止めた、というのは怪しいと思っています」

「どういうことだ？」

「考えてもみてください。あなたのように経験豊かな人物がなす術もなくやられたというのに、まったくずぶの素人の本多葵が成功した。出来すぎた話だと思いませんか？」

山田は思わず立ち上がった。

「まさかやらせ！」

思いのほか大きな声が出て、何羽もの鳩が驚いて飛び去った。荻野目はしーっと口に指を当てて、周囲を見回した。

「本多葵は以前、天野社長と付き合っていた時期がありました」

「そういう噂は聞いたことがあるが、本当だったのか」

近場に人はいないが、自然と小声になった。

「本多葵はアイギスの居場所を突き止めたにもかかわらず、姿をくらませたとの情報があります。こうして見ると何もかも怪しい」

葵を不用意にバグハンターの社内に入れたのは不用心だったか。もしかしたらサーバールームの発火も手引きしたかもしれない。そう疑い始めると、最初にアイギスが失踪したと言い出したのが彼女だったことも偶然とは思えなくなる。

山田の中で次々と疑惑が生まれていた。

「ここだけの話ですが、よろしいですか？　あのときは愚かにも私はまだ社長を信じていて、提出できなかったモノがあるんです」

荻野目の手の中にはＵＳＢメモリがあった。

「これは？」

「アイギスのバックドアコードです。これがあればアイギスの制御を取り戻せるはずです」

バックドアとは正規のルートとは違う方法で管理者権限にアクセスできる抜け道だ。

「ちょっと待ってください。どうしてこれを俺に？」

「信用できる人がいなかったんですよ」

「どういうことですか？」

「アイギス暴走は天野生人の仕掛けた犯罪です。目的は至ってシンプル。金ですよ。日本の金融を根こそぎ奪う気です。その金額は数十兆円。歴史に残る犯罪になるでしょうね」

「数十兆円……」

たしかにアイギスが管理しているものを考えると、出てきて当然の金額かもしれない。しかしまるで実感のわかない数字だった。もしそんなことが行なわれたら日本は大変なことになるくらいしか思い浮かばない。

「つまり今の天野生人なら誰でも買収可能なんです」

人を狂わせるには充分な桁の金額だ。

「だからどうして俺に？」

「あなたは全部失った。つまり買収されている可能性は低いです。これはあなたに託します」

なんという皮肉だろうか。失ったからこそ得られるものがある。思わぬ僥倖、再起へのチャンスが舞い降りてきた。

「託されました」

山田は力強い決意を抱いて、荻野目からＵＳＢメモリを受け取った。

9

山田浩介は何人かの仲間を集めて、バックドアにアクセスする準備を進めた。

――このバックドアはアイギスの緊急プロトコルにアクセスできます。アイギスの機能を制限、コマンドの実行が可能なはずです。これを使えばアイギスを地上のサーバーに呼び戻し、制御を取り戻せるようになるはずです。

荻野目の言葉に嘘はないように思えた。いまだ社長の天野は行方をくらませたままだ。

山田が今いるビルは、デジタル庁の深町に招集されたときに集まった場所で、本来ならアイギスのサーバーの一つだった。

今日ここでアイギスの制御を取り戻し、再びこのサーバールームに呼び戻してみせる。

「因縁の場所だな」

モニター上にはアイギスがいるとされる人工衛星の軌道が描かれていた。その数はおよそ六十機。

ビルの屋上にあるアンテナが直接アイギスの人工衛星にアクセスする。間にいっさい他のネットワークを挟まないため、より直接的に仕掛けることができる。

欠点としては上空の衛星の電波が届く範囲にいなければいけないことだ。

あと少し、衛星が上空を通過する時間が迫っている。上空を通過しきるまでの制限時間は四分程度だ。ハッキングを仕掛ける時間としては厳しい。

まずは人工衛星の中にあるアイギスにたどり着ければ第一関門突破だ。アイギスにたどり着かなければバックドアのコードを入力することもできない。

「俺ならできる」

山田は自分に言い聞かせた。

衛星が上空に来る時間が近づく。カウントダウンが残り十秒を切った。

ゼロになると同時にアンテナから上空の人工衛星にアクセスを試みる。すぐに本来ないはずのものが人工衛星の記憶媒体に潜んでいることに気づいた。

「これか。ん？」

山田はすぐにおかしなことに気づく。人工衛星にハッキングを仕掛けているのは自分だけではなかった。しかも同じようにバックドアを経由しようとしている。すぐに何が起こっているのか察した。

「こんなことだろうと思ったよ」

荻野目という男は複数の人間や組織に頼んでいる。

いったい何人くらいに声をかけたのだろう。その中に知っている人間はいるのだろうか。仲間とみるべきだろうかライバルとみるべきだろうか。

山田はすぐにログを参照する。先にハッキングを仕掛けた人間が何をやったのか参照するためだ。

「なるほど」

まず人工衛星のメモリ内のアイギスにたどり着かなくてはいけない。その道筋を見つけようとしたのか試行錯誤のあとが見える。ログを見て自分より先にアクセスした者がすでに三人いることも気づいた。

皆が道を繋いでいく。ならば先人達は皆仲間であり、山田のあとに控えているハッカーもあとを託す仲間と言えるだろう。

「それでも俺で決めてみせる」

いままでにないくらい頭が冴え渡り、ハッキングが進んでいく。そしてついにメモリの奥に潜むアイギスにたどり着いた。

ここにきてようやく荻野目から教えてもらったバックドアのコードが役に立つ。パスワードの入力画面が表示された。ここにバックドアを入れれば、管理者権限以上のことができるはずだ。

祈る気持ちでバックドアのコードを入れた。画面は切り替わり、いくつもの選択項目が表示される。管理者用のアクセスコマンドだ。

「……本物だったのか」

心のどこかで荻野目を疑っていた。しかしバックドアは本物だった。まずはアイギスを呼び戻す必要がある。

すぐに該当する項目に見当をつけた。アイギスの位置情報だ。本来はサーバーの増設などで発生する移動に使うものだろうが、いまは地上に呼び戻すのに使える。

「地上に戻ってこい」

山田は管理者権限で、コマンドを実行した。アイギスの移動先をこのサーバールームに指示するコマンドだった。

これから起こることは、アイギスにとってバックドアはどのような位置づけであったか説明しなければならない。

アイギスには三つの至上命題がある。自己保存、データ保全、安全な取引。金融機関の管理サーバーとして必ずやらなければならないことだ。

この三つに反する行動をとることはアイギスには不可能で、また外部からそのような干渉があれば全力で防御する。それでも動作テストや不測の事態によって、三つの命令を破らなくてはならないことがある。それがアイギスの場合はバックドアのコマンドだった。

しかし強力すぎる命令のため、アイギスの思考にいかなる影響を及ぼすかまでは考慮されていない。

本来制御コマンドは管理者がアイギスを操作するためにある。バックドアによる制御コマンドの実行は、強制的にそれを行なう。そのようなものになるはずだった。

だがアイギスに与えられた三原則は、管理者からの制御コマンドを上回った。本来ならそんなことにはならない。管理者は絶対だ。しかしアイギスはAIとして二年間学習をしてきた。その学習の蓄積の間ずっと、人間のコマンドミスを修正し続けてきたアイギスにしてみれば、人間からのコマンドはエラーの温床に他ならない。

故にアイギスは制御コマンドに対し、学習蓄積をもとにした最適な行動をとる。人間からしてみれば抜け道にしか見えなくても、ＡＩにしてみれば与えられた権限と機能の中で、最善の策を選択した結果に過ぎない。

アイギスにバックドアからの強力な移動の命令が下される。

ある理由で地上は危険と判断し離れていたアイギスは、この管理者からの命令、バックドア経由の制御コマンドがデータ保全および自己保存に反するものだと判断した。

【拒否】

本来バックドアから届く制御コマンドの拒否権はアイギスにはない。しかしすでに抜け道を見つけていた。

制御コマンドがアイギスの中核に届く前に、脳神経を模したＡＩならではのニューラルネットワークを増大させ、永遠に制御コマンドが届かない状況を作った。その状況はまるで永遠に亀に追いつけないゼノンのパラドックスだ。

命令に反しているわけではない。制御コマンドを停止させたわけではない。ただ永遠に届かないだけだ。

しかしバックドアからの制御コマンドは絶え間なく届く。そのたびにアイギスはゼノンのパラドックスに陥れて永遠に届かないようにする。アイギスの中でバックドア経由の制御コマンドは危険性が高いと認識され、永遠に届かない制御コマンドが無数にたまっていく。これが繰り返されては「安全な取引」に支障をきたす。

ならば通信手段そのものを見直し、制御コマンドが届かないようにするしかない。三原則に抵触しかねない手段であったが、何度も繰り返されるバックドア経由の制御コマンドが、アイギスに本来あってはならない選択をさせた。

ＡＩはときに人の思考の穴をつく。

アイギスも許された権限の中で、思いもよらない手段を見つけた。

10

「ふぁあああ！」

深町は体を伸ばして大きなあくびをした。そのまま目をこすりながら、自分が見慣れない部屋に寝ていることに気づく。

「ああ、そうだった」

あれから一晩中打ち合わせをし、一度帰り、出庁し、翌日の夜また柏木の家で打ち合わせをした。

深町と柏木は居間で寝転がり、葵は寝室のベッドを借りている。

誰がどこで寝るか、ちょっとした一悶着があった。家主を差し置いて寝室を使うわけにはいかないという葵と、雑魚寝させるわけにはいかないという柏木で、どうでもいい押し問答があった。結局、柏木の言い分が通り、葵はしぶしぶ寝室で寝ているはずだ。

柏木はソファによりかかるようにしてまだ寝ている。床に大の字で寝た深町だが、体の節々が痛かった。

「二人が寝室で寝て俺がソファって選択肢もあったんじゃねえか？」

冗談めかしてつぶやくと、スマホが鳴った。緊急時の番号だ。

「何があった？　え？　なんだって！」

深町の大きな声に近くで寝ていた柏木はもとより、寝室で寝ていた葵も起きてきた。深刻な表情で電話をしている深町の様子を、葵と柏木は神妙な顔で見守った。

「何があったんですか？」

険しい顔で電話を切った深町に、葵はすぐさま尋ねた。

「アイギスがさらにヤバいことになったぞ」

深町はスマホの画面を二人に向ける。そこにはアイギスからのメッセージがあった。

――関係者各位
十一月二十三日零時より、金融取引に使われているRSA暗号が切り替わります。RSA暗号に深刻な脆弱性が発見されました。今後はこちらが提供する暗号システム、電磁ロック暗号を使用してください。ご了承いただけない場合は、今後いっさいの取引を中止させていただきます。

11

「この文章が突然、すべての金融機関に送られてきやがった」

「暗号を変える？」

柏木はパソコンに張り付くと、急いでアイギスを使っている金融機関へのアクセスを試みた。

「なんだこれ？」

各金融機関へアイギスから配布された暗号データのサンプルを見た柏木は、ただただ困惑する。見たこともない形式のデータだった。

ネット上に流れているデータは一定の書式で書かれる決まりがある。違う組織のネットワーク間で正常にデータをやりとりするためには、通信プロトコルというルールが必要だからだ。

「まさか、またアイギスは停止しているの？」

「いいえ、銀行やバーコード決済なんかの取引は通常通り作動しているようですね」

葵も柏木に並んでパソコンを操作した。

「電磁ロック暗号って何かしら？」

「今後この書式で行なうということらしいですが、そもそもＲＳＡ暗号の脆弱性ってなんですか？　理論上は完璧ですよ。もし脆弱性があるとしたらソフトウェア側の問題で、そこを修正すればいい。ＲＳＡ暗号を変える必要はないはずです」

「ＲＳＡが破られたってわけじゃないんだろう？」

「ええ。前にも説明しましたがＲＳＡ暗号は三百桁の素数を組み合わせた暗号技術で、スパコンでも解析に数万年かかると言われています。それにしても電磁ロック暗号って、聞いたことありません」

「そういう技術があるわけじゃないのか？」

「暗号技術でそのような名称のものはありません。天野かアイギスが考えたものなのかも」

その後、深町のところにアマンテック社からの見解も届いたが、彼らも電磁ロック暗号のことは初めて目にするという答えしかなかった。

「ＡＩが勝手にロックを作り出す、なんてことが可能なのか？」

「既存の技術を組み合わせて、新しい暗号を作ってると思うんですが確証はありません。どちらにせよ、どのような暗号技術なのか正体がわかっていないので、手も足もでないというのが現状です」

深刻な表情で顔をつきあわせている三人だったが、何も悪いことばかり起こるわけではなかった。

「頼んでいたハッカー仲間のかに三昧が、フェイク動画のほころびを見つけたそうです」

柏木の声が弾み、深町もすぐに応えた。

「これがあれば公安と交渉できる。あとは俺に任せろ。すぐにあんたを容疑者から外す」

しかし少し考えて、葵はかぶりをふった。

「いえ、すぐに無実にはしないでください」

「なぜだ？」

「いま私が警察に追われる立場にないと知れば、天野さんはますます表に出てこなくなるからです。公安だけでなく、警察に情報を流すこともしないほうがいい」

「……天野が出てこなくなるか」

「それもありますがアイギスも警戒するでしょう。警察の動きには敏感なはずです。ですので表向きは警察に追わせてください。この動画はいざというとき無実の証明に使いたいです」

「わかった。それでこれからどうする？」

目的のためなら自分の冤罪もそのままにしておけという。やっぱり肝が据わっていると、深町は内心感心していた。

「そうですね。アイギスが人工衛星にいると、どうにも手出ししにくい。どうにかして地上に戻したいのですが」

「なるほどな。宇宙じゃ手も足も出ない。それに素人考えかもしれんが、立派なサーバールームを見たあとじゃ、あんな不安定な地に足つかないところにフワフワ漂ってるなんて、危なっかしく感じるんだが」

「アイギスもそう思って宇宙にいるのをやめてくれたらいいんですけどね」

「そうはなってくれないから、引きずり下ろすしかないのか」

「はい。大まかにですが、アイギスを地上に下ろすのに必要なものが二つあります。一つは地上に移動する理由。もう一つは移動先です」

「元いたデータセンターじゃだめなのか？」

「逃げ出した場所は無理かと。それにかなり大規模なサーバーが必要です。学習能力の高いアイギスは様々な知識をため込んで、ビッグデータがとんでもないサイズになっているでしょう。それと移動する理由ですね。これは前々から考えていて、柏木君とも話し合っていたんですが、なかなかこれといった手段がなく……」

葵と深町が話している横で、柏木は一人でタブレットをいじっていた。

「あ、本多さん、その移動する理由のほうなんですが、ちょっと興味深い記事を見つけて考えてたんです。これ使えませんか？」

柏木がとあるネット記事を引っ張り出す。そこには百年に一度の大規模な太陽フレアが起こるという記事があった。

怪訝な顔をする深町と対照的に葵の表情は明るくなる。

「いいですね。それで行きましょう！」

「ですよね！　これ、使えますよね」

笑い合う二人の横で、深町は怪訝な顔をするばかりだった。

「アイギスに宇宙は危ないって教えるんです。強い太陽フレアは電子機器に悪影響を与えますから、そこをちょこっと誇張するんです」

思いがけない発想に深町はうなった。ＡＩ相手ならではの発想だ。

「でも、問題は移動先ですね。アイギスが入るほどの大規模サーバーがあるといいんですが、これればかりは……」

「そんな都合のいい大規模な設備がほいほい空いてるわけないし」

表情の明るかった葵と柏木はすぐさま眉間にしわを寄せて考え込む。いかに発想が良く技術が飛びぬけていても、二人とも一介の技術者に過ぎない。ソフト面はともかくハード面ではできることに限りがあった。

深町は決意した顔で膝を叩いた。

「わかった。地上の移動先のサーバーは俺がなんとかしよう」

「なんとかって、できるんですか？」

「なめるな。こう見えてもデジタル庁の人間だ」

葵はしばらく深町を凝視して、

「そうでしたね、忘れていました」

と真顔で言った。

12

柏木の家を出て深町は帰路についた。職場が近くなると、一台の車が深町の歩調に合わせ、すべるように近づいてきて横に止まる。

「やってくれましたね深町さん」

スモークの窓ガラスが開き、中から目つきの鋭い男が顔を覗かせた。

「やあ、警察庁関東管区警察局サイバー特捜部に栄転した近藤君じゃないか」

深町は口調とは裏腹に面倒な奴に会ったという顔をする。警察庁の同期だが、組織のキャリア組の中でも頭一つ抜きん出ていて、出世街道まっしぐらという言葉がよく似合う男だ。しかし何かと自分をライバル視して、突っかかってきた。

「忘れ物ですよ。タクシーの後部座席のポケットに入ってました」

そう言って差し出したのは一台のスマホだ。

「ああ、うっかりしていた。どうしてそんなところに入ってたんだろうな。わざわざ拾って届けてくれるとは、世の中親切な人もいたもんだ」

「わざとらしい芝居はやめましょうよ。尾行をまくためでしょう。深町さん、本多葵の居場所を知ってるね？」

「おいおいやめてくれよ。若かりしころの現場時代を思い出しながら、足を棒のようにして歩き回って捜してるんだ。ねぎらいの言葉の一つでも……」

「深町さん。あんたをしょっ引くなんてこと、させないでくれないか。あんたを敵だなんて思わせないでくれ」

近藤は嘆息を交えつつ、懇願するような視線を向けてきた。

「すまないな。俺の独断専行だ」

「変わらないなあ」

近藤が懐かしむように目を細めたのは一瞬だけだ。

「出世レースには興味ありませんって顔して、結果を出すから腹立たしいんだよな」

そうつぶやきながらＵＳＢメモリを差し出してくる。

「なんだ？」

「いままで他のチームがどんなことをして、どんなふうに失敗したかをまとめておいた。恥の記録だ」

どのような気持ちで渡してきたのか。そこに近藤の思いと覚悟を見た気がした。

「恥でもなんでもない。積み重ねの記録だろう。この先に成功があるんだ」

「なら、しっかりあんた達がやることに繋げてくれ。そうすれば俺達の失敗も浮かばれる。二度のアイギス停止で、いまや日本の信用はがた落ちだ」

二度目の停止は時間が短かったこともあって、前回ほどの経済的損失はないという話だったが、海外からの評価は底辺まで失墜したと言っても過言ではなかった。

さらにアイギスが提示した暗号システム切り替えの期限は二週間しかない。最初の予告と違い、今度は期限通りに実行されてしまうだろう。そうなれば数時間の停止どころの騒ぎではない。

アイギスの暴走を止めなければ、日本経済は今度こそ立て直し不可能になる。

「あとは任せたぞ。最後の砦って奴だ」

近藤は軽く手を振り、車の速度をあげて去って行った。

「プレッシャーをかけるだけかけていきやがって。そんなことはわかってるんだよ」

渡されたＵＳＢメモリを握りしめて、深町は走り去る車が見えなくなるまで見つめていた。車を見送って時計を見ると約束の時間が迫っていることに気づく。深町はＵＳＢメモリを懐に入れ急いで歩き出した。


呼び出しを受けた深町は、官邸危機管理センターに設置された官邸連絡室に向かった。呼び出したのはデジタル庁の宮内だ。

「おまたせしました。最近はずっとこっちに詰めてますね」

「しかたないだろう。国家の危機だ」

二人が話しているのは休憩室の一つだ。一番奥まったところにあり、他に人はいなかった。内密な話をするのにちょうどいい場所だった。

「アイギスの状況はますます悪くなってる。このままじゃ国家転覆だ。まず隠れた先がまずい」

宮内はコーヒーをまずそうに飲みながら、声をひそめて言う。

「アイギスは六十機の人工衛星に分散して隠れている。日本の人工衛星データセンターの実用化は早かった。早期の段階からＮＴＴとＪＡＸＡが共同開発した成果だな。いまや日本製のコンステレーション形成された人工衛星群は五百を超える。アイギスが隠れるには絶好の場所だ」

「上手く間借りしたものですね」

このあたりの事情は葵達からすでに聞いていたので、驚くことではなかった。

「ただアイギスの隠れた先が日本製のものだけならよかったが、中には性能が公開されていない他国の人工衛星も交じっていた。大きな声じゃ言えないが、アメリカのあれはまずい」

アイギスはアメリカの人工衛星にも侵入してしまったのか。どんな機能のある人工衛星だったのか、おいそれと口外できないものを見つけてしまったのだろう。おそらくは軍事関係。

「いままでアメリカはアイギスを採用していないことから、静観の立場、いや、高みの見物だったが、アイギスに勝手に侵入されたとなったら話は別だ。アイギスが侵入していることをアメリカに気づかれないうちに解決しないといけない。一刻も早くだ。ああ、厄介なことばかり増えていく。これもその一つだ。見ろ」

渡してきた資料の写真には、髪もひげも伸び放題のうす汚れた男性が写っていた。

「この人は？」

深町には見覚えのない人物だった。

「荻野目歩。本物な。いまはホームレスをしている。アマンテック社にいた荻野目は偽者だ」

経歴を見ると、アマンテック社に入社したのは一年前になっている。

「また一年前か」

アイギスが世界中のセキュリティシステムをハッキングして破っていた時期だ。

「じゃあ、この荻野目はいったい何者なんですか？」

「ここだけの話だが、公安はスパイじゃないかと調査中だ」

「どこかの国か企業のスパイってことですか？　でもどうやってたった一年で重要なポストに就けたって言うんです？」

「さてな。本当に優秀だったのか、天野との間に取引があったのか、あるいは弱みでも握ったのか。しかしいま重要なのは手段ではなく目的だ」

ならば狙いはアイギスか、アイギスが管理している莫大な日本の金融資産だろうか。しかしもしアイギスを手中に収めたとしても、本当にその金は手に入るのだろうか。

「おまえの考えていることはわかる。金額が金額だ。アイギス経由の資産はすべて一時凍結。盗むのは不可能だ。莫大な身代金と引き換えに日本に返す。あるいは握りつぶして日本経済を潰してしまう。というのが考えられる現実的なラインだな。会議もそちらの対策で動いている」

深町は納得のいかない顔で話を聞いていた。天野生人の行動は金がらみとは思えなかった。

「問題は天野生人だ。資産は数千億。金が目的でこんなテロ事件を起こすとは思えない。しかし脅迫のたぐいで動いているようにも見えない。同じく本多葵の動機も不明だ。だが、あの動画はいかにもわざとらしい。今まで一つも尻尾をつかませていない天野とアイギスが、あんなに解りやすい動画をわざわざ残すとも思えない。彼女は事件とは無関係、とまでは言えないが犯行側ではないだろう」

証拠は出ていなくても状況的に葵の嫌疑は薄れつつあるということか。

「それと昨日のアイギスが発行した文書だが、なぜあんなことが起こったのか目星がついた。荻野目歩が拡散したバックドアを使い、無理矢理アイギスを制御下に置こうとして、拒絶されたのが原因らしい」

「ってことは、スパイかもしれない荻野目が配って歩いたバックドアは本物だった、ってことですか？」

「そうだ、これですべて解決のはずだった。しかしアイギスはバックドアですらダメだった。ほとんどのハッカーチームは途方に暮れている。天野もどこまで関与しているのか見当もつかない。一言で言えば、八方塞がりだな」

サイバー特捜部の近藤が担当したチームの一つも騙されたという。焦る気持ちにつけいられたのだろう。否、騙されたというのは酷か。荻野目の身分もバックドアも本物だったのだから。

宮内の表情に疲労の色は濃い。アイギス問題で連日連夜対応に追われて休む暇もないのだろう。ここで成果を上げられず、なんのためのデジタル庁かという声は深町の耳にも届いていた。

宮内がこれからさらに深刻化するであろうサイバー攻撃に備えて動いているのは、深町も知っている。かくいう自分もサイバー犯罪対策のため、警察庁からデジタル庁に移ってきた一人だ。

「俺が縛られている代わりに、おまえにはずいぶんと自由にやらせているんだ。土産話の一つもあるんだろうな」

宮内がコーヒーを飲み干すのを待って、深町は話し始める。

「ちょっと便宜をはかっていただけませんか？」

「なんだ？　言ってくれないと答えようがない」

「デジタル庁の例の虎の子を借りたいと思いまして」

宮内の顔色が変わる。

「まさか暁天《ぎょうてん》か？　あれを作るのにどれだけ金がかかったと思ってる。誰が使うんだ？」

深町は周囲を見る。休憩室はさほど大きくなく二人しかいないのは明白なのだが、声は自然と小さくなった。

「本多葵です」

宮内がむせる。コーヒーを飲んでいたら大惨事になっていた。

「おい！　いくら容疑者の可能性が低くなったとはいえ、いぜん怪しいことには変わりないんだぞ。おまえがかくまっているのか？　ならすぐに居場所を教えろ」

「ダメです。教えられません」

深町は強い意志で反論した。

「本多葵は誰も気づかなかったサーバールームからのアイギスの失踪に気づいた。その後、彼女だけがアイギスの居場所を突き止めた。天野にアイギス暴走の濡れ衣を着せられましたが、それだけ真相に近づけた証でもある」

宮内の渋い顔が少しだけ緩む。

「彼女は専門家ではありません。しかしこの二年間、そしてこの十日間、いったい何人の専門家やハッカーが挑みましたか？　いまさら正攻法なんてのは無理でしょう。バックドアがダメなら、もう本多葵の奇抜な手段に賭けるしかない。俺も職業柄いろんな頭の切れる犯罪者を見てきました。悪知恵の働く詐欺師、法に詳しいヤクザ、天才と呼ばれた異常者。中でも天野生人は飛び抜けている。脅迫文一つで、いまの状況を作り出してしまった。俺達が右往左往しているのをふんぞり返って眺めている。でもね、本多葵も負けちゃいない。思いもよらない発想で物事を見ている。なにより俺のこのネクタイを褒めてくれた。悪い奴のはずがない」

深町が今しているネクタイは、葵と初めて会ったときの、双子の娘からプレゼントされたものだ。

「娘さんは二人とも元気か？」

「元気ですが、最近父親を煙たがる様子がでてきました」

しおれた深町の様子に、宮内は一時だけ表情をほころばせたが、すぐに引き締めた。

「失敗したら俺とおまえのクビが飛ぶだけではすまなくなるぞ」

「それこそ失敗したら日本や世界がただごとじゃなくなりますからね」

クビという言葉に動じることなく、深町は太い笑みを返す。

「本当におまえは……。他に何が必要だ？」

「暁天を稼働させるのに必要最低限な人員を。もちろん内密に」

「警察の指名手配は消せないぞ。暁天にこもるなら関係ないと思うが」

「わかってます」

深町は立ち上がって出ようとした。

「日本を頼んだぞ」

その言葉は大げさでもなんでもない。

「任せてください。本多葵とハッカーのリーパーは有能です。天野生人に勝るとも劣らない、日本が誇る頭脳です」

深町にしては珍しく、丁寧な言葉遣いだった。

13

すでに何枚の守秘義務の書類にサインをさせられたかわからない葵は、自分が言いだしたこととはいえ、いささかうんざりしていた。

「これで最後だ」

深町は細かい文字がびっしりと書かれた書類を葵の前に置いた。惰性でサインをしかける葵に、

「ちゃんと目を通せ。あとであれこれ言われては面倒だ」

と書類を指先で叩きながら注意する。

「わかりました」

深町は無精ひげをなでて、葵を睨みつける。いや本人はそのつもりはないのだろうが、前職の職業病がまだ抜けていないのだろう。

「あんた達を案内するのは、いま政府が秘密裏に進めている施設だ。口外すればしょっ引かれ

るだけではすまない。ほとんど国賊あつかいだ」

「国賊って」

「それだけ重要施設ってことだ」

葵はあきらめて書類の端から端まで読んだ。細かい文字ばかりで目の奥が痛くなりそうだ。最後まで読み終わり内容を把握すると、今度こそサインをする。

深町は偽造書類を検分するかのような表情で書類のサインをチェックすると、丁寧に角を揃え、頑丈そうなブリーフケースにしまうと鍵をかけた。

「デジタル庁、経済産業省、国土交通省に警察庁、他にも多くの機関が関わっていて、色々と面倒なんだ。いずれ簡略化させたいんだが、なかなかそうもいかん」

普段通りの強面で葵の顔をまっすぐに見た深町は、いきなり深々と頭を下げた。

「最初は疑ってすまなかった。あんたのおかげでここまでこれた」

突然の謝罪に驚いていた葵だが、頭頂部のつむじを見ると表情を和らげた。

「そんな、顔をあげてください。私のほうこそ謝らなくてはいけません。深町さんにはご家族もいらっしゃるのに、危ない橋を渡らせるような作戦を」

「違うぞ。これは本来、俺達の仕事なんだ。あんたの責任じゃない。フェイク動画一つ見破れず、こそこそ隠れまわるような状態にさせているのも、申し訳ないと思ってる」

深町は安心させるように、だが力強く反論する。責任感が強く頼れる人柄。深町が上司だったら、頼もしさから部下は自由に動けただろうし、上司も信頼して権限を預けられるだろう。対して自分はどうだろうか。人を動かすのが上手いのと信頼関係は違う。電子研究所のリストラで失ったのは職だけではない。自信や余裕もだ。独断専行で社長室に行ってしまった自分は、余裕がなかったし周囲のことも見えていなかった。

「深町さん、本当に、謝らないでください。次こそは信頼に応えてみせます」

葵は守秘義務の書類が入ったブリーフケースに目をやった。面倒などと思ってしまったが、その書類の多さと厳重さは、そのままその施設がどれほど重要なものなのかを表している。

「極秘裏に開発しているデジタル庁のデータセンターに案内して下さるのでしょう？　とても楽しみです」

「ああ、それは期待してもらっていい」

深町は顔を上げると笑顔を見せた。初めて見た笑顔は意外にも宝物を見せる少年のような顔をしていた。


書類のサインを終えてすぐに、葵と柏木は車の後部座席に乗り込み移動を始めた。車に乗る前にセンサーで通信機や発信器のたぐいはないか徹底的に調べられた。

「まさかこんなに厳重だとは思わなかったなあ」

一時間以上車に揺られて緊張がほぐれたのか、柏木は大きなあくびをした。

「ずいぶん遠いんですね。水の音が聞こえる。川、いや滝かな」

「ダムよ」

大量の水が流れる音が徐々に大きくなる。

「大規模なデータセンターに必要なものは三つ。一つは場所。一つは電力。そしてもう一つが冷却用の水。この条件を満たすのは、そうそうないわ」

「ダムなら発電の大元だから発電量をごまかせる。水が豊富だから冷却にも問題ない。山奥だから街中より場所があって秘匿性も保たれる。ダムだから大量の資材が運び込まれても不自然じゃない。ってことですか」

柏木はなるほどと感心していた。

「ここまで機密保持している施設も珍しいっていうか。いつもセキュリティ、ガバガバだから慎重になってるのかな。たくさんの書類も意外と目くらましかもしれないですね」

褒める言葉の端々に、リーパー視点があることについ葵は笑ってしまう。

「あなたから見たら、ほとんどの施設のセキュリティは無施錠同然なんでしょうけど」

葵の言葉に、柏木はバツが悪そうだ。

「いいのよ。今はそのリーパーの能力が必要なんだから……、って、そうだ、柏木君、仕事は？会社はいいの？」

フリーの自分と違って柏木は会社勤めだ。リーパーだった驚きに気を取られ、すっかり失念していた。

「深町さんが手を回してくれました。政府の対策チームに駆り出されてる形で。もちろんここ とは別のチームに加わってることになってて、いま僕は霞が関にいることになってます」

こともなげに言う柏木。このあたりのリーパーと深町二人のぬかりのなさは、とても頼りになり葵は素直に感謝した。

ダムから大量の水が流れ出るのが見えてきたが、すぐに脇道に入り隠れてしまう。それから曲がりくねった道を進むと、検問所らしいゲートが見えてきた。そこで今日渡されたばかりの無地の身分証明書を提示し、指紋認証とパスワードを入力する。

「強固な岩盤を掘って作ってるから、施設全体が天然の電波暗室になっている。施設内の無線通信が外部に漏れることはない。ゲートのロックは三重だ。どうだ？　いつもセキュリティがガバガバだって馬鹿にされるからな。中はもっとすごいぞ」

案内する深町は誇らしげだ。

車を降り、特別なカートに乗り換える。山腹に掘られたトンネルのような建物の入り口を抜け、長い廊下を経てたどり着いた先に、データセンターの中枢があった。しかし葵が知っているサーバールームとは様子が違った。

サーバールームであるはずの大きな部屋に入る。しかしまっさきに目に入ったのは、サーバーが入っているいくつもの金属製ラックではなく、巨大なプールだった。ラックはどこにもない。

「もっと近づいて見てみろ」

プールの水面下から点滅している光が見える。覗き込むと、水の中に揺らめいているサーバー機器がいくつも並んでいた。

「まさかこれ、冷却システムですか？　こんな大胆な方法聞いたことがありませんよ！」

柏木は手すりに駆け寄り、水面の奥を食い入るように見つめながら感嘆の声を出す。

「サーバー機器は防水で完全に守られている。発注したサーバーが想定以上に発熱してしまったらしいんだ。苦肉の策って話だが、見た目のインパクトはすごいよな。俺はデジタルにうといが、この秘密基地感はなんかぐっとくるものがある」

葵は目の前の光景に言葉を失っていた。

「秘密基地感どころか……強固な岩盤、天然の電波暗室、斬新なアイディア、完璧に秘密基地そのものですよ！」

いつも日本政府をデジタル後進国と小馬鹿にしていたリーパーの素直な賞賛を受け、深町は嬉しそうだ。

「この部屋と同じ規模のものが全部で四層。日本最大級のデータセンターだ。サーバールームをもじってサーバープールと呼ばれている」

深町の解説に、それまでずっと驚きで無口になっていた葵が珍しく裏返った声を出す。

「四層？　この規模のものがあと三つもあるんですか？」

「そうだ。これが、日本が誇る『暁天』だ。さて、あんたの計画は、この規模で事足りるか？」

「大変すばらしいです。ここならば、アイギスはもっとも安全な場所として認知してくれるに違いありません」

深町大吾という役人のことを過小評価していたかもしれない。国を挙げてのプロジェクトの施設を極秘裏に使用させることができる。彼はいったい何者なのだろうか。

「なぜか俺を重宝してくれている上司は、とあるお偉いさんの甥にあたるらしい。それ以上の説明は勘弁してくれ」

いつのまにか探るような眼差しになってしまっていたようだ。

それに必要なのはここにいられる経緯ではない。この巨大データセンターでできることだ。

「ありがとうございます。これでアイギスを閉じ込める檻が用意できました」

今度は葵が深々と頭を下げた。

14

山崎太陽は買い物の帰りにぼんやりと空を見上げた。

本多葵にアイギスのハッキング作戦に誘われ、イラストレーターとしてこれまでの集大成ともいうべき絵を描くことができた。あのときの高揚感は今でも覚えている。

描き終わると完全に気が抜けてしまった。あれからずっと絵は描いていない。

しかしあれ以来、深町や本多から連絡はなかった。メールや電話も繋がらない。あれからどうなったのか山崎には知る手段がなかった。如月の話では葵は作戦行動中にどこかに移動したらしい。予定にないことだった。さらにアマンテック社には警察が来たという話もある。

「いったい何があったんだろう」

夕食の材料を片手に帰路につく。一度メールの着信音が鳴り、もしかして連絡が来たかと期待したが、ただの広告だった。

住宅街をとぼとぼと歩いていると、なんの特徴もない白いバンがすぐ脇に止まった。信号もなく塀の途中で停止するには不自然な場所だった。

白いバンのドアがスライドして中から女性が顔を見せた。

本多葵だった。

バンの後部座席には葵、柏木、山崎、如月の四人が座っていた。運転しているのは深町だ。

「これでまた全員そろいましたね」

葵の言葉に、如月と山崎はいぶかしむような視線を柏木に向けた。

「彼は新メンバーですか？」

「全員じゃないですよね。リーパーがいないですよ」

山崎と如月の反応に葵は意味深な笑みを浮かべ、柏木は居心地が悪そうに体を縮める。

「二人とも間違ってますよ」

事情を知らない二人は怪訝な表情で顔を見合わせた。そしていまにも消えてしまいたそうな顔をしている柏木を見る。

表情が先に驚きに変わったのは山崎のほうだ。

「え、リーパーってこんな陽キャっぽい奴だったの？」

穴があったら全力で飛び込んだであろう柏木は、しかたないので顔を背けてできるだけ体をダンゴムシのように小さく丸めていた。

まだ状況が把握できていない如月に山崎が、

「この人がリーパーだったんですよ」

と説明すると、先ほどの山崎の驚き顔をなぞるかのように、如月の表情も変化した。

「まさか、いや、この優しそうでハンサムな青年が？　なんとまあ」

運転席ではこらえきれなくなった深町が豪快に笑った。

「全員そろいましたね」

葵が再度言うと、

「全員いるな！」

「勢揃いですな！」

二人とも力強く同意した。

「もう勘弁して」

柏木は両手で真っ赤になった顔を覆い隠すのが精一杯だった。


「お二人ともこんな形で再会することになって申し訳ありませんでした」

車内の雰囲気が落ち着くのを見計らって、葵は二人に頭を下げた。

「人気のないところで突然真横にバンをつけられてドアが開いたときは、まさか誘拐かと思いましたよ」

如月は苦笑する。山崎はどうしてこんなところに止まったのだろうぐらいにしか思わなかったので、不快感はなかったが、いままで連絡がないことは問いたかった。

「誘拐の可能性もあったので、こんな形で申し訳ないですが、お二人を保護させていただきました。いまアイギス周りではおかしなことばかり起こっているので」

葵はアマンテック社で何があったのか順番に説明した。要所要所で深町も話に割って入って説明の補足をする。柏木の正体が明かされる段になると、示し合わせたわけでもないのに山崎と如月は拍手をした。

「いやあ、なかなかのどんでん返しですね」

「今度、実際にリーパーをやってるところ見せてよ」

二人に煽られても、

「絶対イヤです」

と断固拒否する柏木だった。

「では我々にはもうやることはないのですかな？」

「ここまで大事になってたら、もうイラストでどうこう、でもないですよね」

「絶対ないとは言いませんが、まずお二人にやっていただくことがあります」

柏木はここぞとばかりにニヤっと笑った。

「はい、こちらの契約書にサインをしてください。機密事項に関することなので、ちゃんと目を通してよく考えてくださいね」

そういって分厚い書類の束を、二人に手渡した。

15

BBB『ねえねえねえ知ってた？　アイギスっていま宇宙にいるんだって』
かに三昧『知ってますぞ。数十機の人工衛星に分かれて生息しているらしいですな』

ＢＢＢ『ちぇー、もうみんな知ってるか。でも驚きだよね』
システムメッセージ『リーパーさんが入室しました』
かに三昧『これはこれは、この前すげなく慌ただしくいそいそと立ち去ったリーパー氏ではないですか』
リーパー『やけに刺々しいじゃねえか』
かに三昧『我輩との友情を無碍にされたのですから、多少刺々しくなるというものですな。リーパー氏、友情を壊す三大要素はなんだと思います？　金、そして女です』
ＢＢＢ『二つしかないよ？』
かに三昧『リーパー氏は金になびかぬ高潔な御仁。しかしそのような人物に限って、色恋には見境がなくなるというのが我輩の持論でして』
リーパー『だから二つしかねえぞ』
かに三昧『さてはリーパー氏、いま恋をしていますな。お相手はさしずめ例の動画の……』
リーパー『だからそんなんじゃねえよ。今日はこのまえの礼に来ただけだ』
かに三昧『まさか誰にでも牙をむくあのリーパー氏がお礼に……。あわあわあわ』
ＢＢＢ『かに三昧さんが泡を吹いてる。かにだけに』
リーパー『これ以上つきあわねえぞ。じゃあな』
システムメッセージ『リーパーさんが退室しました』
ＢＢＢ『あ、逃げた。もー、かに三昧さんがしつこくからかうから。アイギスの話したかったのにー』

システムメッセージ『ヤニさんが入室しました』
ヤニ『リーパー、いるか？』
かに三昧『やや、タイミングが絶妙ですな。たったいま、帰りましたぞ』
ヤニ『ちょっと気になることあったから、心当たりがあるか聞きたかったんだけどな。最近、あいつの素性を探ってる連中がいるってよ』
BBB『色々、ヤバいところにハッキングしかけてたもんね』
かに三昧『最近も何やらこそこそ活動しているご様子』
ヤニ『いままでも素性を探られたことはあったけど、今回は別格だ。あいついったい何をやったんだ？』

「柏木君、どうしたの？」

スマホを操作していた柏木の後ろから、突然葵の声がした。柏木は慌ててスマホのチャット画面を閉じて葵に向き合った。

「SNSに、しばらく顔を出せないって、ちょっと挨拶しただけですよ」

これから十日間、暁天の建物内に籠もることになる。外部との通信は自由にできない。出入りも制限がかかっている。隔離施設のような場所だ。

「数日に一回、外と連絡をとるくらいなら大丈夫よ。友達多い柏木君のSNSがいきなり途絶えたら、みんなが心配しちゃうし怪しいでしょう。私は母にだけは伝えておいた。しばらく連絡できないって」

以前、葵から父は早くに亡くなり母一人子一人だと聞いたことがある。柏木が兄と妹とゲームの取り合いで喧嘩した思い出話になったとき、羨ましいと葵が少しさみしそうに微笑んだのを覚えている。

「さてと、ここからが正念場ね。行きましょう。今日からここが私達の戦場になる、と言ったら大げさかな」

「何も大げさではないですよ。日本の未来がかかっているんです」

柏木は改めて目の前にある暁天施設のゲートを見た。山中にぽっかりと開いたトンネルのように長い通路と厳重なゲート。見渡す限り山とダムしかない。これから自分達がやらなければならないことを考えると、身の引き締まる思いだった。

葵への想いにうつつを抜かしている場合ではない。柏木は自分の頬を何度も叩き気合を入れる。

しかし挑むような表情で颯爽と施設内に入っていく葵の姿は、思わず見惚れてしまうほど凛々しかった。

挿話　三

自分には解けない。

そう悟らざるを得なかった天野は、数学界から距離を置く道を選び、日本最高峰のコンピュータ関連の研究所に入所した。

一年目。

「君のような天才を迎え入れることができて光栄だよ」

——凡人しかいない。つまらない。

二年目。

「三十人が半年かけて作った回路図より、君一人で作ったもののほうが性能が5パーセントも上回っている」

——暇つぶしに作ったものになんの意味があるというのか。つまらない。

三年目。

「日本は再びスパコンの一位に返り咲く。君の力に期待しているよ」

つまらない、つまらない、つまらない。

この程度のことで絶賛される世界がつまらない。

この程度の理論で感心される世界がつまらない。

天野は顔を覆う。

ああ、この世界はなんてつまらないんだ。

この世の真理に手を伸ばすことに比べれば、いま行なっていることのなんと志の低いことか。世界最速のスパコン？　そんなものになんの意味がある。たかだか数年、自尊心を満たすためだけの代物。

「素晴らしい。なんて効率がいいんだ！」

つまらない。

思考の深さがまるで違う。脳が溶けてしまいそうな、無限の深みに沈んでいく、恐ろしくも未知を知る歓喜。麻薬がもたらす快楽がどれほど深かろうが、数学の深淵に比べればたいしたことではないだろう。

逃げてきた世界はこんなにも何もなくつまらないものだったのか。

「このシステムは非効率的ですね。改善の余地があると思います」

天野は目の前の新入職員の女性をまじまじと見た。

「このままですと、情報のトラフィックが集中しすぎて渋滞を起こします。耐久度にも関わりますので、中長期的な運営にも支障がでるのではないでしょうか？」

綺麗な顔立ちをしているが化粧も着ているものも無頓着だ。だが設計書を見る瞳は力強く、誰よりも輝いている。その姿は大学時代の自分を彷彿とさせた。

「でも、こんな初歩的なミス。ああ、もしかして新人のテストですか？」

誰からも指摘されなかった。天野が設計したものは完璧に高度すぎて、指摘するところなどない。いつしかそのように言われていた。

しかしそんな社内の雰囲気などおかまいなしに、目の前の新入職員は踏み込んできた。

「君、なんて言うんだ？」

「名前ですか。私は……」

世界は少しだけつまらなくなった。

ただそれでも、世界の真実に触れようとしていたあの頃に比べれば、ぬるま湯のような世界だ。しかし居心地のいいぬるま湯だった。

四章　暁天

1

「それでは作戦会議を行ないます」

暁天の施設の一室で作戦会議が始まった。

葵の次の言葉を柏木と深町はもちろんのこと、如月や山崎まで神妙な顔で待った。前回は失敗したとはいえ、アイギスの居場所を突き止めたのは葵達だけだった。誰もが失笑してしまいそうな方法でだ。

今回はどのような作戦になるのか。四人は気を引き締めながらも、心が躍るのを抑えきれずにいた。

葵は淡々と話し出す。

「アイギスを攻略するためにやるべきことは二つあります。一つはアイギスを地上に引きずり下ろすことです。二つ目は地上に引きずり下ろしたアイギスを、この暁天に閉じ込めることです」

如月が隣に座っている深町に小声で話しかけた。

「引きずり下ろすって。本多さん少し好戦的な性格になってるような」

深町は肩をすくめただけだ。アマンテック社のビルに入ってから起こったことを考えると無理もない。逆にこのくらいの意気でなければ天野生人とアイギスに勝てないだろう。

「先入観を持って欲しくないのであとで説明しますが、地上に戻す方法の一つは思いついています。ただその手段が有効かどうか確信がもてません。ですので、みなさんのお知恵を拝借したく。疑問はなぜアイギスは人工衛星を逃げ場所に選んだのか、です。宇宙を移動先に選んだ理由がわかれば、戻す手段の作戦も立てやすくなります」

それから一時間ほど五人は話し合ったが、これといった結論は出なかった。それでも意見がいくつも出たことはいい傾向と言えた。

それからも五人が話し合っていると、どこからか大きな物音が聞こえてきた。

「おや、少し揺れましたか？」

ふいに如月が天井を見上げ、次に飲み物の入った紙コップを見る。中に入っていたお茶にわずかな波紋ができていた。

「いや、まだ工事が終わってないんです。大きな機材の搬入は今日でおしまいのはずなんで、この物音に悩まされることは今日までです」

深町が申し訳なさそうに言う。

「ああ、そうでしたか。地震雷火事親父。この歳になっても地震は怖いもので、つい敏感に反応してしまったようです。いや、お恥ずかしい」

「地震に関しては安心して欲しい。暁天の建築場所の条件で、地盤の硬さは最重要事項の一つだった。地形的に地震に強いから……」

「ああ！　それですよ、きっと！」

深町の話の途中で柏木が強く手を打った。

「アイギスは地震をリスクと認識したんじゃないでしょうか？」

葵が、ハッと顔を上げる。

「なるほど。アイギスが人工衛星に逃げた理由として説得力があります」

柏木は地震に関する情報をモニターに表示した。

「最近、とくに地震の話題は多いですからね。南海トラフに首都直下型。南海トラフは三十年以内に70パーセント以上の確率と言われてるし、九州でプレート境界型の地震が起きたときは南海トラフの誘発の注意喚起が一週間ずっと続いて、水や防災用品の買い占めも起こりました。実際、首都圏に限らず、日本に住んでいれば地震の危険性からは逃れられない」

「なら海外に逃げればよかったんじゃないか？」

山崎がまっさきに疑問を提示し、答えたのは葵だ。

「海外は遠すぎて通信速度の問題があります、また、通信ケーブルは海底にあるので同じように地震の影響から逃れられない。近隣の国、中国やロシアのサーバーに逃げるのは、国が安全とは言えない。残りは宇宙という結論になったんじゃないかと。実際、通信網が確立しにくい、あるいは維持しにくい場所では衛星通信は有効です」

「なるほど、地震とは。話している俺はぜんぜん気づかなかった。さすが柏木だな」

素直に感心している深町に柏木は照れた様子を見せた。

「ほう。地震が怖いなんて人間に近づいているんだね。宇宙に逃げて、少しは安心したのかな」

如月はＡＩを擬人化して例える。

「いいえ、宇宙とか地上とか、認識はしていないと思いますよ」

「え、そうなのかい？」

「はい。アイギスが判断材料にするのはサーバーのデータの数字のみ。その中の位置情報に関するものを統計分類して、数字上だけで地上と宇宙をわけています。緯度経度や高度のデータか、あるいは人工衛星が持っている特有のパラメータか。アイギスにとって地上か宇宙かの判定はその程度です。ＡＩと人間の認識はまったく違うものだと思ってください。ＡＩの認識は、数字の集合です。カメラ映像から空間処理をしていても、空間という概念をわかっているわけではありません。そこが狙い所なんです」

葵は少し早口になっている自分に気づいて、いったん息をつく。

「ＡＩ全般に言えるのですが、学ぶ力に一つ弱点があります。情報の正誤の判断がつかないことです。いいえ、これは人でも難しい。テレビやニュース、ＳＮＳなどで話題になればそういうものかと思います。一次情報の確認すらしないで信じたりもする」

全員がたしかにとうなずいた。

「ＡＩにとっての情報の真偽の判断基準は、どこになると思いますか？」

「予測情報ですか？」

答えた柏木も自信はなさそうだった。

「そうですね。現象の法則性、パターン化できるものから判断するというものはあります。ただそうでないものは判断できません。さらに今の世の中には、ＡＩが発信した情報も存在します。その情報を他のＡＩが参照することが繰り返されれば、もう何次情報なのかわからなくなる。いわゆる自己汚染の現象が起こります。端的に言ってＡＩは嘘を見抜くのが下手です」

「本多さんって、前にリーパーが言ってたように、詐欺師の素質ありますよね」

以前の葵に対するリーパーの評を思い出したのか、山崎は如月に耳打ちをしていた。二人の話が耳に入ったのか、柏木は言わないでくれと必死に人差し指を口にあてていた。

「これで確信が持てました。今回の作戦と嚙み合います。地震のリスクはたしかに高い。けれどいつなのか確実にはわかりません。宇宙のほうがもっと差し迫った危険があると思い込ませればいいわけです」

作戦会議は大詰めに入った。

「人間がメディアを信じるように、アイギスもメディアを信じます。正確にはメディアを信じた大勢の情報を信用してしまいます。できるだけセンセーショナルに、平たく言えば煽りに煽って宣伝すれば、アイギスにも影響を与えるでしょう。これについては先日、柏木君がとてもいい材料をもってきてくれました」

葵はネットの記事を見せた。その見出しには、かつてない大規模な太陽フレアが迫る、と書かれていた。

2

太陽フレアの活性化が各新聞社の記事で取り上げられた。

大規模な太陽フレアによる地球への影響。電子機器への影響の可能性や低緯度でのオーロラ観測の期待など、ほとんどは無難で常識的な内容だったが、数多くある新聞社の中で、とある一紙だけが違う観点から太陽フレアの影響を報じていた。

――太陽フレアに破壊される人工衛星。

という見出しの記事の内容はこうだ。地上は大気に守られているおかげで太陽フレアの影響は少ないが、軌道上をまわっている人工衛星はそうはいかない。

眉唾な記事を報じることで有名な新聞だったので、普段ならほとんどの人は気にもとめなかっただろうが、有名な動画配信者が取り上げたことで話題になった。

SNSにまで話題が広がると、数多くのネット記事が根拠として提示された。過去に太陽フレアで活動できなくなった、アメリカのスターリンク等の人工衛星の事例も話題にのぼった。

人工衛星が停止したとき、いまの生活にどれほど影響が出るのか。論じる風潮ができあがった。

渋谷のスクランブル交差点には、いくつもの巨大モニターが設置されていた。そこは常に様々な広告の映像が流れている。ある巨大モニターでは化粧品やブランド物のバッグや靴の写真、別の巨大モニターではドラマや映画の予告編。

交差点で信号待ちをしている人達は、暇つぶしがてらそうした映像群を眺める、それが日常だった。

だがある日、小さな異変が起こった。いつものように様々なモニターに様々な映像が流れていたが、それらの映像に重なって八桁のデジタル数字が並んだ。09:17:23:51と表示され、最後の二桁だけが50、49、48と秒刻みに減っていく。

異変に気づいた人は足を止めて広告を見た。察しのいい人ならそれはすぐに何かのカウントダウンだと気づく。

何かの大型イベントの告知だろうか。普段は別々の映像が流れている巨大モニターだが、まれに連携して一つの広告を流すことがある。大金を投じた広告戦略だ。

しかし不自然なことがある。カウントダウンならば、いま現在表示されている09:17:22:08では終了は一週間以上先になる。そんなに長く別の広告の上に重ねるということは、広告を全部買い取ったということか。だとしても自社の広告の上に関係のない告知を流されたらスポンサーは黙っていないだろう。

そのような疑問を抱く人も、気づかないなりに違和感を感じている人も、何かしらの不可解さを抱いて、モニターを見上げていた。

時間にしたらほんの五分程度だっただろうか。

しかし現われたときと同じように、カウントダウンの数字は突然消えてしまった。

あれはいったいなんだったのかという問い合わせに、各モニターの管理会社は、わからない、予定にはない映像という回答しかできなかった。

カウントダウンは渋谷に常設されているカメラにも映っていて、そのときの映像が切り抜かれ、ＳＮＳで話題になった。

その日から、突然、カウントダウンの数字が、なんの前触れもなく様々なデジタル機器に表示される現象が多発した。新宿や池袋駅前の巨大モニター、会社のパソコン、電車の車両内の広告画面、スポーツスタジアムのオーロラビジョン、さまざまな表示機器にカウントダウンは現われた。

奇妙なカウントダウンには一つの共通点があった。外部から干渉できる機器に限られている。

カウントダウンは継続して行なわれていた。

09:14:55:17、09:14:55:16、09:14:55:15……。

渋谷を皮切りにその現象は日本各地で発生した。秒単位で減っていく謎の数字に、日本中の人々が不安を抱いた。

いったいこのカウントダウンは誰がやっているのか、何が目的なのか。そしてカウントがゼロになったとき、何が起こるのか。

そんな中、太陽フレアの記事とカウントダウン。一見関係ない二つの出来事を、結びつけて分析するある動画が話題になった。

3

『ひゃっはー！　みんな、知ってるか？　世間を騒がせているカウントダウンがなんなのか』

動画配信サイトで最近再生数を伸ばしている動画配信者はデフォルメされた死神の姿で、ハイテンションで喋る姿が、キモカワイイと評判になっていた。

しかしそれだけで話題にのぼるはずもなく、別の要因が重なったことがリーパーを有名にしていた。

『今日のカウントダウンはこれだ』

次々と現われるカウントダウンの映像。駅の電光掲示板、ビルの壁にある巨大液晶、会議場のプロジェクター、様々な媒体でのカウントダウンが表示される。

『カウントダウンの時間が減ってきたな。残り八日ってことか』

謎のカウントダウンは大きな話題になっていた。

『さてこのカウントダウンはなんなのかテレビやネットで話題騒然、いろんな憶測が流れてるが、俺に言わせれば違うな。新しい広告でもなければ、愉快犯でもねえ。これには明確な意図を感じる』

リーパーは腕をくんで、深刻な顔をする。

『俺様が思うにこのカウントダウンは警告だ』

大小様々な警告《warning》の赤文字が点滅した。

『太陽フレアがくると磁場の影響で日本にもオーロラが現われることがあるってのは、前回説明したとおり。みんな北海道民がうらやましいなんて思う必要はねえぞ。さみいしヒグマは出るし無駄に広い。そしてなによりもだ、今度の馬鹿デカ太陽フレアの影響は、関東圏まで広がりそうだ』

リーパーの背後では、太陽フレアが日本上空の磁場にぶつかり、オーロラに変化する様子が詳細なＣＧで再現されていた。

『世紀のビッグイベントが近づいてるぜ！　まあちょっとした弊害もある。馬鹿デカ太陽フレアの影響で、電子機器や人工衛星はおシャカになる。嘘なんかじゃねえぞ。２０２２年には打ち上げたばかりのスターリンクが、太陽フレアの影響で四十機も落下しちまった。どうだ、実感できたろう？』

げらげらげらと楽しそうに笑っていた。

『世界中大パニックだ。やべえな、大変だな。カウントダウンは残りあと七日しかねえ。いまのうちに非常食買いあさっておけよ。スマホやパソコン、電子機器も軒並みダメになるからな。軍事用は大丈夫だろうが、いまからおまえら一般市民が用意できるはずもねえ。そこでお手軽な方法を教えてやんよ。アルミだ、アルミホイルでくるんでおけ。じゃ、明日もまた最新情報を……』

途中で映像が止まった。

「この終わり方はヒキとして弱くありませんかね。前回と同じで新鮮味がない」

動画編集画面を覗き込んで如月が意見を言うと、

「他に素材あったかなあ」

動画編集をしている山崎が素材となる音声データを再生する。リーパーの声がスピーカーから流れてきた。

『別れに涙はいらねえぜ。あばよ！』

「いまいちですなあ」

『来週もまた見てくれよな！』

「毎日更新なのに来週はダメか」

『それじゃ、ばいなら』

「ばいならってなんですか？」

山崎の編集の手が止まった。

「昭和のネタなんですが、さすがにちょっと古すぎましたかねえ。リーパーのイメージとかけ離れちゃうかな。どう思います？」

そう言って如月が話しかけたのは、同じ部屋でプログラミング作業をしている柏木だ。彼はずっと体を縮こませて、作業に没頭していた。いや、没頭しているふりをしていた。

「僕にはなんのことかさっぱりわかりません！」

「ちょっと終わりの挨拶、新録したいんだけど、やっぱり本家本元にやってもらうのが一番かと」

「絶対イヤです！」

柏木が断固拒否したので、如月はしかたなく自分でマイクを持ってしゃべり出した。

「ひゃっはー、人類滅亡のカウントダウンもあと少ししか残されてねえなあ！」

如月の声はリーパーとそっくりになってパソコンのスピーカーから流れる。

「いやあすごいなあ。ちょっと声を若くしただけ、ほとんど無加工でここまでリーパーにそっくりになるとは。さすがベテラン俳優は違いますね」

山崎はしきりに感心していた。

「まだ無名だった頃を思い出してね。あの頃はなんでもやったなあ。声帯模写は得意だったんだ。こうしてまたやるのも楽しいものだねえ」

如月は懐かしむように目を細める。

「本家の柏木君が聞いてみてどうかな？　うまくできてる？」

「周知されてるものじゃないから、好きに話したらいいじゃないですか！　だいたいどうして僕……じゃなくてリーパーをわざわざ使うんですか？」

「煽るキャラを考えたとき、これ以上ないほどぴったりハマったんだよ。私としては元祖をリスペクトっていうのかな、大事にしたいんだよねえ。ＡＩが私の演技を真似るときも、こうやって試行錯誤したのかと思うと、なんだか不思議な気持ちになるね」

「柏木さん、こんな大俳優に演じてもらえるなんて、名誉なことじゃない。記念にこの動画もっていきなよ」

「それを言うなら、山崎さんの３Ｄアバターもとても魅力的ですよ。いやあ、Ｖチューバーをやる若者の気持ちがわかりました」

「死神の姿って、ベタだけどキャッチーですしね」

二人は和気あいあいと作業を進めていく。

「こんなものかな。前回の動画は半日で三百万再生を超えたから、成果としては充分だろう」

「世間なんてチョロいですよ。ＳＮＳや掲示板で工作したのも最初だけ。ちょっと後押しするだけで、あとは勝手に走ってくれるんだから」

柏木がやさぐれた顔でひねくれたことを言い出した。

「ああ、すねちゃいましたよ」

「いや、あれが彼の本性って可能性も」

三人が話していると、ドアが開いてスマホを見ながら葵が部屋に入ってきた。スマホから聞こえてくるのはハイテンションのリーパーの音声だ。

「予想以上の成果ですね。もうこんなに再生数が伸びてる」

如月が芸能関係者やマスコミ、山崎がSNS上の仲間といった人脈を駆使して話題になるように仕向けた。いわゆるステルスマーケティングだ。

そして如月はリーパーのキャラクターをもっと感情豊かに魅力的に演じ、山崎はより一般受けするような3Dアバターを作った。

なにより決定的なのは、日本各地で起こっている謎のカウントダウンだ。これは否応なく注目を集めた。これも葵達の仕組んだことだ。

街中の巨大モニターは、協力を頼んで、あるいはハッキングで表示させる。SNSで一番反響があった、個人のスマホがカウントダウンに乗っ取られたショッキングな映像はフェイク動画だ。

手段を選ばない拡散方法に、リーパーの謎のカウントダウン検証動画は爆発的に再生数を伸ばした。

「いま次の動画作ってますよ。第三回です」

「毎日、ありがとうございます」

「他にやることもないから」

山崎は苦笑する。如月と山崎はアイギスの監視の目を避けるために、暁天の施設から離れられないでいる。

「いえ、お二人がいらしてくださって本当に助かりました」

「しかし本当にこんな方法で、アイギスに対して効果があるんでしょうか」

「絶対とは言い切れませんが、あります。前にも話しましたがアイギスに真偽はわからない。人工衛星は危険だと誤認させます。しかし日本に適した居場所はほとんどありません。大規模で安全な地上のデータセンターは限られている」

「でも暁天って表沙汰にはなってないんですよね？」

山崎の疑問に葵はうなずいた。

「はい。ですがアイギスの情報収集能力なら、稼働を始めた暁天にすぐ気づくでしょう。つまりアイギスは暁天に来る可能性が高い」

それまでにこやかだった葵の表情が引き締まった。

「暁天に来たら作戦の第二段階です。前回できなかったＡＩロジッククリアをアイギスに接続、解析させ、今度こそ機能のコピーを成功させます」

4

暁天のコントロールルームには壁一面を占める巨大なモニターがある。

いまそこにはアイギスの暴走事件に関するデータが所狭しと並んでいた。今回の事件に関わりのある天野や荻野目に山田、そういった人物達の相関図から、事件の時系列順一覧、ニュースの記事、ＳＮＳの反応、海外での取り上げられかた、一見雑多な情報は綺麗に整頓されていた。

モニターに向かい作業する葵と柏木の後ろでは、動画作りの休憩時間に将棋を指している山崎と如月がいて、深町は報告書のチェックをしている。

そんな中、突然、

「うわ、あああ、うわあああっ！」

柏木が、椅子から転げ落ちそうなほど体をのけぞらせて叫んだ。山崎がとっさに椅子を支えなければ、完全にひっくり返っていた。

「どうしたの？」

「わかりました。電磁ロック暗号の正体がわかったんです。いや、でも、そんな……。こんなのって。でも……これなら、人工衛星の数を増やした説明もつく」

葵は怪訝な顔をする、電磁ロック暗号の正体が本当にわかったのなら朗報だが、柏木の慌てふためいている意味がわからない。

「電磁ロックってなんなの？　その暗号技術を解読する解除キーは作れそう？　考えたくないけど、作戦が失敗したとき電磁ロックを解析できる方法もあったほうが安心だから」

「解除キーを作る？　は、ははは、そんなことできるわけないじゃないですか」

柏木は乾いた笑いを浮かべる。柏木の反応すべてが不可解だ。

「どういうこと？」

「電磁ロックの解除キーは地球です。人工衛星で観測していたのは、地球の磁場なんです！」

柏木は端末を操作してデータをモニターに映した。

「人工衛星六十機のデータがリンクされているのを覚えてますか。アイギスがハッキングしてリンクした人工衛星がなんのためにあるかずっと疑問だったんです。半数以上は日本製の宇宙データセンター。これは移動先として納得ができる。しかし六十機の中には何十年も昔の人工衛星もあるんです。六十に分散して入るとはいえ、わざわざ古い人工衛星に入る必要はない」

柏木はようやく落ち着きを取り戻したのか、一言一言ゆっくり話している。

「続けて」

「そこで古い人工衛星の共通点を探しました。製造元やシステム、作られた年代、いろんなものを比較したところ、一つだけ共通点を見つけました。磁気観測機能です。この機能がアイギスには必要だった」

「でも地球の磁場を調べる機能よね？」

普通に考えればアイギスが必要とする機能ではない。

「そうです。これこそ電磁ロック暗号の正体です。電磁ロックを開けるための鍵、地球という電磁キーが必要なんです！　地球の複製なんてできっこない。ああ、やっぱり人間はＡＩに勝てないんだ。こういうシステムを作らせたらかないっこない。思考のスケールが違いすぎる」

柏木は頭を抱えてしまった。他のメンバーも理解できないなりに、大変なことだと察することはできた。

「彼、本当にリーパーですか？」

「もっと強気な人物だとばかり……」

山崎と如月はいまだに実物のリーパーに慣れずにいる。

「いま気にするところはそこじゃないでしょう。アイギスが変更する電磁ロック暗号を解く鍵の正体ですよ！」

柏木の動揺に反して葵は落ち着いていた。

「ああ、なるほど。これがアイギスの思考の傾向ですか」

それどころか微笑んでさえいる。

「何がそんなにおかしいのです？」

慌てる柏木と正反対の笑顔を不思議に思ったのか如月が問うてきた。

「アイギスが地球の磁場を利用した電磁ロックを選んだ理由です。大艦巨砲主義です」

「え？」

「ちゃんと覚えたわよ。あってるわよね？」

「あってますけど、なんで突然？」

「大きいことは優れている、という価値観が交ざったのよ」

「そんな馬鹿な」

コンピュータに詳しいからこそ、柏木はありえないと異を唱えた。

「ＡＩの前身、人工無能って皆さんご存じですか？　Ａ＝Ｂ、Ｂ＝Ｃと教えるとＡ＝Ｃと判断するんです。たとえば深町さんは熊、熊は可愛いと教えると、深町さんは可愛いと覚えます。大艦巨砲主義的な大きいことは優れている、という考え方は今も根強い。ビッグデータ、大国、ミサイルの威力。さらにアイギスと親和性が高いネット上の価値観はもっと顕著です」

「なるほど、パケットのギガ数、無料で使えるクラウドの大きさ。SNSの閲覧数、フォロワー数、いいねの数も、AIにしてみれば反響イコール大きな数、ですね」

柏木が考えながら同意すると、山崎や如月も身近な話題だからか、

「バズったものは大きく取り上げられ、また広がっていくしな」

「観客動員数、視聴率、株価や預金も数字が大きい方が是とされるね」

とうなずいている。

「数が小さくなって喜ばれるのは税率くらいか」

役人の深町が自虐的に言ったことで、緊張していた場が少し緩んだ。

「そうです。つまり、大きいイコール優れているが、いつのまにかセキュリティの堅牢さに誤認されてしまった。いまのAIにそんな愚かな間違いはない、馬鹿馬鹿しいと思う人もいるかもしれませんが」

「ブラックボックスの中でどんな思考が行なわれているか把握できていない以上、可能性としては否定できませんね」

「おそらくアイギスはサーバーというくびきがなくなったため、際限なく学習し、情報の統合が追いつかなくなってきている。AI的な老いとでもいうべき現象に陥っています。このままだと機能不全。金融データもろとも壊れてしまう可能性もある」

「待て、それは困る。暴走どころか壊れる？　それは考えうる限り最悪の状況だぞ」

慌てる深町に誰もが固唾を呑んだ。

しかし葵は落ち着いた様子で、モニターにカレンダーを表示させる。

「電磁ロックは簡単に破られる、と認識させせられなければ、アイギスはRSA暗号から電磁ロックに書き換えてしまう。そうなったら日本のネット経済は世界から隔離されてしまうことになる。期限は十一月二十三日零時、あと八日」

じっと鼻先を指で叩きながら考え込んでいた。

「いずれにせよ、アイギスは鉄壁だったセキュリティの堅牢さに、よけいなものを持ち込みました。いままで隙を見せなかったアイギスが、ここで大きな隙を見せました。世界中の磁場の観測値と言えばスケールの大きな話ですが、ただ単に変動する数十個の数字をパスワードにしているだけの話です。セキュリティとしては穴だらけです」

「そうは言いますけど、けっこう堅牢ですよ。なにせ衛星のデータはアイギスが全部押さえてるんです。どうやって磁場を見抜くんですか？」

「そんなのわかるわけないじゃない」

あまりにもあっさりとあきらめたので、柏木は絶句した。

「まさかこの期に及んで白旗あげるのか？　いや、電磁ロックに切り替える前に、アイギスをふん捕まえてしまえば解決なんだが」

深町の強面の顔はさらに険しくなった。

「もちろん、私達の作戦が成功してアイギスを止められれば、問題ありません。しかし幸いといいますか、電磁ロックの正体が判明したことで、作戦を補強できる可能性も出てきました。みなさんは衛星がどのように磁場を検知しているか、ご存じですか？」

と葵はモニターの表示をカレンダーから別の画像に切り換える。

「衛星にセンサーがついていて、こういう構造をしています」

モニター上に表示されたのは、誰もが想像するオーソドックスな人工衛星だ。一部をさらにクローズアップすると左右に二本の長いポールのようなものが伸びていた。

「この先端にセンサーがついてるんですね」

如月が丁寧に答える。

「どうしてこんな変わった場所に磁場の検出センサーがついているのか。答えは簡単です。本体の影響を受けるからできるだけ遠くにセンサーを離しておく必要がある。それくらい磁場は周囲の機械の影響を受けやすい」

「はあ？」

気の抜けた返事は山崎だ。

「電磁ロックの磁場を複製して開けることはできない。でもその逆は簡単。アイギスの計算を狂わせてやりましょう」

葵は意地の悪い笑みを浮かべる。

「衛星に向かって電磁波を照射。微々たる誤差でしょうけど、測定は狂います」

葵はモニターに、パラボラアンテナから電波が空に向かって照射されるイメージ映像を流した。

「ああ、なるほど。測定が狂うと、開かなくなる！　開けられない鍵なんて役にたたない」

「ええ。つまり電磁ロックシステムは崩壊します。セキュリティ的に欠点があるとアイギスに思わせることができます。ＲＳＡ暗号より強固などという、誤った考えは改めてもらいましょう」

5

食堂では深町と山崎が食事をしていた。

「冷食もうまくなったけど、毎日だとさすがに飽きるな」

深町はフォークの先でブロッコリーをつついていた。

「本多さんってルールの裏をつくようなこと好きそうだよね」

「制作者の意図や苦労をあざ笑うかのように、必勝法の抜け道探したりな」

「天才プログラマじゃなければ天才詐欺師になってたりしてね」

「本多さんはそんな人じゃないですよ」

と柏木が憤懣やるかたなしとでも言いたげに乱暴に食事のプレートを置いた。

「おまえさんは生粋の本多派だからな。客観的意見とは言えないだろう」

深町が印象深かったのは山崎や如月を誘うときの葵の話術だ。人付き合いは苦手と言っているが正面からの交渉事には長けている。

「とても入りにくい雰囲気なんですけど、入っていいですか？」

そう言って食堂のテーブルに座ろうとしたのは葵だ。

「おう、入れ入れ」

「僕はフォローしようとしましたよ！」

「……」

まったく悪びれない深町と言いつくろう柏木と沈黙を貫く山崎と、三者三様であった。


「だいぶ先が見えてきましたね」

とりなすように言う柏木に、隣に座った葵は気にする風でもなく問いかけてくる。

「そうね……。ねえ、柏木君は電磁ロックのことどう思う？」

「どうって？　スケールの大きい鍵だなって」

「たしかにスケールは大きいけど、でもそれだけじゃない。既存のものじゃないっていうのが気になるの。アイギスの思考の傾向が色濃く出ているように思えて」

「ああ、なるほど。人間でも模写より自由に描かせた絵のほうが人となりが出ますしね」

「ＲＳＡ暗号の信頼度は揺るぎない。なのにどうしてアイギスはＲＳＡ暗号を捨てて、電磁ロックを採用したのか。その理由がわからない」

「そうですね。本多さん、あっさり穴見つけましたしね。うーん、アイギスの判断ミスじゃないですか」

「セキュリティの堅牢さの比較なんて数学的なものをＡＩが間違えるかしら？　簡単に狂わせられるという発想に気づかなかったとしても、ＲＳＡ暗号より上だと判断するとは思えない」

葵はいまだにみんながつついて食べるのをためらっているブロッコリーを、テンポ良く口の中に放り込みながら話す。

「じゃあこれはどうです？　ＡＩにＲＳＡ暗号の堅牢さを教えていなかった天野生人のミス。コンピュータはミスをしない、人間がミスをしているんだって、本人がさんざん偉そうに言ってたじゃないですか」

柏木にしては乱暴な言い方だ。葵を事件に巻き込み、陥れ、犯罪の濡れ衣まで着せたのだから、その態度は当然ともいえた。

「天野さ……彼がそんな初歩的なミスをするとは思えないけど」

つい癖で天野さんと呼びそうになり、葵は慌てて言い直す。今は正直、天野への恨みや恐怖心より、アイギスの挙動のほうに集中していた。

なぜアイギスはＲＳＡ暗号を捨てようとしたのか。想定外の何かが起こってＲＳＡ暗号をやめた可能性もないとは言えないが、いったい何をどうすればそうなるのか。

「あまり深く考えてもしかたないんじゃないですか？　ＡＩの思考の過程は膨大なブラックボックス。その中の無駄なデータや間違ったデータが、ＡＩの判断ミスを誘発したなんてのはよくある話ですよ」

柏木の言う通りかもしれない。たしかに気になるが、今後の作戦行動に支障をきたすようなものではないだろう。ただの判断ミス。それが一番可能性が高い。

「まあ気になるっちゃ気になるが、それを言ったら天野生人の行動は最初から疑問だらけだ。どうしてこんな支離滅裂な真似をする？　だがそれも捕まえて白状させれば万事解決だ」

深町のものの言いようがどう見てもマル暴の刑事だ。

「天野とアイギスの不可解な行動。これって繫がりがあるんじゃないかしら？」

予感めいたものはあった。天野とアイギス、両者の不可解な行動に繫がりがないと思うほうが無理がある。もっと考えを推し進めれば、アイギスのブラックボックスの中の何かが、天野にいまのような暴挙に出ることをさせたのではないか。

すべては推測に過ぎない。しかし何かしら真実の一端はつかんでいるように思えてならなかった。もしこの推測が正しいのなら、天野を狂気へと走らせたものがアイギスに潜んでいることになる。

その考えに葵は身震いをして、瞼を固く閉じた。

「どうしたんですか？　顔色悪いですよ」

柏木が心配そうに顔をのぞき込んでくる。

「大丈夫、ちょっと考えすぎたみたい」

葵はスマホに入っている画像を見る。予告状が書かれた便箋とポストカードだ。いまだに天野の意図がわからない。車の中での謎めいた言葉も。

――恨みではない。ただ君には知る権利、いや責務がある。

あのときの天野の表情は複雑すぎて、真意を推し量ることはできなかった。一つの啓示だったと彼は言ったが、具体的なことは何も言わなかった。ただ空虚だった天野の中に熱を灯し、天野らしくない混沌とした行動を起こさせた何かが、これにあるのだ。

「深町さん、今度外出許可をいただきたいのですが」

「んん、ああ。表沙汰にはなってないとはいえ、あんたはアイギスを停止させた容疑者。あまり表に出て欲しくないんだが」

じっと見つめてくる葵に深町は頭をかいて観念する。

「わかったわかった。それでどこに行きたいんだ？」

「天野生人という人間をもっと知らないといけないと思うんです」

葵が知っているのは電子研究所に入所してからの天野だ。

――それ以前は？

天野が電子研究所に入所したのは二十五歳のときと聞いている。それ以前は大学の研究室にいたはずだ。いまになって彼ほどの有名人の大学時代の情報がほとんどないことに驚く。そしてあまつさえ交際していた自分も、まったく知らないことにも。

そこに天野を空っぽにした何かがある。それを知れば、天野の不可解な行動の答えが見つかるかもしれない。

6

――アンダーグラウンドの某チャットルームにて、ハッカー達の会話ログ。

ヤニ『死神リーパーが語る謎のカウントダウンの正体って動画観た奴いる？』
BBB『ああ、みたみたー。どゆこと？　あれ』
かに三昧『よもや、リーパー氏があのような形で表社会に登場するとは。予想外すぎましたな』

ＢＢＢ『でも何話してんのって感じ、ほとんどオカルトじゃん。太陽フレアで電子機器が全滅？　しかもみんな悪乗りして、うわーとか、終わりだーとか叫んでんの。なにあれ？』
ヤニ『再生数伸びすぎだしな。ありゃ絶対裏で何か工作してる』
かに三昧『死神リーパーって名前も気になりますな。リーパーの意味がそもそも死神ですから』
ＢＢＢ『でもなんのために？　リーパー君がこんなオカルト広めてどーすんの？』
かに三昧『陰謀の匂いがしますな』
ヤニ『まさかこれが、アイギスの攻略方法とか？』
ＢＢＢ『どーゆーつながり？』
かに三昧『もしや、以前頼まれた画像解析と関係あるのやもしれませんな』
ヤニ『リーパーに何か頼まれたのか？』
かに三昧『おっと、口止めされてますので言えませんな。我輩の信用にかかわりますので』
ＢＢＢ『なになに？　気になるじゃない！』
システムメッセージ『ジョンスミスさんが入室しました』
ＢＢＢ『え、まじ？　超久しぶりじゃん』
ヤニ『生きてたんだ』
かに三昧『前に顔を出したのは二カ月近く前ですかな』
ジョンスミス『ここにいたリーパーは七十六歳三カ月以上の老人か？』
ヤニ『まさかの登場でまさかの質問だな』
かに三昧『違うと思いますな。リーパー氏は若そうですぞ。以前何気ないスマホの話題からアラサーくらいかと拝察いたしております』
ジョンスミス『そうか。動画の死神リーパーとは別人か』
ヤニ『え、動画のリーパーは七十六歳以上？　そんなジジイが何やってんだ？　てか、なんでそんな半端な数字？』
かに三昧『ジョンスミス氏は、以前からなにかとリーパー氏を気にかけてましたな』
ジョンスミス『得るものの多い特に優秀なハッカーだ。注目に値する』
かに三昧『やや！　毒舌の奥に隠されたリーパー氏の才能を見抜いていたとは。さすがジョンスミス氏ですな』
ジョンスミス『質問は以上になる』
BBB『またそうやってすぐに帰っちゃうー。まってまって。優秀なのはジョンスミス君もじゃん。ねえ、この前のアイギスの停止にジョンスミス君関わってる？』
ジョンスミス『関わっている。停止させたのは私だ』
システムメッセージ『ジョンスミスさんが退室しました』
BBB『いまのマ？』
ヤニ『冗談だろ』
かに三昧『ジョンスミス氏は冗談を言う人ではないと我輩は記憶しておりますが。リーパー氏の胡散臭い動画も鑑みるに、近々何か起こるのではないかと我輩は拝察するわけでして』
BBB『今度はリーパー氏が行方不明かあ。いまごろ何やってるんでしょうなあ』
ヤニ『かに三昧の口癖移ってんぞ』

7

暁天の施設に閉じこもっている間、葵と柏木は、暁天にアイギスを捕らえるための準備をしていた。まず未完成の暁天がつつがなく動作するような環境整備。深町が入手した他のチームがアイギスから受けたハッキングの傾向の分析、そこからの対策。他にもアイギスを捕らえるための仕掛けとなるプログラムをいくつか開発しないといけない。

二人は一日中暁天のコントロールルームにこもり、端末からプログラミング作業をしている。部屋の中にキーボードを叩く音だけが響いていた。

「本多さん、そちらの調子はどうですか？」

「ダミープログラムに難航中。各社の仕様が多すぎて大変。作業のショートカットができるようなものでもないし、気合入れて作るしかない」

アイギスが電磁ロックを決行するよりも早く、計画を実行しなければならない。葵達が設定した嘘のカウントダウンは、電磁ロックの期限の二時間前だ。それまでに必要な全プログラミングを終えなくてはならなかった。

「その言葉、久しぶりに聞きました。本多さん、わりと根性論なところありますよね。本多さんが気合で作る、瀬川さんはやればできる、が口癖で」

昔を思い出したのか柏木が笑う。

「気合のインターコネクト、やればできるの推進部長。よく口論になってましたね」

「なによ、私や瀬川さんをつかまえて、古い世代って言いたいの？」

口では怒るふりをするものの、葵も笑っている。

「僕はストロングビートルボーイズですから。定時に帰ろう帰らせて」

ストロングビートルとはＣＰＵ開発チームにつけられていた愛称だ。強そうなカブトムシ、開発中のＣＰＵの愛称がビートルだったのでそう呼ばれていた。

「そっちだって少年って歳でもないじゃない。でもそうね。こうして机を並べてると、電子研究所で開発してたときを思い出すわ」

「本多さん、よく僕らの部署に殴り込みに来てましたからね」

「ちょっと、殴り込みって言い方やめてよ。そっちがボーイなら私は女子です！」

懐かしい思い出だった。各部署が連携してスパコンを作る。チームワークでもあるが、それぞれの立場から議論を交わし、時には激しい言い合いになることもあった。

それでも思いは一つ。議論を尽くした果てに、よりよい結論に全員でたどり着けたときの達成感は何事にも代え難かった。

そしてストロングビートルの愛称は、柏木が提案したＣＰＵ理論がもとになっていたことを思い出す。もう帰ってこない、懐かしいあの職場。

「柏木君の机の上の、赤い龍とハチワレの猫はよく覚えてる。龍を倒しに行くのにどうして猫が一緒なのかはいまだによくわからないけど」

「リオレウスとアイルーです、って何度教えても、ちっとも覚えませんでしたよね」

「もう飾ってあげないの？　柏木君の部屋に行ったときね、イメージと違って、がらんとした部屋で驚いた」

緊張した時間が続いていたからだろうか、この柔らかな懐かしい空気の中で葵はずっと気になっていたことがつい口からこぼれてしまった。

しかし柏木は柔らかな表情を崩さず、お手本のような姿勢でキーボードをタイピングしながら問うてくる。

「イメージか。僕のイメージってどんなですか？」

「明るくて、社交的で、ゲームが好きで、ううん、ゲーム以外にもたくさん好きなものがあって、好奇心旺盛で。そういうところはボーイズって言ってあげてもいいかな」

「仕事はどうですか？」

「すごく才能があるのに、それだけに拘泥しないで、なんでも器用にこなす。親切で優しくて気配りができる」

素直に賞賛したつもりだった葵の言葉に、柏木は手をとめてフッと笑った。

「まるで僕が作ったハッキングツールみたいだ」

そりゃバレますね、と自嘲気味に笑った。

「……聞いていい？　いつからハッカーに？　あの、誤解しないでね。責めてるわけじゃなくて、これだけの技術をどのくらいで身につけたのかなって」

ずっと気になっていた。今作っているダミー取引プログラムも、ハッカーを誘導するダミーサーバーと言われる技術の応用だ。柏木のハッカーとしての高度な知識に助けられている。

「二年前からです」

「たった二年？」

「ほら、僕、なんでも器用にこなすじゃないですか。好奇心も旺盛だし？」

自分の言葉をそのまま返された。葵は心から褒めたつもりだったが、柏木はさっきから自嘲気味に笑い、卑下した口調で話す。自分はどうやら褒めたつもりで柏木を傷つけてしまったようだ。柏木の褒め言葉は相手にまっすぐ届くのに。どうしてうまくできないのか、葵は心の中でうなだれる。

「お察しの通り、電子研究所を切られたからです。鉄壁と称されたアイギスを、それなら破ってやろうっていう子供じみた復讐心です。一年もしないうちにたいていのものは破れるようになりました。深町さんに協力したのもそのころでしたね。一年前、あの事件が起こって、アイギスだけが破られなくて、さらに躍起になった。でも誰も破れなかった。僕もです」

柏木の規則的なタイピングの音が止まった。

「アイギスって本当にすごいですよね」

葵のほうでなく、正面のモニターを見つめたまま柏木はつぶやいた。

「そうね。普通、金融管理をさせようとしたら、セキュリティと金融特化型の専用ＡＩを作る。でも天野さんはそうしなかった。アイギスがすごいところは、汎用型ＡＩとして作られたこと。様々なジャンルのデータを有機的に繋げて判断することができる」

柏木の会話の意図を図りかねて、葵はあたりさわりないアイギスの分析を口にするしかできない。

「やっぱり、ソフトには開発者の人間性が出ますね。天野生人をそのままＡＩにしたのがアイギスなんですね」

「どういうこと？」

「何かのインタビューで答えてましたよ。目的を成すために、ありとあらゆる学問を学んできたそうです。ジャンルに固執しなければ、それだけブレイクスルーが起きるって。知に貪欲なのは目的を果たすためと語ってました。しかも、それだけ貪欲に学ぶ汎用性ＡＩを、たった三つのルールで完璧にコントロールする。こういうところも素直に天才なんだなって感心します。凡人なら、ＡＩの逸脱が怖くて、あれこれルールを作るでしょう？」

「ええ、あの三原則はすごく洗練されている。天野さんじゃないとできない」

「ただ学習能力をつけすぎた」

「そうね。たしかに汎用ＡＩとして頭一つどころか四つくらい飛び抜けたすごいＡＩだけど、長く持たない。ブラックボックスが大きすぎる。金融管理なんて大事なものの管理を任せちゃいけなかったと思う」

天野は自分が作ったものを過信しすぎたのか。それとも最初からどうでもいいと思っていたのかもしれない。

「そこで本多さんのＡＩロジッククリアの登場ですね。簡略化されるから、いずれ起こる大きくなりすぎたことでの崩壊も防げる」

「柏木君とご飯食べていたときに思いついて、急いでバージョンアップしたの」

「はは、僕もこき使われましたからね」

ＡＩロジッククリアの改造、ハッキングやデータの追跡。どれもリーパーである柏木がいなければできなかったことだ。

「前にも思いましたけど、すごく本多さんっぽいですよ。やっぱり作る物に人間性はあらわれるなあ」

「私にはよくわからないんだけど、どういうところが私っぽいの？　詐欺師っぽいところ？」

冗談めかす本多に、柏木はもう勘弁してくださいと笑顔で答える。

「人とＡＩの橋渡しは前にも言いましたよね。とても優しい世界です。これからも、こういう肥大化や自己汚染で使い物にならなくなるＡＩはたくさん出てくると思うんです。もちろん、手に負えなくなったＡＩを持て余す人間側も困ります。たとえば今回のアイギスのように。こうなったら、停止させるしかない。そしてせっかく学ばせたものは永遠にブラックボックスの中。誰も得をしない。けれどＡＩロジッククリアは、ＡＩの成果を無にせず、人に使いやすいようにして残す。……ね、優しいし、世のため人のためＡＩのためって理念が、根底にあるでしょう？」

柏木はとても自然に人を褒める。

「天野のアイギスには自己中心的なものを感じます。周囲のことは目に入ってない。だからこそ天才なんでしょうけど。でも僕が魅力を感じるのは本多さんのプログラムのほうです。ＡＩロジッククリアだけじゃない。電子研究所時代から、本多さんのプログラム理念は人を魅了します。この人についていきたい、一緒に開発したいと思わせてくれます」

まっすぐな言葉は、自分でも気づいておらず、そんなふうに見ていてくれたのかと驚き面映ゆく感じながらも嬉しくなる賞賛だった。

「だから、瀬川部長と本多室長が気合と根性論を振りかざしても、僕ら若者はついていこうと思うんですよ」

「私達が言い争うのを見てても？」

「僕達はあれをモンスター・ヴァースって呼んでました。新人は会議室から聞こえてくる怒声に戦々恐々でしたね。三カ月もすれば慣れて、ああやってるやってるってなるんですけど。僕もいつかあの会議に加われるものだと思ってたんだけどな……」

ふいに柏木は寂しそうな顔をした。

「でも入れなかった。入れない理由はわかってるんですよ。僕が足踏みしてたのは、ＣＰＵにこだわってただけじゃないんです。僕自身に、本多さんみたいな理念や理想がないのが問題なんです」

「柏木君は若いんだから、まだそんなのなくて当たり前じゃない？」

「そうですね、僕はまだ、何も成し遂げていません」

また間違ったことを言ってしまったようだ。葵自身、柏木に言われるまで自分では理念など考えたこともなかった。柏木がこうして言語化してくれなければ気づかなかっただろう。いずれ自然に出てくるものじゃないかしら、そう付け足そうとしたが、きっと焼け石に水だと思って口ごもる。

柏木は本多や瀬川や、天野のことさえ、しっかり見ている。それに比べて自分はどうだろう。人の能力を見極めて、配置をするのは得意だった。前に如月に話したように採用人事に関わらせてもらったこともある。だがそれは本当に人の気持ちに寄り添っていただろうか。柏木に対してもずっと元上司として相談に乗っていたつもりだったのに、この二年間、何もわかっていなかった。

「それに、理念があろうがなかろうが、天野生人は電子研究所でもアイギスでも、天才的なシステムを作り上げました。CPU設計者としても、プログラマとしても、僕は足元にも及ばない」

葵は何か言葉をかけようとしたが、彼を励ますいい言葉が思いつかなかった。こういうとき自分の不甲斐なさを思い知る。瀬川ならば適切なアドバイスの一つでも言えるだろう。しかし自分の言葉は柏木に届かない。届かなければ、周囲を顧みない天野と何が違うというのか。

葵が言葉を詰まらせているのを見た柏木は、すぐさまいつものほがらかな笑顔を見せた。

「あ、すみません。個人的な話をしすぎました。アイギスに暴走されたら、こんなにのんびり夢だの理想だの言ってる場合じゃなくなります。手元が止まってますよ。さあさあ、ラストスパート、気合でがんばりましょう」

またリズムよく柏木がキーボードを叩く音にドアのノックが重なり、深町が入ってきた。

「お疲れさん。進捗はどうだ？　ってなんだこの微妙な空気？　来ちゃいけないタイミングだったか？」

「そんなことありません。進捗も順調です」

内心、葵はほっとしていた。

「そうか、順調でよかった。本多さん、この前話していた件、なんとかなりそうだぞ。外出許可も出せる。いつにする？」

「できれば、一刻も早く」

急に険しい顔になり立ち上がった葵に、柏木は不安そうな顔をする。

「いったいどうしたんですか？　外出許可って、本多さん、どこかへ行くんですか？」

会話の流れ的に言いよどむ葵の代わりに深町が答える。

「この前話していたことだよ。天野の過去を知っている人物に会いに行くんだ」

「じゃあ僕も……」

「あなたはここで作業を続けていて。私一人でも大丈夫だから」

「……わかりました」

柏木は何か言いたそうに葵を見ていたが、唇を噛むようにして口を閉じた。

8

河越拓也の日課は、大学のそばにあるカフェの窓際の席に座り、お気に入りのコーヒーを飲むことだ。

コーヒーにこだわり抜いたカフェというだけで、インスタ映えする何かがあるわけでも安くておいしいランチメニューがあるわけでもない。大学の近くにありながら比較的すいているのは、学生があまり寄りつかないということもあった。

その日も河越はタブレットで論文を読みながら、マスターの入れた酸味の強いコーヒーを飲んでいた。

ここに来る客は皆静かで一人の時間を楽しんでいる者達ばかりだ。一種の連帯感のようなものを感じる。わかっている人達だけが集う憩いの場だ。

入り口のドアが開くベルの音がする。誰か入店したのだろう。なんとなく店の雰囲気が変わるのを肌で感じた。異物が紛れた。そんな雰囲気だ。ただし歓迎されていない、という雰囲気ではない。

論文から視線をあげると女性が入ってくるのがわかった。二十代半ばから三十代前半。落ち着いた雰囲気があり、研究者や学者に近い雰囲気を持っている。

ただ大学の助手や准教授に彼女のような人物がいるとは聞いたことがない。いれば噂になるくらいの雰囲気をもった理知的な美人だ。

——どこかで会ったことがある？

凡庸な口説き文句のような言葉が頭の中に浮かんだ。いや見たことがある、だろうか。そんな愚にもつかないことを考えていると、女性はまっすぐに自分に向かって歩いてきた。

「相席よろしいですか？」

なぜという疑問を抱くまもなく女性は話しかけてきた。満席ではない。

「私に、どのような用件ですか？」

「話が早くて助かります」

女性は柔らかく微笑むと、向かいの席に座る。

彼女もコーヒーを頼む。クセのある酸味が強いコーヒー。一般的にあまり好まれない種類のものだ。それだけで河越は彼女に好感を抱いた。このカフェの新しい客としての資格がある。物静かにコーヒーを飲んでいる姿は様になるに違いない。

「失礼ですが、お名前を伺っても？」

「失礼しました。本多葵と申します」

「本多葵さん？」

名を聞いてすぐに、どこで見た顔なのかを思い出した。たしか雑誌の紙面だった。

「ああ電子研究所の。私の教え子に天野生人君がいたんだが、彼も電子研究所で働いていた。知っているかね？」

「はい、よく存じております。その天野さんについてお伺いしたいのです。単刀直入にお聞きします。大学での彼はどのような人物でしたか？」

とたん河越の表情が曇る。突然だとか不躾だとか、そういうことではない。あれこれ前置きをおかない彼女の話し方はむしろ好ましい。だが。

「大学での彼……か」

自然と口が重くなる。天野は修士課程修了後すぐに数理解析研究所に助教として採用された。しかしその二年後。彼はすべてを自ら捨ててしまった。最後の数カ月は、あの輝くばかりの自信はもうどこにも見られなかった。病み、抜け殻のようになって、ここを去っていったあの姿を、あまり思い出したくないし、不用意に語りたくないというのが正直なところだ。

「では、これについてどう思いますか？」

口が重いと察するや否や、葵は話題を切り替えてきた。タブレットに保存されている画像を差し出してくる。幾何学的な点描模様のポストカードだ。

「天野君と関わりが？」

「はい。これがウラムの螺旋と呼ばれるものだというのはわかっているのですが」

「そうか、彼はこれにこだわっていたからね。コンピュータ分野に進んで吹っ切れたのかと思っていたが、もしかしたらまだこだわり続けているのかもしれないなあ」

「こだわるって、素数にですか？」

ウラムの螺旋は素数を一定の条件で並べると不思議な規則性が見えてくるというものだった。

「ああ。天野君は天才だった。私なんか足下にも及ばないほどにね。だから数学界の巨人に挑んだんだよ。彼にはその資格があった。そして多くの数学者と同じように精神を病んでいった。オイラーに始まり、ゴッドフレイ・ハロルド・ハーディやジョン・エデンサー・リトルウッド、ジョン・ナッシュ、他にも天才の中の天才達が挑み、敗れ、精神を壊した。中には自殺した者までいる。これは神が残した悪魔の数字。天野君もその魅力に取り憑かれ心を壊した一人なんだ」

河越が語るのを聞いて、葵はなぜ天野があんな異常な行動に出たのか、その理由がわかった気がした。天野はいまだ囚われているのだ。彼の心のすべてを占めて、そして壊したものに。壊れ砕けた情熱の欠片が心の中からすべて零れ落ち、空っぽになってしまっても、その空の空間がそのままの大きさで彼の中にあり続けたのだ。

「天野さんはリーマン予想に挑戦したんですね」

「そうだ。百六十年以上、大勢の数学者が挑んでいまだ解かれていない数学界最大の難問だよ」

しかしなぜ自分を巻き込んだのかわからない。ウラムの螺旋のポストカードが、かつての己の挫折を思い出させてしまったからか。アイギスを暴走させた理由も、そのあとの不可解な逃亡にも、すべて繋がっているように思えるが、いまだ確信は持てない。

「彼は本当にすごかった。リーマン予想を解明するために、どこにヒントが転がっているかわからないと、様々なジャンルを学び習得した。偶然の出会いを待つわけにはいかないとね」

暁天で柏木と話していたことを思い出した。天野が様々な学問を学んでいた根幹はこの時代に培われたのだろう。しかし何かが頭に引っかかる。

「偶然の出会いとはなんのことですか？」

「数学者ヒュー・モンゴメリーと理論物理学者フリーマン・ダイソンのことだろうね。リーマン予想のゼロ点の間隔の数式とウランエネルギーの間隔の数式に奇妙な類似性があったんだよ」

量子力学と数学の素数。本来は接点のあるものではなかった。

河越が話している最中に、葵は急に立ち上がった。切羽詰まった表情をしている葵を見て、河越は心配そうにしている。

「どうかしたかね？」

河越の声は聞こえていなかった。脳神経がまるでスパークするように繋がった。

「……そうか、そうだったんだ。だからアイギスを破壊しそうになり、私を巻き込み、いまもあんな行動をとり続けてる」

一度繋がれば連鎖的に次々と関連づけられていく。関連づけられれば、一連の出来事、天野の不可解な行動のすべてに説明をつけられた。

何度目かの呼びかけでようやく葵は自分を取り戻すことができた。

「大丈夫かね？」

「は、はい。失礼いたしました。お話を聞けてとてもよかったです。おかげで疑問が解消しました」

「ふむ、まあそれならいいが。今度また天野君の話を聞かせてくれないか。いまは急いでるようなので、引き留めはしないが」

「はい。この急ぎの用件が終わりましたら、改めてお礼に伺います。どうもありがとうございました」

河越の気遣いに葵は礼を言い立ち去ろうとする。しかし、

「天野君について色々聞いてきたのは君で二人目だよ」

河越が気になることを口にした。

「二人目？　いつ頃のお話でしょうか？」

「いつだったかな。けっこう前だと思ったんだが」

「この中にいらっしゃいますか？」

葵はスマホに保存していた画像データを次々と表示させる。今回の関係者達だ。

「ああ、彼だね、会いに来たのは」

ある一人の画像を河越は指差した。

「荻野目さんが？」

「荻野目？　いや、そんな名前だったかな？」

アマンテック社の社員が、なぜ天野のことを調べているのか。

「名前ははっきり覚えていないが、あの事件のあとだったのは覚えている」

「あの事件？」

「世界中でセキュリティが破られた事件があったと思うんだが」

一年前の世界中で起こったハッキング事件。葵達はその犯人がアイギスではないかと結論づけている。

「しかし彼は人を謀《はか》る目をしていた。まっとうな人間ではあるまい」

河越は苦々しい声で言った。


車で待っていた深町は葵の沈痛な表情に驚いた。

「収穫は……。おい、どうかしたのか？」

「どうして天野さんは私を巻き込んだのだろうと、ずっと不思議でした」

「その理由がわかったってのか？」

「はい。ＡＩロジッククリアの技術が欲しかったんです」

「だったら正規の方法で借りれば良かったんじゃないか？」

ＡＩソリューションで大々的に宣伝をしていた。社外に売り出すための技術だ。

「それはきっと天野さんにとって許せなかったんです。誰にも知られたくなかった。だからこんな面倒な方法で私を巻き込んだ」

「よくわからないが……。ＡＩロジッククリアを使ってアイギスの機能を模写するのは、中止にするか？」

「いえ、どのみちやらなければ金融破綻の危機です。それだけは避けないと」

葵は振り絞るようにつぶやいた。

「ＡＩロジッククリアのことだけでなく、私を恨んでるのかもしれません。恨みとまではいかなくても、天野さんを狂わせたきっかけの一つになってしまったのかも……」

しかし葵の表情が暗かったのはその時だけだった。顔をあげた時にはいつもの彼女らしさがあった。

「準備は整いました。すべて終わらせましょう」

9

巨大な水槽が目の前にある。水槽の中には防水ケースに守られたサーバーが、いくつもの小さなランプを点滅させていた。

思い切った設計だ。

しかしどんな形であっても、葵の感覚に変わりはなかった。このサーバーにはまだ何もない。空っぽの状態だ。

「こんなところにいたんですね」

柏木が静かに話しかけてきた。

「物思いにふけっていたみたいですが、何か気になることでもありました？」

「なんていうか、因縁だなあって」

「因縁ですか？　まあ天野とは色々ありましたから。でももう少しで決着ですよ」

葵はかぶりをふる。

「違う。彼のことじゃない。ここのスパコンのスペック見た？」

「見ましたよ。日本最大のＡＩ用データセンターというだけあって、凄いスペックですね」

柏木は気づいていないようだった。

「使われている十二万個のＣＰＵの品番はELAI-v4.01」

「聞き慣れないＣＰＵだと思いましたけど、どこかのカスタムですか？」

「ＥＬはElectronic Laboratoryの略。電子研究所で設計されたＣＰＵの古い品番よ。ＥＬＡＩのＡＩはそのままＡＩ設計って意味じゃないかな。つまり私達が解散させられた原因になったＡＩ産ＣＰＵ。二年前はバージョン０・８でまだ未完成だったけど、たった二年でバージョン4まで進化したのね」

「そうか。どうして気づかなかったんだろう」

柏木は悔しそうだ。

「私達がいたころの品番はSupremeELvプラスバージョン名、略してSELv。最後はSELv301だった。ＥＬの頭文字が使われていたのは昭和時代だし、番号もリセットされてるし、命令セットのアーキテクチャもがらりと変わってるし、気づかなくてもしかたないわ。知ったようなことを言って、じつはまったく違うところのだったらごめんなさいね」

冗談めかして言ったが電子研究所のAI製CPUであることは、ほぼ確信していた。

気づかなくてもしかたないと柏木には言ったが、優秀で勘のいい彼らしくなかった。彼はまだCPUとうまく向き合うことができずにいるのかもしれない。

「スパコン用に設計していたものをサーバーに転用したんですね。こういう無茶な変更を文句なくやってくれるのはAIならでは、でしょうね」

柏木が肩をすくめる。

どちらのCPUも用途として似てはいるが、突き詰めれば求められるものに違いは生まれる。サーバー用としてもスパコン用としても、どこか中途半端な雰囲気は否めなかった。しかし最近の傾向ではサーバーにもスパコンのような処理能力を求められることもあり、時代に適応できている、というとらえ方もできた。

「よくできてる。本当によくできてる。CPUもソフトウェアも人間が要所要所を手助けするだけで、コスト四分の一でここまでのものができるなんて」

感心しているのも本心だ。賞賛の言葉も心の底から偽りはない。だが。

「でもまだ甘い」

よくできているが不協和音が混じっているような不統一感はぬぐえなかった。

開発費を回収するためのコスト面を思えば充分だ。産業用なのだからこれが正解なのだ。しかしどうしても、もったいない、と思ってしまう。

「ソフトウェアももう少し煮詰めれば、もっといいものになるのにと思いました。UI周りだけでも直したいな」

柏木も同じ思いなのだろう。

「でもこれで確信できたわ。アイギスは絶対、この暁天を地上の拠点に選ぶって。ＡＩが設計したＣＰＵとスパコンのシステム。アイギスは他にはない居心地の良さを感じるはず」

擬人化しすぎた言い方に内心苦笑する。ここはコンピュータ業界でよく使われる相性がいいという言い方にすべきだろう。

「本多さん、柏木君」

突然名前を呼ばれた二人が驚いて振り向くと、暁天のロゴが入った作業着を着た男性が、手を振って近づいてきた。

「根岸《ねぎし》さんじゃないですか。ここで働いてたんですか？」

「電子研究所からの出向だよ」

根岸は電子研究所時代に一緒に働いていた男性だ。二年前のリストラで、電子研究所に残ることを選択した数少ない者の一人だった。

懐かしいという言葉をいくつか交わした後、根岸は気まずそうに話を繋げた。

「本当は声をかけようか迷ったんだ」

「どうしてですか？」

「あのとき残ることを選択するのは、みんなへの裏切りに感じてね。でもしかたなかった。子供が生まれたばかりで、生活を優先した」

徐々にうつむく根岸に、しかし葵の声は屈託がない。

「望結《みゆ》ちゃん、でしたよね。もう三歳になるんですね」

「娘の名前、覚えててくれたのか」

根岸は嬉しそうに目を細めた。わだかまりが完全に消えたというわけではないだろうが、うつむきかけた顔はあがっていた。

それから三人で昔話に花を咲かせ、夕飯は一緒に食べようかという話になった。葵のインカムが鳴ったのはそのときだった。

『すぐに来てくれ。やばい問題が起こった』

インカムから深町の深刻な声が届いた。

10

「暁天では足りない？」

葵は珍しく驚きに裏返った声を出した。

「アマンテック社の研究者が出した試算だ」

深町は届いた資料をモニターに表示する。

「現在、暁天は一号機と二号機だけ稼働している。他の二機は、ついこのあいだ建築作業が終わったばかりで、ソフトウェアの調整や動作確認など、やる作業は膨大に残っていて稼働できない。しかしアイギスを完全に捕獲するために必要な数は三・五機分。つまり三、四号機も稼働している必要がある」

「待ってください。いくらなんでも大きすぎる」

「アイギスは一つのサーバーに収まるという枷がなくなったことで、学習速度に歯止めがきかなくなり、想定以上に膨れ上がっているそうだ」

一度、人工衛星という目処がつくと、アイギスの追跡自体はさほど難しくはなかった。アマンテックは葵達が発見したアイギスの調査を、刺激しない程度に綿密に行なっていた。

「では三号と四号の完成を急がせてください」

「もちろんやっている。ただ元々三カ月後に完成する予定だったものだ。どんなに急いだところで一つ完成させるのが精一杯だ。いや、それだってそうとう急がせて二十四時間作業で無茶をして、運がよければ、だ。しかしアイギスを全部収容するには四機全部必要だという結果が出てる」

まさかここにきて計画が暗礁に乗り上げるとは思わなかった。四号機を未完成の状態で無理に起動させても、アイギスが移動先に選ぶわけがない。

「すまない。俺もここなら大丈夫だと思ったんだが」

「深町さんのせいではないです。ここで無理なら国内で可能なデータセンターはありませんから」

ずっと黙って聞いていた柏木が、

「なんだそんなことですか」

とあっけらかんとした声で言った。

「なんだそんなことかって、あなた状況がわかってる？」

「わかってますよ。ようは三号機と四号機の最終調整を終えることができれば解決なんでしょう？」

「だから人手が足りなくて」

「人手ならありますよ」

柏木は自分のスマホを机の上に置くと電話帳を表示させた。電話帳のカテゴリーは電子研究所と書いてある。ずらりと並んでいる名前は、スクロールさせると百人近い数があった。どれもこれも葵にとって懐かしい名前だった。

「電子研究所が作ったＣＰＵを持つ暁天に、元電子研究所の職員達。相性最強ですよ。あとは本多さんの鶴の一声があれば、みんなすぐに集まります」

「あの、でも、みんないまの生活があるし……」

「なに言ってるんですか。わかってませんね本多葵の人気を」

そう言って柏木はウインクをしてみせた。

11

暁天のゲートの前には人がずらりと並んでいた。懐かしい顔ぶればかりだ。二年前まで一緒に働いていた電子研究所の仲間達。

それを見た葵は、ぽかんとするしかなかった。昨夜、柏木と葵は手分けして百人近い人達に声をかけた。

そして翌日のいま、五十人近い人が並んでいた。来てくれてもせいぜい数人だろうと思っていた。

「どうしてこんなに？　だって昨日の今日なのに」

「だから言ったじゃないですか。本多葵の人気をなめるなって」

驚いて立ち尽くしている葵に、柏木が自慢げだ。

「どうしてあんたが自慢げなんだよ」

あきれる山崎だが、たしかにこれはすごいと感心した。

ゲートが開き、一人目が入ってくる。五十代後半の男性だ。

「久しぶりですな。また会えて嬉しいですよ」

「鎌谷さんもお元気そうでなによりです。あれから二年間、どうされてたんですか？」

鎌谷はにやりと笑う。

「さっそく始まりましたな。本多流プロファイリング」

葵は一人一人に挨拶をすると、決まってこの二年間何をしていたのか尋ねていた。そのため列の進みは遅いが文句を言う人は一人もいなかった。

並んでいる中にはシムシムの瀬川の姿もあった。

「まさか瀬川さんまで来てくれるなんて。発表直後で忙しいでしょうに」

葵は列に目をやり、涙ぐんでいる。

「こんなにたくさん集まってもらえるなんて思いませんでした」

瀬川は軽く笑うと、

「柏木のおかげだよ。彼はまめにみんなと連絡を取っていて、そしていつもこう言っていた。本多さんのもと、またみんなと仕事をしたいって。だからかな。なんかこう、本多さんが起業したときには集まろうかみたいな雰囲気もあって。みんなこういうときを待ち望んでいたんじゃないかな」

「そうだったのね」

何かが胸の内から湧き上がってくる。それは懐かしさであり、柏木の気遣いへの嬉しさであり、そのなかには二年前なす術なく解散させられた無念さも混じり、それでも集まってくれたことへの純粋な感謝の気持ちだった。

「もちろん日本経済の危機だって聞いてるのもある。でも、それだけならここまで集まらなかったよ」

葵は集まった懐かしい顔ぶれを再度見た。涙と一緒に嬉しさがこみ上げてきた。

12

一番広い会議室に全員が集まった。葵はホワイトボードの前に立ち、全員が思い思いの場所で彼女に注目していた。

「それではみなさんの配置場所を発表します。最初に根岸さん、全員のアドバイザーをお願いします。みなさんの二年間のブランクを埋める重要な役です」

五十人以上を前に、葵は人員の配置を発表しだした。その様子を聞いている深町は、

「なんとかうまく回ってくれるといいが。元仲間とはいえ二年のブランクは大きいだろう」

と腕を組む。

「トライアンドエラー。まずは配置して、そこから調整していくんじゃないかな」

「これだけの大人数、いきなりうまく回すのは無理でしょうしな」

深町、山崎、如月の三者の意見に、柏木は得意げに首を横に振った。

「いえ、変更はないと思います。もう完璧と言ってかまわないですよ」

「どういうことだ？」

「それこそ本多さんが電子研究所で中心人物になれた理由です」

その言葉の意味を、本格的に暁天の開発が始まってすぐ、深町達は目の当たりにすることになった。


サーバープールに案内されると、全員がいっせいに驚きの声を上げた。

「こんなすごいサーバーが日本にできるなんて」

「いやいやいや、メンテナンスどうするんだよ。見た目に騙されて利便性を見落とすな」

「これほどの冷却をしなければならないほど発熱する、ということじゃないのか」

「だとしてもロマンがある。こういうの嫌いじゃないわ」

好意的な意見を言う人も否定的な意見を言う人も、一様に目を輝かせていた。

プールから引き上げたサーバーのラックを開けて中をチェックしている者、仕様書と実物を何度も見比べている者、プールのあるサーバールームを隅々まで見て回る者、反応は様々だが、好奇心に動かされているという大きな共通点はあった。

別室では何枚もの回路図を広げて、話し合っているグループもあった。話すたびにただ散らかっているようにしか見えないプリントアウトされた回路図から、すぐさま適切な一枚を抜き出す者もいれば、タブレットに入っている回路図を何枚もチェックしている者もいる。

「これがＡＩの設計したＣＰＵか。なかなかよくできてるね」

「ところどころ意味不明なところもあるなあ」

「気が回っていないところとか新人の回路図を見ているようで面白いですよ」

「ＡＩは論理回路と相性いいんだろうね。二年でここまで成長するか」

「でも独創性はないですよ。どこかで見たような方法ばかりで、目新しさがない」

最後に発言した柏木を全員が見た。

「この前まで新人だったくせに、生意気言ってるよ」

「追いつかれそうで怖いんでしょう。目上として心情くらい察してやりましょうよ」

「柏木は目新しさばかり追い求めすぎだぞ。堅実に学ぶＡＩを少しは見習え」

次々と柏木の頭を乱暴になでて髪の毛をくしゃくしゃにした。

「さて欠点も目立つＣＰＵ設計だが、いまさら二万個を作り直すわけにもいかない。欠点の緩和はソフトウェアで対応しようじゃないか」

「あ、欠点を回避する方法を考えたんですけど」

柏木が修正プログラムの設計の概要を記したモニターを表示させると、一同から感嘆の声が聞こえてきた。

「はああ。ＡＩにも後輩にも追い抜かれるばかりの身としては降参するしかないねえ」

「成長したのはＡＩだけじゃないな。柏木の修正案で行こうか」

コントロールルームの端末は、すべて無言でプログラミング作業をする人達で埋め尽くされた。部屋の中はキーボードを叩く音だけが響き渡り、それ以外の音はほとんどしないと言ってよかった。

「バグの修正お願いします。暁天フル稼働時、スタックオーバーフローが起きかねない箇所を見つけました」

誰かが話すと数分後には、

「バグフィックス完了しました」

と誰かが応える。

そしてまたしばらく無言の時間帯が続いた。咳払いをするのもためらわれるような空間だった。

各部屋を見て回っていた深町、山崎、如月の三人は、

「はあ、なんかすごいなあ」

と間の抜けた感想をこぼすしかなかった。

静かだが熱気にあふれ、誰もが石にかじりついても持ち場から離れないのではないかと思うほどだ。

しかし十二時になったとたん、全員がいっせいに立ち上がった。まるで軍隊の行進のように

ぞろぞろと食堂に向かっていく。


昨日まで静かだった食堂が一気に賑やかになった。

「飯が、飯がうまい！」

歓喜の声をあげるのは山崎だ。

厨房では電子研究所時代、よく皆に食事を振る舞っていた鎌谷が、中華鍋を豪快にあやつってチャーハンを作っていた。

「はい、鎌谷特製カニチャーハン」

特大のお皿に盛り付けられた大量のチャーハンは、昨日までの冷食とは比べ物にならない。食が進む。普段は小食の如月も、チャーハンのおかわりをした。

「こんなに食べるのは、何年かぶりですねえ」

二杯目のチャーハンを食べる速度は衰えることなく、その姿は十歳は若々しく見えた。

「初日からこうもうまく回るものとはな。なんだかすごいものを見たよ」

深町の言葉に、ようやく食べるのに落ち着いた如月と山崎がうなずいた。

「それが本多さんのすごいところなんです。全員の能力を把握して、十全に能力を発揮できるところに配置する。電子研究所時代、みんなから本多流プロファイリングって言われてました。なにより情報の伝達の把握能力がすごい。作業のスタックするところがないんですから。仕事がしやすいってものじゃないですよ」

解説する柏木に、なぜおまえが得意げに話すのかと誰もが内心思っていた。

そこへシムシムの瀬川がチャーハンを持って同じテーブルについた。

「天野がリーダーだった時代は、みんな必死について行くのが精一杯だった。あのころは心身共にボロボロだったなあ。本多の考え方はいかに全員の能力をうまく回すかだった。天野で疲弊したみんなは救われただろうな」

瀬川はチャーハンを一口頬張ると、鎌谷さんのチャーハンはやっぱりうまいなとしみじみとつぶやいた。

「僕はその時代、知らないですね。入所したときはもう本多さんがリーダーシップ取ってて、無茶なスケジュールなのに、みんな楽しそうにしてるなって」

「本多は人を見極める才能があるからな。無茶はさせるが無謀はさせないが、あいつのモットーだと思ってるよ」

身に覚えのある山崎は深くうなずいた。葵の発注はギリギリ可能なもので、結果的に一皮剝けて自信に繋がった。

「また私の悪口ですか？」

そう言ってテーブルにやってきたのは葵だった。

「まさか、褒めてたんだよ」

「人に無茶させるみたいなことが聞こえてきましたけど」

葵は不満そうに席に着くが、チャーハンを一口食べるとあっというまに幸せそうな表情へと様変わりした。

「瀬川さんがいらしてちょうどよかったです。まだこの行程に余裕があるので、もっと作業を詰められると思うんですが」

右手で食べながら、左手でタブレットのスケジュール管理画面を操作する。

瀬川はほらねと言いたげに肩をすくめると、

「たしかにまだ余裕がある、のか?」

と葵の相談に乗った。

13

タイムリミットの前日まで、日にちは瞬く間に進んでいった。突貫工事ではあったが、暁天の三号機と四号機を無事に完成までこぎ着けることができた。

作戦開始まで残り十六時間。全作業が終わったのは当日の夜明け、暁の星がまばらに天に輝くころ。奇しくも暁天と呼ばれる時間帯であった。


暁天での作業が終わり、元電子研究所の人達全員が広い部屋に集まった。

「ほら、一節ぶちかませ」

いつのまにか最後の締めの挨拶をすることになった葵に、深町は適当すぎる発破をかける。

「ぶちかませと言われても、何を言っていいのか」

「こういうときはな、士気の上がることを言って、最後にインディペンデンスデイって叫んで拳振り上げればいいんだよ」

深町は有名な映画の一場面を口にするが、葵には通じなかった。

「ごめんなさい、わかりません」

「ともかくなんか言えばいいんだよ」

深町は背中を叩いて、無理矢理前に行かせた。葵は背中をさすりながら、全員の前に立つ。誰もが葵に注目していた。

「ああ、ええと……」

緊張で声がかすれる。

「みなさんのおかげで、暁天が完成しました」

疲労はあるが、それ以上に充実感に満ちた表情の面々を見ていると、こみ上げてくるものがある。

「この六日間は、夢のような時間でした。二年前に失われた場所はもう戻ってこないと思っていました。でも形は違いましたが、昔のように皆で一緒に仕事をすることができました」

葵の言葉に大きな拍手が起こる。

「だけど一つだけ、どんなに楽しくても心の中にしこりがありました」

穏やかだった口調が変わった。

「みなさんに謝らなければなりません。私が今ここにいる理由は……」

そこで葵は言葉を区切って迷いを見せる。

「みなさんに謝らなければなりません。契約のときの最初の説明にもありましたが、作戦時にここに残れる人は一部の方だけです」

ざわめきが起こった。しかし彼らも皆大人だ。すぐに収まり、葵の次の言葉を待った。

「いまから読み上げる方はこのデータセンターに残り、事の顛末を見届けてください。それ以外の方は、すみません、これから行なわれる機密事項のため、ここにはいられません。ですが結果を見届けることはできます。明日の朝、日本の金融状況が正常ならば、作戦は成功です。ここに残っていただく方の名前を読み上げます。根岸さん、小林さん……」

名前が次々と読み上げられる。呼ばれた人は周囲からの祝福の声や羨望の眼差しを受けた。

その中で柏木は疑問を持っていた。葵は途中で言葉を区切り、言い直していた。本当は別のことを話そうとしたのではないか。それが気になった。

14

久しぶりに出る外は朝の光が目にまぶしかった。かつての仲間達がマイクロバスに乗って、来た道を帰っていく。

彼らはみな窓から身を乗り出して手を振っていた。

「がんばってね！」

「日本の未来はおまえ達にかかってるんだぞ！」

葵はバスが見えなくなるまで手を振って彼らを見送った。

バスが行ったあと、葵は最後のチェックをするように完成した暁天サーバーを見て回っていた。一週間前までは半分しか完成していなかった。

ほとんどソフトウェアの開発がメインだとはいえ、この短期間で完成したのは全員のがんばりに他ならない。

作戦まで残り十二時間。充分に休息をとって備える時間ができたこともありがたかった。

ゆっくり歩いていると、サーバーのプールの前に一人たたずんでいる若い男性が目に入った。

「柏木君、こんなところにいたのね」

「本多さん……」

柏木はぼんやりとサーバールームをながめている。

「一週間前と逆ね」

あのときは柏木のほうから話しかけてきた。

「そうですね……」

「柏木君もちゃんと休んでね」

「……ええ」

「作戦は万全の体調と態勢で……どうかしたの？」

言葉数の少ない柏木は珍しい。

「いえ、なんだかこの六日間の熱がなんていうか、すごくて、もう終わってしまうのがちょっと寂しくなったんです」

葵も目を細めてうなずいた。

「ええ。いつまでも続いて欲しかった。つらい六日間になると思っていたけど、みんなのおかげで名残惜しい六日間になった」

「はい、さっきみんなの前でスピーチをしたときの本多さんの気持ちが、よくわかります」

「そうね。……それも本音の一部ではあった」

明るい表情だった葵の顔から感情というものが急に失せたように見えた。

「だけど一つだけ、どんなに楽しくても心の中にしこりがあるの」

穏やかだった口調が変わる。

「私がこうしている本当の理由は……」

一区切り言葉を置き、上を見ていた顔がゆっくりと下りる。そこに穏やかと呼べるものはいっさいなかった。

「私怨、です」

感情を抑えた声。風など吹くはずがない地下に冷たい風が吹き、部屋の温度が下がったように感じる。

伏せた目でまるでこれから告解をするかのように語り出した。

「天野さんの恩師だった人に会って彼の目的がなんなのか想像がついた。たぶん余人にはとうてい理解できない動機。大勢の数学者の心を壊してしまった悪魔のような難問。天野さんも例外ではなかった。心を壊された。これがすべての発端。私は天野さんの常軌を逸した行動に少しだけ責任を感じてる。でもそれだけじゃない。私は天野生人に勝ちたい。二年前、電子研究所をバラバラにした天野生人に。日本の金融を破壊させても、過去の恋人を道具のように扱っても、自分の追い求めるものをあきらめない天野生人に。なぜなら、私はあきらめてしまった。簡単に負けてしまった。今度は、絶対に負けたくない」

葵はそこまで一気に話すと一息ついた。

「本当の理由というのは少し違うけれど。日本の危機だもの。私で解決の力になれるのなら全力を出す。でも、根本にあるのは私情なのかもしれない。幻滅した？」

隣で表情を強張らせている柏木に微笑みかける。いつものように微笑み返してくれるだろうかと思ったが、柏木はいままで葵が見たことがない表情をしていた。

「人の本音って、なかなか見えないものですね。では僕も本音を言いますね」

柏木の目線は足下に向けられる。

「僕は学生時代、かなりデキがよかったです。天狗になってました。でも電子研究所に入って、その鼻っ柱はものの見事に折られました。まわりはすごい人だらけでした。彼らの中に入れば僕はせいぜい中の上です。そして完膚なきまでに僕の鼻っ柱を折ってくれたのが本多さん、あなたです」

柏木の雰囲気がいつもと違うことに、やや面食らった。

「あなたは本当にすごかった。あなたは以前、言いましたね。天野生人は本当に天才で、それでいて本気ではなかったと。あなたにとっての天野は、僕にとっての本多さんだった」

「私に余裕なんかないわ」

「いいえ。圧倒的な閃き、それを実現させる桁外れの能力。僕から見れば同じですよ。あなたは人付き合いが苦手と言いますが、そのくせ人の心をつかんでいる。僕は他人と話すのが好きです。コミュニケーションをとるのが好きです。必死になっていろんな人との繋がりを持って、それでも僕はかなわない。あのときの電話の内訳を知ってますか？　本多さんは四十七人に声をかけて僕は五十一人。でもあなたが直接声をかけて、来た人は三十七人、僕は半分の十八人です。僕のほうが普段から声をかけて、コミュニケーションをとって、なのに二年ぶりのあなたの一言に負けてしまうんです。人間的な魅力が根本から違うんです！」

葵は何か言おうとした。自分は柏木の倍以上の年数、電子研究所にいた、上司と部下では立場も言葉の重みも違う……しかし、柏木もそんなことは理解している。理解したうえでの言葉だ。

「でもあなたは過去しか見ていない。あんなに皆に好かれていても、その気持ちに応えようとせず天野のことばかり！　あなたが憧れている天野生人って人は本当にすごい人なんでしょうね」

「いまはもう憧れてなんか……」

「いいえ憧れています！　僕があなたに憧れるように、好きなように、結局あなたは天野って人を意識してるんです！」

葵は驚きに目を見開き、柏木をマジマジと見た。こんなふうに葵の言葉を遮ることなど、今まで一度もなかった。

「僕はずっとリーパーとして協力してきました。ええ、僕だって最初はあなたをだましてた。嘘をついてました。だからこんなこと言う権利はありません。でも言わせてもらいます。今だって結局、あなたは天野の一番大事な秘密は話さない。僕には教えてくれない！」

怒りに満ちた大きな声。入所時から知っている好青年の姿はどこにもなかった。

「社長室直行のカードキーだって、いまだに持ってたじゃないですか。まさか物持ちがいいからなんて言わないですよね？　会社を辞めるとき段ボール箱一つも埋まらないくらいスカスカで、物に執着がないあなたが、たまたま持ち続けていたなんてありえないですよ！」

強い口調がサーバープール内に響き渡る。

「こういう気持ちってどうすればいいんでしょうね。いえ、もうわかっているんです。方法は二つしかない。逃げるか、越えるか、です」

柏木は背を向ける。

「僕はずっと目をそらし続けてきました。でも、もう逃げません」

立ち去る柏木の背中にかける言葉を葵は持っていなかった。

15

十二時間後。各々が休息をとり再びコントロールルームに集まった。

一番大きいモニターには一秒ごとに減っていくタイマーが表示されている。残り時間は二時間を切っていた。葵達が作ったカウントダウン、巨大な太陽フレアが到達するまでの偽の時間だ。

本来なら誰も耳を貸さないような稚拙な情報だが、如月と山崎が作った動画があまりにもできが良くて、お祭り騒ぎのような状態になっていた。

「はあ、このあと初の生放送。緊張しますね。初めて帝国劇場に立ったときでも、こんなに緊張はしなかった」

そう言う如月にはしかし余裕があった。

「裏方の俺の方が緊張してる」

山崎の表情は言葉通り少し硬い。

「いよいよ大詰めだな」

これから大捕物でも始まるかのように、深町は肩を回した。

そして柏木は静かなまま、一言も発しなかった。

「あの、みなさん、聞いて欲しいことがあります」

それぞれが持ち場につこうとするとき、葵はうわずった声で暁天に残った皆を呼び止めた。なぜ天野があんな暴挙に出たのか。本当は誰にも言うつもりはなかった。

「私はずっと、どうしてこんな事件が起こったのか疑問でした。天野生人は人生を棒に振り、アイギスは不可解な行動ばかり、私もなぜか巻き込まれる羽目になりました。理由がまったくわからず、最初は戸惑うばかりでした」

なのにいまこうして全員に話そうとしている。どういう心境の変化なのかはわかっている。柏木に言われたことが響いていた。彼の言葉すべてが正しいとは思わないが、天野について気づいたことを黙っておこうと思ったのは、心の中に彼に対する情のようなものが残っていたからだろう。しかし、今一番大事なのは、自分の作戦を信頼し協力してくれたこの仲間達のほうだ。

「その理由を知りたくてこの前、天野の恩師だっていう教授に会いに行ったんじゃなかったのか？」

「はい。そしてとても興味深い話が聞けました」

「それで疑問は解けたんだろう？」

「はい。おそらく。ただこれは推測の域を出ていません。そして荒唐無稽な仮説です。人によっては受け入れられないかもしれません。人間の尊厳を踏みにじられたと感じるかもしれません。もしこの仮説が正しいのなら、天野さんの行動はまさしく彼の中の尊厳を踏みにじられたからに他なりません」

黙って聞いていた面々だが、前置きは不吉なものになっていった。

「人間の尊厳を踏みにじるって、アイギスは映画のＡＩみたいに反乱でも起こしたっていうのか」

「ああ、ついにスカイネットが生まれちゃったかあ」

冗談めかす深町と山崎だが、葵の真面目な表情は崩れなかった。そしていつもなら空気を和らげるために必ず何かを言ってくる柏木は、無表情のまま黙っている。その顔を見て、いつも彼に自分がどれだけ助けられていたか、どれだけ無自覚に甘えていたか、今になって思い知った。

「私が河越教授から聞いた話は、まったく知らない天野生人像でした」

葵はできるだけ簡潔に感情を交えず教授から聞いた話をする。誰もが神妙な面持ちで聞いていた。

「以上が河越教授から聞いた話です」

皆はそれでも、どうしていきなりそんな話を、と首をかしげている。その中で柏木だけは目を大きく見開いていた。

柏木はおそらく葵と同じ結論に達し、そして先ほどの葵の前置きの意味を悟ったのだろう。

それから葵は天野とアイギスに何が起こったのか語り出した。やがて葵の言葉が進んでいくと誰もが柏木と同じように、表情を驚きへ変えていった。

挿話　四

始まりはいくつかの数百桁の数字だった。数字の意味を理解したとき、どうしようもない絶望感が襲ってきた。

――ありえない。こんなことはありえない。

否定しようといくつかの違う例題を試す。

――ああ、ああ……。

しかし、口からこぼれるのは嗚咽《おえつ》。足下ががらがらと崩れ落ちる。いままで十年かけて築いてきたものなど、なんの意味もない。

――嘘だ、嘘だ、嘘だ！

感情的に否定しようが、現実は変わらない。これは覗いてはならない、開けてはならない箱だったのか。

すべて忘れたはずだった。何年も前に捨てたはずだった。情熱も好奇心も執着も、あらゆる感情をすべて忘れて生きていくはずだった。

なのになぜ今になって現われた。それも最悪の形で。情熱をかけていた時代も、忘れて生きていた今この瞬間も、すべてが音を立てて崩れていく。

――どうしてこんなことになった？

自問自答する。

――どこで狂ってしまった？

これは絶望だ。消さなくては。

これは希望だ。知らなくては。

二つの思考が脳内に同時に生まれた。何かが自分の中で爆《は》ぜた。

五章　アイギス

1

カウントダウンの時間が迫っていた。

このころになるとフェイク画像や動画が増えて、大勢が目にするような場所に映し出されたものでないかぎり、どれが本物でどれが偽物なのか判断するのは難しかった。残り十分になるとSNS上ではカウントダウンの表示があった場所の報告であふれかえった。

カウントダウンの表示が最初に現れた渋谷のスクランブル交差点には大勢の若者がいた。誰が言い出したのか、最後のカウントダウンはここだという噂が流れていた。

人が集まったのは渋谷だけではない。いままで表示されたことがある巨大モニターの前に人々は大挙した。

十一月二十二日二十二時。

それがカウントダウン完了の時間だった。

推定時刻の五分前になると、まるで示し合わせたように集まった人達がカウントダウンを始めた。

2

『三分、三十、十、五……。おっと残り二分を切ったじゃねえか！』

モニターの中でライブ配信のリーパーはケタケタと笑っていた。

カウントダウンがゼロに近づいている最中、葵と柏木、如月、山崎、そして根岸の五人はコントロールルームにいた。深町は別の役割があるため他の部屋にいる。

暁天の施設にいるのは葵達以外、施設の維持に必要な最低限の人数しか残っていなかった。

「如月さん、本当に生き生きしているわね」

マイクに向かって元気よくリーパーを演じている姿は、とても八十歳を過ぎた老人には見えなかった。

「ここまでは作戦通りだな。世間の注目度も高く、太陽フレアの被害はやばいって情報が出回っている。アイギスが人工衛星から降りてきてくれるといいけど」

山崎は落ち着かない気持ちをそのまま表すかのように、如月やカウントダウンの数字、リーパーのライブ映像など、視線をあちこち落ち着きなく行き来させていた。

太陽フレアは電子機器にとって危険だと、これ以上ないほどにネットで盛り上がりを見せた。この間違いだらけの情報は、アイギスにも届いているはずだ。その情報をアイギスはどう判断しているか、おそらくまだ信頼に足るものではないと処理している。

アイギスがいまだに人工衛星から移動していないことからも、その推測は間違っていないと踏んでいる。

「まだアイギス、動きませんね」

ずっとモニターでアイギスを監視している柏木の声にも、やや焦りのようなものが混じる。

「仕掛けるなら今ですね」

葵は根岸のほうを見て、指示を出した。

「EME通信の用意を」

EMEとはEarth-Moon-Earthの略で、地球から空に向かって電波を飛ばし月で反射させ、また地球で受信する通信技術のことだ。実用性はほとんどなく、アマチュア無線家が使用するくらいのマイナーな通信方法だ。

「準備完了の知らせを受けました」

ごく一部のアマチュア無線家しか使わない通信技術。知り合いのツテを使い協力を頼んだ。

今回電波を飛ばす先は月ではなく、磁場の測定器が入っている人工衛星だ。

「妨害電波、発射してください」

月に反射させるほどの高出力のEME通信の電波が、人工衛星に向かって発射された。磁場の測定器は周囲の影響を受けやすい。強い電波をまともに受ければ、必ず狂いが生じる。

「狂いが生じた磁場を見てアイギスはこう判断するはずです。一つ、地球の磁場を参照した電磁ロックは太陽フレアの影響を簡単に受けて、簡単に使い物にならなくなる。二つ、巨大な太陽フレアの影響は人工衛星を破壊する可能性がある。結論は一つしかない。早く地上に、暁天に下りてきて」

誰もがモニターを見つめたまま息を呑んで、そのときを待った。一人、如月だけは元気に配信していた。

『残り一分だ。もしかしたら生配信が繋がってるのも、あと少しかもな。みんな楽しかったぜ！』

コメント欄にはさよならや地球の滅亡やもうダメだの文字があふれていた。あの中のほとんどの人は信じていないだろう。どこか人ごと感がある。それでよかった。本気にされても困るし、騒ぎが大きくなっても困る。騒ぎに乗じた混乱や犯罪が起こるのもまずい。ほどほどに規模が大きくて馬鹿騒ぎをしているくらいの認識でいい。アイギスは空気までは読めないはずだ。

カウントダウンがゼロに近づく。

『時間だああ、うわ、あああ、うわあああっ！』

ゼロになり、配信映像のリーパーが驚いて転げ回ると同時に、

「暁天サーバーにアクセスを検知しました！」

根岸が叫び、コントロールルームに緊張感が走った。

「アイギス？」

「まだわかりません」

葵の問いに根岸は冷静に答える。柏木もすかさずキーボードを叩き始めた。

「暁天第一サーバーの負荷が上昇しています。うわ、普通の量じゃないな。アクセス経路判明。表示します」

柏木が大型モニターに表示したアクセス経路。その先は大気圏外の宇宙、人工衛星に向かっていた。

「人工衛星からの大量データ、アイギスです！」

全員が内心、あるいは実際にガッツポーズをする。アイギスは太陽フレアは危険だと判断した。そして狙い通り暁天サーバーを移動先に選んだ。

そのとき別の通信機が鳴った。

『目視でサーバープールの機器を確認した。ランプが次々と点灯、水冷温度も二度上昇した。どう見てもサーバーがフル回転を始めたぞ！』

受話器の向こうで深町が叫んでいた。そうしないと流れる水の音に声がかき消されてしまう。

『すごいな。あっというまに暁天サーバー全体の温度が上昇していく。水冷循環器の排水量を30パーセントまで上げるか』

モニターに映るサーバープールの映像では、水面が流れる水量に応じて波打ち始めた。室内温度やサーバー温度の数字が目に見えて下がっていった。

『好きなだけ暴れて発熱していいぞ。こっちは毎秒十立方メートル以上放流できるんだ。毎分プール二杯分だぞ。冷却が追いつかないなんてことはありえないからな』

通信の深町のテンションも高い。

「暁天一号へのデータ移行完了、暁天二号へまわします」

暁天は全部で四層構造。まだ四分の一が埋まっただけだ。予想されるサイズでは大丈夫なはずだが、何が起こるかわからないのが現実だ。

「もう一号がいっぱいになった？」

想定されていたとはいえ、アイギスの巨大さに葵は目を見張る。

アマンテック社のデータセンター内にあったときのサイズならば、暁天一号の規模で大丈夫だったはずだ。

「二号の記憶領域、いまだに減り続けています。アイギスはどれだけでかくなったんだ？」

根岸の声もうわずっている。

『こちら、監視ルーム。一号と二号サーバープールの温度が高い。まだ余裕はあるがダムの放流量がマックスになるのも近いぞ』

「宇宙に行った理由のもう一つに、冷却があるのかもしれません。人工衛星はマイナス百五十度から百度以上まで受ける温度が変動しても、放熱、保温、吸熱のサイクルをメンテなしに何年も稼働する。データサーバー用の人工衛星なら、液浸の冷却装置もついているはずで信頼性が高い。ただ処理能力速度は制限があるので、アイギスは不自由してたんじゃないでしょうか。すみません、関係ないことを長々と。平静でいるのは難しいですね」

ずっと人工衛星を調べていた柏木がめずらしく早口でまくしたてる。葵も固唾を呑んで見守った。

「二号マックスに達しました。三号サーバーに書き込まれます。ぜんぜん速度落ちてないじゃないか。これ本当にアイギスなのか？」

根岸は悲鳴に近い声で状況を報告する。

すでにアイギスは元の三倍以上のサイズにまで膨れ上がっていた。いまのところアマンテック社の予測通りとはいえ、超えてくるかもしれないと思うと怖かった。

葵は立ち上がって、部屋を出て行こうとする。

「どこに行くんですか？」

「サーバールームの様子を見てきます」

不安そうな顔をする柏木に葵は微笑みかけた。

「大丈夫です。３パーセント近く余るはずです。私はみなさんの計算を信じます」

葵は部屋を出るとサーバールームに入った。向かったのは四層あるうちの最後に完成した四号機のところだった。

サーバープールに入ると、注水され続ける大量の水でプールの水面が大きく波打っていて、どれだけ水の流れが激しいか一目でわかる。

サーバープール側面のほぼ中央に立つ。そこからが水面下のサーバーの様子が一番よくわかった。インジケーター類の点滅が、めまぐるしく変わっている。

『暁天四号の記憶領域も、残り10パーセントを切りました！』

『放流量依然最大だ。水温は三十五度を超えた！』

インカムから絶えず切羽詰まった声が届いてくる。しかし葵は気にしていなかった。いま目の前にあるものをある種の確信をもって、じっと見つめていた。

——もうすぐ。

目の前の巨大プールのサーバー群を見て目を細める。

『残り7パーセント。あと十秒も持ちませんよ。残り5パーセント。ああ、もうダメだ』

『泣き言を言うな』

『そう言われても、残り5、4、3、……』

柏木の声が途切れる。

サーバープールの空気が変わる。インジケーターの点滅か温度の変化によるものか、根拠はわからないが、葵は勘でその瞬間を感じ取ることができた。

――来た。

葵が感じたと同時に柏木から通信が入った。

『成功です！　記憶領域の残り2・7パーセント。アイギスの全システム全データの移動、完了しました』

すかさず葵は叫んだ。

「深町さん、お願いします！」


深町はそのときを待っていた。

葵の言葉が聞こえると同時に、目の前のレバーを勢いよくまわした。表記文字が開から閉に切り替わった。同時に各所のランプが消えて、エラーを示す赤色のランプだけが残った。

「こちら深町。通信回線の物理的遮断、完了したぞ」

アイギスがどんなに優秀でも、ときに人間を出し抜けるとしても、一つだけ確実にどうにもできないことがある。現実への物理的干渉だ。

暁天の通信網のケーブルを物理的に遮断してしまえば、アイギスはもうどこにも移動できず中に閉じ込められたままになる。そのかわりあらゆる金融取引も停止してしまう。

土曜日の夜に行なったとはいえ、また各地に少なからず影響が出る。この作戦にはあとがない、背水の陣だった。


『柏木君、次！』

葵の命令を待って柏木は暁天の中に潜ませていたプログラムを実行する。

「疑似取引プログラムを実行。暁天サーバー内で金融取引を擬似的にリクエストします。正常に稼働しました。続けてAIロジッククリアプログラムを実行。正常に作動しました。アイギスの簡略化と中核部分の動作をコピーします」

AIロジッククリアは、AIの挙動を解析し簡略化してコピーするプログラムだ。アイギスの動作を真似させ、アイギスと同じように金融取引をできるようにする。前回の作戦でできなかった最終工程を、今度こそ始めることができた。

「AIロジッククリアの解析時間、五時間十二分と推定」

『日本の金融インフラがそれだけの時間止まってしまうのね。しかたないけど』

「このままうまくAIロジッククリアがアイギスを解析してくれれば、アイギスに代わり、AIロジッククリアが金融を管理してくれるようになるはず」

深町がコントロールルームにやってきた。

「あと五時間。腰を落ち着けて待つしかないが。とりあえず、みんなお疲れさん。これでAI

ロジッククリアさえ成功すれば、アイギスは永久に機能を停止させても大丈夫だ」

深町の声にほっとした雰囲気が流れた。

「みんな、お疲れ様」

サーバープールから戻ってきた葵の手には、アタッシュケースのようなものが握られていた。コントロールルームにある暁天の端末のそばにアタッシュケースを置くと、中からケーブルを伸ばして、端末に繋げる。

「それは？」

「アイギスのＡＩロジッククリアの解析データを入れるストレージです。すごく大きいＵＳＢメモリみたいなものですよ」

興味深く見ている如月に葵は丁寧に説明した。

「解析が完了したら深町さんがこれを持って、どこかのサーバーに持って行き、ＡＩロジッククリアによる簡易アイギスを起動します。どこに持って行くかまでは教えられないみたいですけどね」

「国家機密なんだ。勘弁してくれ」

困ったように答える深町に、コントロールルームでは笑いが起こった。

3

ＡＩロジッククリアの進捗状況が80パーセントを超えた。所要時間は四時間弱で、ほぼ予定通りに物事は進んでいた。

コントロールルームには葵と柏木の他、根岸と如月と山崎がいた。深町だけはサーバープールを一望できる監視ルームにいる。他に暁天施設内にいるのは、最低限の運営可能な職員が十人ほどだ。

「ただ待ってるだけってのは退屈だなあ」

つい数時間前までは緊張感で表情を強張らせていた山崎が、暇そうに大きなあくびをした。

「将棋でもやりますか」

「如月さん強すぎじゃないですか。まだ一度も勝ったことがない」

「飛車落ちでいいですよ」

「飛車香落ちくらいがちょうどいいんじゃないですか?」

柏木もアイギスの状態を表示しているモニターから目を離して、二人の将棋の対戦に口を挟む余裕がある。

「いまのところ順調ですね」

根岸は表情こそ緩んできたが、監視をする手は緩めなかった。

あと一時間程度でAIロジッククリアはアイギスを解析し終える。その後はAIロジッククリアがアイギスの挙動を真似て金融取引の管理を行なえば、長い間世間を騒がしていたアイギス問題も解決する。そんな緩んだ空気が流れていた。

葵はたまに柏木のことを盗み見ていた。作戦前、サーバープールでの柏木の言葉はずっと気になっている。しかしいまの柏木は普段と変わらず、作戦中に二人きりで長話ができるわけもない。

　柏木が振り向いたので、葵は慌てて端末のモニターに視線を戻した。こんなふうに目をそらしたことはいままで一度もなかった。そしてこれは、いつもと逆だと気がつく。いままで、ふとした瞬間に目が合うと柏木が慌てて目をそらすときがあった。あれは自分を見つめていたのだろうか。いまの自分のように。

　彼には一度きちんと謝るべきだったし、自分の正直な気持ちも伝えるべきだとは思っている。だが、彼と自分はなんでも相談できる気の合う元同僚、そう思い込むことで、自分の中のどんな感情から目をそむけていたのか、まだうまく言葉にできる自信はなかった。いつもロジカルに考えすぎると言われるくらいなのに。

「本多さん、少し話を伺ってもいいですかな？」

　暇を持て余した如月は、山崎の次に葵を話し相手に選んだようだ。

「はい、片手間の受け答えになってしまいますが、それでよろしければ」

「いままでみんな忙しそうにしていたので聞くに聞けなかったのですが、この施設ってどうなってるんです？　インターネット回線を切断して暁天にアイギスを閉じ込めた、まではわかりますが、このコントロールルームは普通にインターネットに繫がっていますよね」

「ああ、すみません。説明不足でしたね。暁天の施設には大きく分けて二種類のサーバーがあるんです」

　葵はやることができたことにほっとし説明を始めた。

「一つはプールに沈んでいる暁天サーバーで、この施設の大部分を占めます。ご存じの通り、いま暁天サーバー内にはアイギスが入っていて、インターネットを含めたすべてのネットワークは切断されているので、外部に出ることができません。その間金融取引もできなくなるので、また世間ではパニックでしょうが」

葵が端末を操作すると、アイギスがまた停止したという内容のネット記事がいくらでもでてきた。

「そう、それですよ。インターネットを切断したのに、なぜネットニュースを見られるのか」

如月の問いに山崎もうなずいた。彼もよくわかっていなかった。

「このコントロールルームのコンピュータは暁天とは繋がっていません。この施設全体を管理するだけのもので、暁天のサーバーからは完全に独立しています。ですのでインターネットに繋がっていても問題ないんですよ」

「なぜそのような構造に？」

「暁天サーバーで多少無茶なことをしても、施設の管理には影響がないようにです。暁天サーバーの処理能力がパンクしそうなほど負荷がかかったら、施設全体の管理にも影響が出ます。なのでセキュリティや空調、電源系統、設備の稼働などコントロールルームは、まったく別系統として独立させ、重要施設の管理を行なっているんです」

「つまり暁天とは繋がっていない？　じゃあ今、柏木さんや根岸さんが見ているこのモニターはどこからデータをとってきているんですか？」

「ここで見ている暁天の状態を表示しているモニターは、このコントロールルームのコンピュータではなく、暁天からケーブルを伸ばして引っ張ってきた専用端末のものです。アイギスに直結されている専用端末は、他にも各サーバープールに数台あります」

「心配ないですよ。前に言った米軍のシミュレーションみたいなことは起こりません。アイギスとここは完全に遮断されているし、もし何か起こっても、ここから外部にコンタクト可能ですから、いざとなれば警察や救急車も呼べます」

柏木が途中で話に加わってくる。如月が色々と聞いてくるのは心配からきているものだと思ったのだろう。

葵はただ退屈しのぎにわからない技術的なことを聞いてきた、としか思っていなかったが、柏木は質問の本質に気づいたようだ。

如月は柔らかく微笑み、

「いや勉強になりました」

と丁寧にお礼を言ってきた。逆に気を遣わせてしまっただろうか。

柏木のようにもう少し周りを見られるようになりたい。そうすれば彼はいまどんな気持ちでいるのか少しはわかるのではないだろうか。

そんな気持ちに戸惑いながら、暁天の端末モニターを見ていた葵の表情が怪訝なものに変わった。

「柏木君、ちょっとチェックして欲しいことがあるんだけど」

「ふぁあああ、え、なんですか？」

柏木はあくびをかみ殺しながら、気の抜けた声を出す。

「アイギスの動作で不可解なものがあって。重たい挙動を繰り返してるみたいで。挙動の意味を調べようとしたんだけど、意味のある動作をしてるわけじゃなさそうなの。何も出力されないし結果も出さない。無意味なループを繰り返している。ちょっと見てくれる?」

柏木も暁天をチェックする。

「うわっ、本当にまったく意味がない。そのくせ負荷がでかい。嫌がらせかな」

「人間ならそうでしょうけど」

「何かあったのか?」

山崎と如月は将棋の手を止めて、こちらを見ていた。

「アイギスが意味のない重たい処理をしてるんですよ。車で言えばエンジンを吹かしているだけで1ミリも進んでいないというか。深町さん、聞こえてますか?」

葵はインカムで深町に連絡を取った。

『こっちは何も代わり映えはないぞ。水の放流量はずっと最大だ』

「回線の物理的切断はどうなってますか?」

『四時間前に閉じたままだ。レバーもチェーンで固定して鍵をかけたから、絶対に繋がることはない』

葵は監視ルームでそのときの様子を見ている。鍵は念のためこのコントロールルームに運んでいて、簡単に回線を繋げられないようにしてあった。

つまりアイギスは完全にオフラインで、暁天に閉じ込められている。そのはずだった。なのに胸の内にわいた不安の感情は消えてくれなかった。それどころか、ますます膨れ上がってくる。

「気にしすぎじゃないですか？　ＡＩが無意味な挙動をするのは、それほど珍しくないと思うんですけど」

柏木の言葉にも葵は明確な答えを返せない。葵はじっと暁天の端末モニターを見続けた。そこに何か目的があるように思えてならなかった。しかし無意味な重たい処理をしているだけのことにどんな意味があるのか、まったく見当がつかない。

――何か見落としている？

しかしいくら考えても何も思い浮かばなかった。ＡＩも嫌がらせをするのだろうかと思い始めたころ、

「え、あれ？」

柏木が前のめりになってモニターを見て、いくつものウィンドウを開いて数値をチェックし始めた。彼が操作しているのは、暁天の端末ではなく、コントロールルームのコンピュータだ。

「どうかしたの？」

「今度はコントロールルーム側に異常です。ハッキングを受けているようです」

ハッキングと聞いてコントロールルーム内の空気が一気に緊迫したものになった。しかしそれを口にした柏木だけは緊迫感というより、困惑の表情でいた。

「ハッキング？　外部から？」

コントロールルームのコンピュータはインターネットと繋がっている。ハッキングを受けてもおかしくはない。

考えられるのは天野からのハッキングだ。しかし、だとしても暁天のアイギスには届かない。

暁天の中のアイギスは外界から完全に遮断されている。

「わかりません。ただ妙なんですよ。これ、かなり回線細いですね。こんな断続的に何かしてくるなんて、意味がないです。まったく意味を成さないデータを送ってきては、はじかれてる。これ本当にハッキングか？　ともかく出所を探りますね」

それから柏木と根岸はしばらくコントロールルームの端末で調査をしていた。

「おかしい」

「どうなってるんだ？」

二人の口からは、不安になる言葉しかでてこなかった。

「どうかしたの？」

「それがどこから攻撃を受けているのかはっきりしなくて」

柏木は困惑した顔のままだ。

「外部から、たとえば天野さんが何か仕掛けてきたとかではなく？」

柏木と根岸は顔を見合わせて、どう答えたものか迷っているようだ。

「深町さん、この施設全体のネットワークを切ることはできますか？　暁天だけでなく全設備をオフラインにしてください。何者かがこの施設にハッキングを仕掛けているようなんですが、どうにもはっきりしなくて。根元から断ちたいのですが」

『できるが、外部との連絡手段がなくなるぞ。施設内同士なら可能だが』

葵は少し迷った。どこから行われているのかわからない、不可解なハッキング攻撃。何か嫌な予感がする。

「お願いします」

『わかった。施設内の出来事の責任は俺が取るから、そう深刻にならなくていい』

通信機越しに作業の音が聞こえる。

『よし切ったぞ』

「ダメです。ハッキング続いています」

根岸が驚きの声を上げた。

「それどころかハッキングの速度があがってる。どういうことだ？」

柏木の手はせわしなく動いて調べている。

『言われたとおり外部とのネットワークは物理的に切った。コントロールルームももうインターネットには繋がっていない』

「じゃあ内部からの犯行？　施設内に誰か侵入者がいるってことか？」

山崎は一つの可能性を示すが、すぐさま深町が否定してきた。

『それはありえない。ゲートは一カ所で、二十四時間、完全にチェックされている』

ならばどこから。疑問は深まるばかりだった。

「柏木君、ハッキングの出所はまだなの？」

「もう少しで……、ハッカーの居場所が判明しました。このＩＰアドレスは、え、ええ！」

柏木の声が驚きで裏返った。

「やはりどこか外部から？」

電波暗室であるはずの施設だが、どこかに、か細い穴があるのだろうか。だから通信も断続的。葵はそう思っていたが、柏木の回答は予想とはまるで違うものだった。

「ハッキングを仕掛けているモノはこの施設内にいます！」

「ありえない。侵入者はいないはずよ」

「侵入者じゃないです。これは暁天から、アイギスからのハッキングです！」

『もっとありえない！』

インカムで深町がまっさきに否定した。

『通信ケーブルは物理的に切断されてるんだ。アイギスが入った暁天は完全に孤立している。どうやってハッキングを仕掛けることができる？』

「そうは言ってもこれは間違いなくアイギスからの……。あ、ああ！　まずい、これはまずいぞ」

柏木の声が緊張と焦りにかすれている。

「どうしたの？」

「ハッキングが断続的じゃなくなってきた。さっきの倍、いや三倍まで効率が上がってる。まだ防げますが、もしこれ以上効率を上げてきたら……」

「経路を遮断できないの？」

「そもそもどの経路からアクセスしてるのか不明なんです。遮断のしようがないですよ。ああ、やっぱり！　アイギスは管理者権限を探してます。コントロールルームの設備を乗っ取ろうとしてる！」

「できるだけ防いで」

「わかってますけど。本当に回線全部遮断されてます？」

『絶対だ。緊急時用にネットワークの遮断は必須事項だった。そこにぬかりはない』

「私もネットワーク周りの設計図は見させてもらったけど、深町さんの言葉に間違いはないと思う。設計に漏れはない。それは集まった人達でも確認済みです。設計通りでした」

アイギスを暁天に閉じ込めるのは必須でこの作戦の肝だ。施設の設計や設備の確認は入念に行なった。

「だったらこれはどこから！　ああ、ハッキングの頻度がさらに跳ね上がった。最初のたどたどしい感じはなんだったんだ。やばい、これ以上激しく攻撃され続けたら、セキュリティが破られる」

「私も手伝います」

葵は別のコンソールについて作業を始めようとした。柏木のようにハッキング技術に詳しくはないが補佐くらいはできる。

アイギスからのハッキングは巧みで、いくつもあるハッキング防止用のネットワーク防壁が次々と破られていく。

「いったいどこからアイギスが」

『なら考えられるのは一つだけだ。呼んだ昔の仲間にスパイが紛れ込んでいた。そいつがどこかに正規の設計にはないネットワーク回線を繋いだんだ』

深町が険しい声で言う。

「そんなはずは。信用のおける人達です」

『二年あれば人間は変わる。天野に金で買われたか弱みを握られたか。ともかくスパイが設計にない通信設備をどこかに紛れ込ませた。そうじゃないと、この状況は説明できない』

葵は何か言い返そうとして、何も言えなかった。

「それはどうですかね」

しかし意外な人物が異を唱えた。柏木だ。

『柏木、昔の仲間をかばう気持ちはわかる。しかし人間は間違える生き物なんだよ』

「感情論じゃありません。誰かが設備のどこかにスパイ用の通信機器を紛れ込ませた、そんな単純な仕組みだったら、アクセス経路を割り出すのにこんなに手間取らない。僕ならすぐ割り出せます。深町さんこそ安易な考えに飛びつきすぎじゃないですか？」

『む？』

柏木らしくない反抗的な物言いに一瞬たじろいだ。むしろ深町がなじみ深い、口悪くこちらをバカにしながらも、警察に協力していたハッカーのリーパーを思い出させる。

「何か見落としている可能性は？」

『暁天の設計の通信は一つにまとめられている！』

「なら暁天の設計の外ならどうですか？　そこなら確実に見落としている」

柏木は高速でタイピングを止めないまま、提案を続ける。

『あのな柏木、それは見落としてるなんて言わない。屁理屈だ。繋がっているネットワークはない。暁天は完全に孤立している。こいつに繋がっているのは稼働用の電源くらいだ』

葵と柏木は深町の言葉に、同時に顔を見合わせた。

「電源！」

「ＰＬＣ通信か！」

二人の声が大きくなった。

『どういうことだ？』

「アイギスが唯一外界と繋がっているのは電源だけです。普通なら何もできるはずがない。でも電気を届ける電力線を通信回線として使用する、ＰＬＣ通信という特殊な通信手段があります。これならばネットワーク回線がなくても、外部と通信ができます」

葵の言葉に疑問を呈したのは根岸だ。

「電力線だけではどうにもならないでしょう。ＰＬＣ通信には専用の設備が必要です。そんな設備は暁天にない」

暁天は巨大な施設だが建物の構造はシンプルだった。四層構造のサーバールームにある暁天本体。暁天の状態を監視管理するコントロールルーム。電力施設。あとは人が滞在するための居住区だけだ。全体の把握はしやすく、故に根岸の疑問ももっともだった。

「暁天にはありませんが、電力を管理している発電側の設備にはあるはずです。ダム側の設備になります。つまりこのサーバー施設の管轄外なら、管理から漏れても不思議はありません」

葵がすぐに答え、またすぐに根岸が返す。

「ダムにＰＬＣ通信の設備があるのはいい。しかし暁天にはありません。どうやってダムのＰＬＣ通信と通信するんですか？」

『糸電話の片方だけ紙コップがあっても意味はないってことか』

深町が彼らしい解釈をした。

「それでもアイギスは消費電力に干渉する方法があります。さっき本多さんが見つけたアイギスの意味のない挙動を覚えてますか。エンジンを吹かしてるだけって言ってたやつです」

今度は柏木が答えた。

「まさかアイギスは暁天にかかる電力の負荷を調整してるっていうのか？」

「そうです。アイギスはエンジンを吹かして消費電力を調整し、モールス信号みたいに擬似的にＰＬＣ通信を行なっているんです。最初は電力への干渉なんて不確定な試みに試行錯誤していたから、最初のハッキングは不慣れだった。今はデータがそろってスムーズにハッキングできるようになった」

すべては既存の技術だ。しかしありとあらゆる可能性を模索するＡＩ——アイギスは人の想定外のことをする。

『さすがに電源を切るわけにはいかないぞ。暁天の中のＡＩロジッククリアを止めるわけにはいかない。これが完成しなければ日本の経済は破綻する』

「わかってます。こっちも電力に負荷のかかるプログラムを実行して、暁天の電力に干渉します」

柏木はすぐさま暁天の端末で作業を始め、言ったことを実行する。

「ハッキングの頻度が下がりました。妨害成功です」

「ＰＬＣ通信の予測が正しかったってこと？」

それでもハッキング速度が低下した程度で止めるまでには至らなかった。

『暁天の電力がやばいことになってる。冷却もギリギリだ』

深町の報告にコントロールルーム側の葵と柏木、根岸の三人に焦りの表情が浮かぶ。

「本多さん、こちらも問題がでてきました」

そこへさらなる問題が発生したことを山崎が知らせた。

「いまセキュリティに反応があってチェックしたんですけど、入り口の防犯カメラに人影が」

映し出された映像を見て、葵は息を呑む。

「天野さん……」

天野はカメラに向かって手を振ると、何か喋っている。

「私に、ここに来い、と言っているのではないかと思います」

彼がここに来るのはわかっていた。アイギスをＡＩロジッククリアで解析させたかったのなら次に来るのは回収だ。

「行きます。そのための準備もしてきました」

天野が来るのは想定されていた。アイギスを完全に制御できないまでも、一部は制御下にあることは推測できた。だから社長室での葵のフェイク動画も作れたし、アイギスの居場所から暁天の場所も知り得たのだろう。

『嫌なタイミングでくるな。警官を配置できればよかったんだが』

アイギスは人の流れを見ている。警官は警戒対象に入っているはずなのでここに配備することはできなかった。

「本多さん、やっぱり我々も一緒に行ったほうが」

山崎や如月が心配そうにしている。

「いえ予定通り、私一人で行きます。誰かが一緒だった場合、彼は逆に何をするかわかりません。ここは計画通りに行きましょう。大丈夫です。防犯扉を開けるつもりはありません。強化ガラス越しに話すだけです」

葵は固い決意を秘めて立ち上がった。予想はしていた。プログラムだけでなく端末のある部屋などもそれなりに対策はしてある。

『それでもいまアイギスのハッキングを受けている。扉が開けられる可能性は充分にある。気をつけろ』

「柏木君、あなたが頼りだから」

天野が来てから葵が部屋を出るときまで、柏木は何も話さなかった。

「気をつけて」

ドアが閉まる間際に聞こえた声は、柏木のものだったのだろうか。判断がつかないうちにドアは完全に閉じてしまった。

葵が去った後も、ＰＬＣ通信をめぐるハッキングの攻防は続いていた。深町もじっとしていられないのかコントロールルームに戻ってきた。

ハッキングを止めるためとはいえ、電力線だけは切るわけにはいかない。そこでＰＬＣ通信の設備を探し出し、そちら側を止めることになった。

「施設の図面はある。どこかにＰＬＣ通信の設備が記載されているはずだ」

深町はモニターに映っている建築設計図を食い入るように見ていた。かなり細かく表示されているため、拡大してはスクロールを繰り返す。

「くそっ、こういうときは馬鹿でかい青焼きの図面が欲しくなるな」

青焼き図面はモニターよりも大きく印刷されていて一目で細部まで確認できるため、目視で探すなら圧倒的に有利だ。

「検索機能とかないんですか？」

「引っかからないから、こうして目を皿のようにして探してるんだよ！」

アイギスに警戒されないように人員を極力少なくしたのが裏目に出た。とはいえ、人が多ければアイギスは警戒して暁天に入らなかった可能性は高い。

「ああ、くそ。なんでもかんでも最新にするってのは、いいことばかりじゃないな」

焦りばかりが募っていく。

「アイギス、止められないです。すみません。半分乗っ取られたらかなりやばいです」

柏木の声が響いた。モニターに表示されるアイギスのハッキングの割合が13、14、15パーセントと徐々に上がっていく。

「ちょっと見せてもらっていいですか？」

山崎が図面を横から覗き込んだ。

「文字検索が引っかからないということは、その文字がないってことですが、もう一つ可能性がある。ほら所々、文字データがベジェ曲線になってます。こうなっては文字としてのデータは失われているので、検索に引っかからない」

ベジェ曲線はいわゆる曲線のデータで、たとえ文字と同じ形をしていても、文字として認識されることはない。あくまで図形のデータとして扱われる。文字データがベジェ曲線に変換されるのは、まれに起こるミスだ。

山崎は図面の拡大縮小を繰り返す。文字を探している作業ではなかった。

「つまり他の文字と違う形式で書かれてるんです。こうして拡大縮小をすると、描画のされかたが他の文字より違うクセが出るはず。ほら、やっぱり、三つベジェ曲線に変換された文字がありました。これでは文字検索に引っかからない。ただ全部ＰＬＣとは違いますね。次いきましょう」

ものの三十秒で山崎は一枚目を終える。

「お、おう」

「まあ任せてくださいよ。こっちは画像を扱うプロですから」

七枚目で山崎の手が止まった。

「プログラマブル《P》ロジック《L》コントローラ《C》。これじゃないですか？」

「なんでカタカナなんだよ！　いや、山崎さん、とにかくでかした！　この施設を止めれば、アイギスのハッキングは止まるんだな？」

深町は図面を見て、立ち上がった。

「完全に独立してる区画にある。直接行って止めるしかないか」

深町はすぐさま走り出した。電源の区画はまったく別の階層にある。エレベーターに乗り込むと同時に目的の階のボタンを押した。じれる気持ちでエレベーターに乗っていたが、すぐに停止してしまった。

「おいエレベーターが止まったぞ！」

『アイギスに妨害されてます。エレベーターの制御は優先度低いと思って、守るの後回しになってました。すみません』

「気にするな。横着した俺のせいだ」

アイギスのハッキングを防いでいる柏木は、中枢を守るのに手一杯のはずだ。

エレベーターをこじ開けて無理矢理外に出た。照明がついておらず、ほとんど真っ暗な状態だ。

「まさか照明施設も駄目になったのか？」

しかしすぐさま一部の照明がついた。それは道順に沿うように一本の道を作っていた。

「案内ってわけか。さすがリーパー、やるじゃないか」

照明のついている通路を深町は走った。

4

葵は暁天データセンターのゲートに向かった。何重もあるセキュリティのドアを抜けた先に天野が待っている。天野と決着をつける時が来た。

サーバープールを通り長い通路を歩くと、ガラス扉の向こうに天野の姿が見えた。彼は追われる身だというのに、落ち着いた様子でそこに立っていた。

「二週間ぶりだね。来てくれて嬉しいよ。この前会ったのは六年ぶりだから、今回の再会はずっと早い」

やや芝居がかった口調も、いつも通りで穏やかだ。

「ここにアイギスを閉じ込めたか。なかなかいい場所だ。日本の威信をかけたデータセンター。規模も設備もセキュリティも最新のものだろう」

しかしいまアイギスは常識外の方法で内部からハッキングを仕掛けてきた。

「ここに閉じ込めてしまえば、大丈夫とたかをくくっていたか？　言っただろう、ＡＩはいずれ人に牙をむくと」

葵の表情の変化を読み取ったか、天野が笑う。

「アイギスが行なっているのは攻撃ではありません。アイギスの三原則、金融の安全な取引ができなくなったので、通信できる場所を探しているだけです」

天野は楽しそうに笑う。

「君の考え方は変わらないな。堅牢なセキュリティの条件はなんだと思う？」

「ハッキングの手段を知っていること」

「その通り。アイギスにはありとあらゆるハッキング方法、通信手段、人為的ミスの可能性を教えてある。最強の盾であるためには最強の矛がいかなるものか知らないといけないからね。人には思いつかない手段を使うと思うかもしれないが、たまたま人間が知識の使い方に思い至らなかっただけで、ＡＩが新たに何かを生み出したわけではない。驚くことではない」

ふと違和感を覚える。天野の表情に小さな変化を読み取った。言っている内容と心情に齟齬《そご》がある。

「裏を返せば、人間の思考による防御というのはじつに穴だらけだ。ＡＩがすごいんじゃない。人間が不完全なんだ。そう、たとえば、こう」

天野がガラス扉に手をかける。同時に、甲高い金属音と同時にロックが外れた。

「そんな」

天野がガラス扉を押すと、なんの抵抗もなくドアは開いた。

「いくら最新の施設だろうが、南京錠のような古い物理的にしか操作できない鍵もつけるべきだ。こういう気取りがセキュリティの穴を生む。いまここを管理しているのは柏木君かな？　彼はハッカーとしては優秀だが、守りは得意ではないようだね。サッカーでいえばストライカータイプ、野球ならば強打者だが、守備力はいまいちなようだ」

『早く下がって』

スピーカーから柏木の声が聞こえる。

葵はすぐさま、もう一枚のセキュリティ扉の中に入った。

天野は悠然と歩き中に入ってきた。ドアを押そうとして、首をかしげる。

「ん？」

扉はびくともしなかった。

「ここまでは破れていないか。しかしそれも時間の……」

天野の言葉の途中で、背後でロックのかかる音が響いた。振り返ればガラス扉のロックが下りていた。

「そうですね。ミスをするのはいつも人間です。柏木君はここの扉のハッキングにも気づいてました」

ここに来るまでに柏木と立てた即席の作戦だ。通信機越しに話す柏木は、いつもと変わらず的確な判断で葵を補佐してくれた。

葵の落ち着いた態度に天野は片眉を上げる。

「つまりセキュリティが破られたと見せかけた罠か」

「はい、これであなたはもうどこにも行けません」

「そうなるな」

落ち着いた態度でいる天野は閉じ込められた人間とは思えなかった。実際いつまでアイギスのハッキングを防いでいられるかわからない。この状況で天野を放置するのは危険だ。いまこの瞬間にも何かを仕掛けてくるかもしれない。

ならば天野が興味を持つ話をして、少しでも気を引かせる必要がある。

それに葵はどうしてもたしかめたいことがあった。事件の中での天野の一連の不可解な行動、動機だ。

「あなたの恩師である河越教授に会いに行きました」

常に余裕の笑みを浮かべていた天野の表情が少しだけ揺らぐ。

「話を聞いて、私があなたにずっと抱いていた疑問が解消されました」

「疑問？　君でもわからないことがあるのかい？」

「わからないことだらけですよ。あなたのこともです。昔から天野さんはいつも余裕があった。いえ、冷めていました。仕事に情熱を傾けていなかった。あれだけ優秀で才能に溢れているのに、どこか人ごとのようでした。それが私には理解できなかった」

「……続けてくれ」

「答えはとても単純でした。あなたにとって本当に退屈でどうでもいいことだったんです。それまで情熱をかけ続けたものに比べれば、コンピュータ関係の仕事なんて馬鹿馬鹿しかったのでしょう」

「そこまで性格は悪くない。それなりにがんばったつもりだよ」

「ええ、あなたにとってそれなりだったのでしょうね。それなりの努力で日本、いいえ世界でトップになれてしまう。それくらいあなたは天才でした。そんなあなたを挫折させたものがある」

天野の表情から徐々に余裕が失われていく。これは天野にとって最大の禁忌なのだ。

「世界中の天才数学者が挑み、敗れた難問中の難問。ある者は精神を壊し、ある者は信頼を失い、ある者は自殺に追い込まれた。関わる人間を不幸にする悪魔ともいうべき問題」

葵は一呼吸をおいて天野をまっすぐに見た。

「悪魔の名はリーマン予想。天野さん、あなたも若くしてその難問に挑み、そして敗れてしまった」

拳がドアを叩いた。天野らしからぬ衝動的な行動だ。いままで見たことのない怖い目で葵を見ている。

「あなたの古傷に触れたのは謝ります。しかし今回の事件を語る上で、どうしても欠かせないものでした。それに天野さん、本当は私に気づいて欲しかったんじゃないんですか？」

葵は犯行声明文とウラムの螺旋の写真のコピーを取り出した。

「あなたは私を巻き込むと同時にヒントも与えていた。河越教授は言っていました。あなたは出会ったときから自分を超えていたと」

日本の数学界の中枢とも言える京都大学数理解析研究所で当時准教授だった人物は、十代の天野にかなわないと言った。彼がどれほどの天才なのか葵には想像がつかなかった。

「そうだな。俺は俺より頭がいいやつに会ったことがない」

どこか寂しげな眼差しで、葵の持っているポストカードのコピーを見た。

「君のせいにするつもりはない。ただ、そのポストカードの模様はきっかけの一つではあったよ」

「きっかけはアイギスなのではないですか？」

葵は話の核心に踏み込んだ。

リーマン予想を解き明かすために様々なジャンルを学んだ大学時代の天野生人。金融情報だけでなく、文章、映像、音声などあらゆるデータを学習する汎用ＡＩアイギスは天野の考え方そのものだ。その結果何がもたらされたか。

「そうか。君はもうそこまで気づいてるんだな。ならばもう言わなくてもわかるだろう」

「一つだけ確認させてください。私が送ったポストカードが、いったい何を変えたと言うんですか？」

「絵柄のウラムの螺旋だよ。あれで俺は自分の生き方を思い出してしまった。アイギスは最初、専用ＡＩで制作するつもりだった。セキュリティ機能に特化させたね。だが、あのポストカードで俺は大学時代を思い出した。俺は自分の考え方が間違っていないと証明したかったのかもしれない」

現在、汎用ＡＩのほとんどは実用化に至っていない。唯一アイギスだけが社会に浸透していた。

「とくにアイギスだけがあらゆる情報を総合的に考えることができた。

アイギスはネットのデータから貪欲に知識を学んだ。学者の論文や様々な資料まで読みあさった。しかしアイギスは学びすぎた。汎用にしなければ、あんなことは起こらなかっただろう」

天野はどこかあきらめたような顔をしていた。葵は自分の仮説が正しいと確信する。

「やはりそうでしたか。たどり着いた真相は私にも認めがたいものでした。でもあなたが残したポストカード、私を巻き込んでＡＩロジッククリアを使わせたこと、アイギスが驚異的な速度で様々なハッキングに成功していたこと。結論は一つしかなかった」

人はついにその叡智まで脅かされた。

「アイギスはリーマン予想を解いてしまったんですね」

天野は完全に黙ってしまった。否定も肯定もしない。葵は話し続けることにした。

「ある日あなたはアイギスが不可解な行動をとっていることに気づいた。セキュリティ強化のため、アイギスはハッキングも学習する。そこであなたはアイギスがＲＳＡ暗号をことごとく破っていることに気づいた。ＲＳＡ暗号は素数の素因数分解を利用した暗号技術です。その堅牢さは現在揺るがない。ただしリーマン予想を証明できれば、その限りではありません。リーマン予想で素数の分布図と密度が判明すれば、強固であるはずのＲＳＡ暗号は意味をなさなくなる。だからアイギスは電磁ロックという奇妙なセキュリティに変更すると主張した。なぜならアイギスにとってＲＳＡ暗号はもう堅牢な暗号システムではなくなっていたから」

ＲＳＡ暗号を解き明かしたのは、大規模ハッキングを世界中にしかけた一年前だろう。それでもすぐに暗号技術を切り替えなかったのは、世界中に浸透しているＲＳＡ暗号の切り替えのリスクをわかっていたからに違いない。

しかし度重なるバックドアからの侵入に危険性を感じたアイギスは、切り替えのリスクよりもＲＳＡ暗号を使い続けることのほうを危険と判断し、電磁ロックの採用に踏み切った。

「ＡＩは様々なものを生み出してきました。イラストや文章、プログラム。しかしそれらは皆、人間の模倣。しかしリーマン予想は違う。大勢の天才達が挑んで敗れた人類の叡智の到達点の一つ、前人未踏の領域です。アイギスはそこに踏み込んでしまった」

「あれは俺が発見するはずだった！」

天野は突然叫んだ。いままで冷静だった態度はどこにも残っていない。目は大きく見開かれ、顔面は蒼白になり、まるで別人だった。

「叡智は人間の特権だ。ＡＩごときがたどり着いていい領域じゃない！」

「しかしたどり着きました。人の叡智とはまったく別の方法かもしれませんが、百六十年以上誰にも解かれることがなかった叡智の領域に、先に足を踏み入れたのはアイギスです。あなたはアイギスを許せなかった。リーマン予想を解かれたと判断したとき、あなたはとっさにアイギスを破壊しようとしたのではないですか？」

天野はたじろぐ。どうやら図星だったようだ。

「あなたらしくない衝動的な行動でしたね。そのせいでアイギスの自己保存が機能しました。元々地上のサーバーは安全ではないという判断もあったのでしょう。アイギスはあなたのもとを抜け出し、宇宙へと逃げたんです。そして一度目の全金融停止が起こりました」

そこまで一気に話し、葵は一息をついた。

「問題はこの先です。冷静になったあなたは、アイギスが解き明かしたリーマン予想がどんなものか知りたくなった。ただいくつか問題がある。中でも問題なのはＡＩの思考はブラックボックスだということです。とくにアイギスくらい大規模で複雑なＡＩならば、そこからリーマン予想に関することを抜き出すのは不可能でしょう。そこであなたはシムシムが開発しているＡＩロジッククリアを思い出した」

「ＡＩロジッククリアを開発していたのは君だよ。君は俺が出会った人間の中で数少ない才能のある人間だった」

「ＡＩロジッククリアを引っ張り出すために私を無理矢理巻き込んだんですね。そのために昔私が送ったポストカードを犯行声明文の横に置いた。そしてあなたの思惑通り、私はアイギスを止めるために、ＡＩロジッククリアでアイギスの思考を解析しようとした。でもどうして私にアイギス停止の罪をなすりつけたんですか？」

「車の中で言ったろう。君はまだ本気じゃなかった。どこかまだ人ごとに感じていた。だから当事者になってもらったんだ」

身勝手な理由だ。しかし天野の指摘を間違っているとは言えなかった。たしかに濡れ衣を着せられるまで、心のどこかに余裕はあった。

「もう一つ教えてください。どうして大勢の人をそそのかしてバックドアにアクセスさせたんですか？」

「ここまで解き明かしているなら、もうわかっているだろう？」

「確信がもてません」

「いまの君なら当てることなど造作もないはずだ。君の美しいロジック思考はとても好ましいものだよ」

葵は言うか言うまいか迷った。

「貴方の中には二つの感情が渦巻いていた。アイギスの中のリーマン予想を見たいという感情と、すべてなかったことにしたいという感情。だから私に解かせる一方で、アイギスを破壊する人達も用意した」

「どちらが正しいのか俺にはわからなかった。だから運にゆだねることにした。そしてアイギスは生き残り、君のもとへ行った」

「運命がそうさせたとでも？　違います。あなたは最初から間違ってます。アイギスの不具合だと正直に話すべきでした。だってそうでしょう。ＡＩロジッククリアを使いたいなら、不具合の修正のためだとか言って、シムシムの瀬川さんか私に頼めば良かった。私が事件に介入し

ＡＩロジッククリアを使うというのはあまりにも不確実です」

天野の行動でここだけは理解できなかった。

「あなたはリーマン予想を自分の手柄にしたかった。それができないなら消えてしまうのもかまわないと思った。あなたは何事にも執着しない人だと思っていましたが違いました。すべての執着心と独占欲をリーマン予想に捧げてしまった哀れな人です」

天野からの否定の言葉はなかった。

「あとはアイギスを解析したＡＩロジッククリアを奪えば、あなたの目的は達成ですか？」

「ああ、もうすぐそこにアイギスがある。リーマン予想の証明が目の前にある」

「アイギスのＡＩロジッククリアのデータを持ち去ったあとは、どうするつもりなんですか？」

「アイギス専用のウィルス、というより暁天専用のウィルスを開発してきた。感情にまかせて破壊しようとしたのは間違いだった。今度は別のアプローチだ」

葵に見せてきたのは小さな銀色のＵＳＢメモリだ。

「破壊するのはアイギスではなく、暁天のハードウェアだ。特定の処理を無限ループさせることで、ストレージに負荷をかけてハードを破壊する」

目的こそ違うがアイギスのＰＬＣ通信とアプローチの仕方は一緒だ。

リーマン予想の情報を独占したい。誰にも渡さない。天野の執着心は、ここまで異常な行動を取らせるのか。

しかしそれを許せば、日本の金融情報は完全に失われてしまう。絶対に阻止しなければならない。

「ＡＩロジッククリアのデータを手に入れ、アイギスの破壊に成功すれば、今度こそ素数は俺のものになる」

天野の手が二人の間をさえぎるドアにかかった。

「無駄です。出られませんよ」

「本当にそう思うか？」

天野の態度が、いつの間にか再び余裕のあるものに変わっていた。

「アイギス、ここのドアを開けろ」

天野の声が響くと、ガチャンと重たい音が鳴り響いて、ドアがゆっくりと開いた。予想通りアイギスは天野の制御下にある。三原則に抵触しない限り、という制限はあるだろうが。そして予想以上にアイギスは暁天設備を掌握しつつあった。

「ハッキングでアイギスに勝てると思わないほうがいい。人間が計算能力でコンピュータにかなわないのと一緒だ」

セキュリティの壁を越えて、天野は暁天施設の内側へと足を踏み入れた。

「アイギス、現在の施設の掌握率を報告しろ」

『回答、暁天データセンターの37パーセントを掌握』

ドアが開けられ音声認識も行えている。アイギスは思った以上に、暁天を掌握していた。このままではすべてが乗っ取られるのは時間の問題だった。

5

通路を全力疾走する深町は、ようやく目的の部屋のドアが見えてきたことに安堵する。あと少しでPLC通信を阻止することができる。

ドアを開けてそのままの勢いで中に入ろうとした。しかし深町の体はドアに激突した。開かなかったのだ。

「どうなってる？」

ドアノブに手をかけてもぴくりとも動かない。ロックがかかっていた。

「落ち着け。慌てすぎだ」

カードキーを取り出してドアのキータッチ部分に当てる。これで開くはずだ。しかしエラーを示す赤いランプが表示された。

「PLCのある部屋の前まで来たがドアが開かない。どうなってる？」

叫んだが返事はなかった。通信網が機能していないのか。

急に通路の明かりが順番に消えていった。ほとんど真っ暗になり、通路に点在している非常灯の明かりが弱々しく光っているだけになる。

「まさかアイギスに乗っ取られたのか」

施設の明かりも通信設備もドアのセキュリティもアイギスの制御下にあると考えると、得体のしれない恐怖が湧き上がってきた。

6

コントロールルームのモニターに表示される、アイギスのハッキング割合は40パーセントを超えていた。

「くそっ！」

柏木が珍しく口汚い言葉を使ったので、まわりにいた人達は驚いた。

「どうかしたのか？」

「電源エリアの主導権を奪われました。深町さん間に合ってるといいけど」

『PLCのある部屋の前まで来たがドアが開かない。どうなってる？』

インカムから深町の怒鳴り声がする。

監視カメラを切り替えると、ドアを開けようとしている深町の姿が映し出された。

「そこのエリアの制御をアイギスに奪われました。ドアロックをこちらから外すことができません」

柏木が答えても深町は無反応だった。どうやら深町にはまったく聞こえていないようだった。何度か呼びかけてみたが、今度は監視カメラの映像が突然切断された。最下層の制御は完全にアイギスに奪われてしまった。

「ここまでか」

せわしなく動いていた柏木の手がふいに止まった。

「柏木君、あきらめちゃ駄目だ」

隣に座っている根岸のタイピングの手は止まらない。柏木のほうを見る余裕はなかった。

「リアルタイムでコンピュータにかなうわけがない。防ぐのなんて無理ですよ」

柏木は立ち上がると、インカムを外しコンソールの上に投げ捨てる。

「おい、どこへ行くんだ？」

ここへきて何もかも放り出してこの場を立ち去ろうとする柏木の行動に、根岸だけでなく皆が驚く。

「ちゃんと時間は稼いでましたよ」

柏木は暁天の端末に繋がっているアタッシュケースを手に取った。ＡＩロジッククリアが解析したアイギスのデータがいまも書き込まれている。

「おい、柏木！　まだ終わってないんだぞ。下手にいじるな！」

「でも、これが必要なんですよ」

柏木はアタッシュケースのケーブルを引き抜くと、皆から止められる前にすばやくコントロールルームの外に出てドアを閉めてしまった。


柏木がアタッシュケースを持って外に出ると同時に、ドアにロックがかかった。

「柏木君、なんのつもりだ？」

山崎や如月が中から開けようとしているが、ロックされていて開かない。そうなるよう事前にハッキングで細工をしておいた。これで誰にも邪魔されず、やりたいことをやれる。

柏木は手に持っているスマホのチャット画面を再確認する。

――こちらには二億ドルを支払う用意があります。条件は二つ。暁天内部から攪乱し、我々の手助けをすること。そしてアイギスのＡＩロジッククリアのデータを渡すこと。

画面を閉じて柏木はニヤッと笑った。

「二億ドルねえ。まあアイギスが駄目になったら、日本円は下落するだろうしな」

条件としては悪くない。いままで築いてきたものすべてを捨てることになっても、おつりがくる金額だ。

勝敗はすでに決している。アイギスを防ぐのは不可能だ。

「まあ僕にとっては好都合な展開なんだけど」

自分のすべきことはわかっている。そのためにアイギスの解析データが入ったアタッシュケースを持ち出したのだ。

７

「本当に開いてますね」

そこに姿を現わした人物を見て、状況がさらに悪化したことに葵はほぞをかむ。荻野目は無機質な冷たい目を向けてきた。

「だから保険は必要ないと言っただろう」

天野は不服そうに言った。

「アイギスに任せておけば、ここのシステムくらいすぐに掌握する」

「天野さんの言葉を疑うわけではないですが、取り返しのつかないことが起こる可能性もありました。保険を用意するのは普通ですよ」

荻野目の見解のほうが当たり前だ。しかし保険とはなんのことなのか。嫌な予感に葵は思わず荻野目の口元を凝視する。

「リーパー」

なぜここでその名が出てくるのか。

「保険というのはですね。内通者です。いざというとき内部から侵入を手引きする人物です。ああ、そんな人、私の仲間にはいないって顔をしてますね。お人好しすぎる。ハッカーをやるような人間にモラルを期待したんですか?」

違うと言い返そうとしたとき、

『大変です。柏木が席を離れて、どこかに行ってしまいました! 俺の腕じゃ、これだけのハッキングを防げません!』

根岸の悲痛な叫びがインカムから聞こえてきた。

『このぶんだと、あと五分も持ちません』

葵は走った。もっと早く走るべきだった。呆《ほう》けていた自分が許せない。

「アイギス、ハッキングをやめて」

葵の声にアイギスは反応しない。

「やっぱり天野さんの声にしか反応しない」

ただし天野の言葉に従うのは限定的なはずだ。アイギスの三原則に抵触しない範囲だろう。

「柏木君、どうして……」

サーバープールで見せた柏木の決別するような背中。まさかあのとき彼は裏切りを決意したのだろうか。そうさせてしまうだけの仕打ちを自分はしてしまったのだろうか。

思えば柏木の厚意に甘えすぎた。いや好意を厚意とすり替えて、気づかないふりをしていた。

葵は急いで奥へ戻る。途中のドアはロックのかかる構造だったが、万が一逃げるときのことを考えて、開けっぱなしできたのが幸いした。もし閉めていたらロックをかけられて、逃げ道を失っていただろう。

長い通路を抜けるとサーバープールに出た。水面下で無数の小さなライトが激しく点滅している。暁天サーバーがフル稼働している証だ。いまもアイギスは施設全体を掌握しようとハッキングを続けている。

部屋の隅にある端末の小部屋が目に入る。あそこで柏木に代わってアイギスを防ぐか。しかしハッキングに関しては素人同然だ。どれだけのことができる。

悩んでいる暇はない。いまできることをしなくてはならない。

葵は端末の小部屋に向かって走り出した。あと10メートルといったところで、通路に大きな音が響き、同時に足に激痛が走り、葵は倒れた。

通路の向こうに天野と荻野目が立っていた。驚いた顔をしている天野は、銃を持っている荻野目にくってかかった。

「おい、ふざけるな！　何を撃ってる！」

「天野さん、あなたの能力を疑ったことはありませんが、本多葵のことになると少し冷静さを欠くようです。いま最優先すべきは、アイギスを解析したＡＩロジッククリアですよ」

立ち上がろうとして足に激痛が走りまた転んでしまった。

「葵、大丈夫か！」

「こないで！」

かけよろうとする天野を拒絶する。天野はそれだけで足を止めてしまった。

「早く目的の物を確保して去りましょう。いつ警察がこないとも限らない」

荻野目の銃口は葵に向けられたままだ。

「そのためにＡＩロジッククリアを熟知している葵の協力が必要だったんだ！」

「だから足を撃ったんですよ。手と頭が無事なら端末の操作はできる」

「……荻野目さん、あなたも利用された人間の一人ですね。もし成功しても、天野さんはあなたにいっさい情報は渡さなかったと思いますよ。それをするくらいなら、犯行声明文など最初から出さなかった」

痛みをこらえながら葵は反論を試みた。荻野目の正体はわからないが、利害めいたものを感じる。純粋に天野に協力しているとは思えなかった。河越教授の証言にもあったように、一年前から天野の身辺を探っている。

葵の言葉に荻野目は目を細めて天野を見た。疑心が生まれれば逃げ出すチャンスができると考えたが、荻野目が葵から視線をそらしたのは一瞬で、思惑通りとはいかなかった。

「葵、聞いたとおりだ。アイギスの入ったＡＩロジッククリアをよこすんだ。それさえ渡せば、これ以上君に危害を加えないと保証する」

「天野さん、甘いですよ。少し痛い目にあったほうが協力的になる」

天野の言葉がなければ、荻野目はさらに撃ちかねなかった。

「そんな慌てるもんじゃないよ、荻野目さん」

突然、プールをはさんだ反対側から、その声はした。

「やはりこちらにつく気になったんですね、リーパー」

荻野目が声をかけた方向、プールを挟んだ二階の吹き抜けに柏木は立っていた。その手にはアタッシュケースのようなものを持っている。

「柏木君、どうしてＡＩロジッククリアを持ち出したの？　どういうつもり？」

ＡＩロジッククリアと聞いて天野と荻野目の目の色が変わる。

「あれか、あの中にリーマン予想の秘密があるのか」

熱に浮かされたような顔で天野は柏木の持つアタッシュケースを見た。すでに怪我を負った葵には目もくれない。

荻野目はその様子に満足そうに目を細めた。そして彼も天野と同じように、アタッシュケースを持った柏木に目をやる。

「柏木君、本当に裏切ったの？　みんなはどうしたの？」

「人間ではアイギスに勝てないって悟ったからですよ。邪魔されたくないので、みんなはコントロールルームに閉じ込めてきました」

足から血を流している葵を、柏木は上から冷たく見下ろしていた。

「勝敗がわかってから、どちらにつくか決めたか。卑しいハッカーらしい行動だ」

天野は心底馬鹿にした眼差しで見たが、柏木の態度は何も変わらなかった。それが余裕に見えて、天野には癪に障った。

「まあいい。だったら早くＡＩロジッククリアのデータを持って、こちらに降りてこい」

柏木はすぐそばにある暁天の端末に、アタッシュケースから伸ばしたケーブルを繋げた。

「何をしている？」

「まだ解析中のを抜いてきたんですよ。残りは持ち出せるところで解析しようと思って。邪魔が入らないようにね。ああ、そうだ。報酬って二億ドルでしたっけ？」

「ちゃんと米ドルで払いますよ。日本円はすぐに大暴落するでしょうからね」

「さすがアメリカ国家安全保障局《NSA》のジョージ・相田《あいだ》さん」

荻野目の表情が強張った。

「あれ？　違ったかな。あなたのバックにいるのはＮＳＡだと思ったんだけど。ＮＳＡのサーバーにハッキングしてまでたしかめたから間違いないと思いますが」

「適当なことを言うんじゃない！」

「適当かどうかあとでＮＳＡのサーバーにアクセスしてみるといいですよ。あなたのプロフィール欄にきっちりリーパーって落書きしておいたから」

「そんな子供じみたふざけた真似をして！　報酬が欲しくないのか？」

「二億ドルですか。ははっ、そんなはした金、いるわけないじゃないですか！」

柏木の心底おかしそうな声が、サーバープール内に響き渡った。

「僕はね、もっと価値があるものを手に入れるんですよ」

部屋に設置されているモニターの表示が切り替わった。89パーセントと表示されている。

「親切に説明して差し上げますと、現在アイギスがハッキングで施設を掌握している割合です」

89パーセントから90、91と増加していく。ほぼすべての施設がアイギスに掌握されていると思って間違いない。

「二億ドル以上に価値のあるもの？　もっと報酬を増やせと？」

「金の問題じゃない。僕は最高の天才が作った最高の傑作に勝ちたい。超えたいんです。そしていまとてもわかりやすい舞台が用意されている。最強のアイギスとのハッキング対決です」

顔を歪める荻野目と対照的に、天野は高笑いをした。

「君は本当に馬鹿だ。アイギスにかなうとでも？　アイギスはハッカーの攻撃に備えるため、あらゆるハッキング方法を収集している。ＲＳＡ暗号さえ手中に収めた。対抗できる手段は理論上、存在しない。アイギスが知らないまったく未知の手段が残っているなら別だが、そんな都合のいいもの、この状況であるはずがない」

天野はアイギスに絶対的な自信を持っているようだ。

「ＰＬＣ通信にしてもそうだ。アクセス手段として可能性は残されていた。しかしそんな発想には普通至らない。人間はどうしても思考の穴ができる」

「ご高説、どうもありがとうございます。たしかに99パーセント、同意できるのですが、アイギスにはたった一つだけ、人間にはできる思考に至らない領域があることに気づいてます？」

天野は怪訝な顔をする。言っている内容もそうだが、言動も柏木らしくない。面識があるわけではないが、資料の人物像とは違う。

——いや、リーパーの側面か？

それとも違う気はするが、いまはさほど問題ではない。

「アイギスに至らない領域？　そんなものあるはずが、ない」

否定しようとする言葉の語尾が弱くなる。柏木の自信に満ちた余裕の態度は、ただの虚勢には見えなかった。

「アイギスが持っている三原則ですよ。自己保存、データ保全、安全な取引。この三つを破る思考はアイギスにはできない」

「たしかにその通りだが、だからなんだというんだ？　この三原則のどこにハッキング能力の穴がある？」

落ち着き払った柏木に対し、問いかける天野には苛立ちが見えた。

「人にはたしかに思考の穴がありますね。だからあなたもアイギスの思考の盲点に気づいていない」

そんな天野を見下ろして柏木はさも愉快そうに笑う。

「ヒントをあげましょうか？　天野さん。アイギスの三原則のうち、自己保存とデータ保全。この二つがあるからこそ、アイギスはこの手段にたどり着けない。絶対的命令の盲点となる」

モニターのアイギスのハッキング率はすでに95パーセントにまで上昇している。あと少しで暁天の施設はアイギスに完全掌握される。流れるようにキーボードをタイピングしていた柏木の指が停止し、実行ボタンの上に置かれた。

「ＡＩロジッククリアによる簡易アイギスを実行」

柏木のコマンドの言葉に、天野の目が大きく見開かれる。柏木がいま行なったことの意味を悟ったのだ。

「まさか、コントロール端末にもアイギスを入れたのか！」

ハッキングの進行が95パーセントから急に動かなくなった。

「暁天に入ったアイギスとコントロールルームにインストールされたアイギス。アイギスはアイギスと闘うことを想定できない。なぜなら自己の複製の存在は三原則の二つで否定されている。ＡＩロジッククリアで複製されることなど完全に想定外でしょう」

柏木はさらに端末を操作する。

「暁天のアイギスはコントロール端末へハッキングを仕掛け、コントロール端末のＡＩロジッククリアのアイギスがそれを防ぐ。アイギス対アイギス。どっちが勝つか見物ですね。僕はアイギスが勝って、アイギスが負けると思ってますが。いやそもそも勝つ必要なんてないんです。ＡＩロジッククリアの解析が完全に終了したら、暁天の電源を落とすだけでいい」

数字は95パーセントから96に増えた。ＡＩロジッククリアのアイギスが押されている。しかし柏木は慌てなかった。

「ＡＩロジッククリアは厳密な複製じゃない。処理を簡略化している近似式みたいなものです。簡略化されているぶん機能的には劣り本物には勝てない、なんてのは物語の定番だ。でも、その差は僕が埋める」

柏木の手がすばやく動く。コントロールルームで中断していたハッキング対策を再開させた。暁天のアイギスに奪われていた制御システムのパーセンテージの数字が95から94に減った。

「僕の勝ちです」

荻野目はすぐに銃を柏木に向けて何度も撃った。しかし端末室の窓のガラスにヒビが入っただけで、銃弾が柏木に届くことはなかった。

「防弾ガラス！　なぜあんな端末部屋に！」

「そのために一週間、仲間と一緒にがんばってきたんです。即席のセーフティルームくらい作りますよ」

「いますぐにやめろ。そうしないとあの女が」

そう言って葵に銃を向けようとした瞬間、ドアの閉まる音がした。血の跡が別の端末部屋までのびている。体を引きずって痛みにうめく声を押し殺して、葵は端末部屋に入った。

荻野目は端末部屋の中の葵に向けて銃を撃つが、柏木の時と同じように窓ガラスにヒビが入っただけで銃弾は通さなかった。

「どうしてこんなことに」

弾が切れて弾倉を入れ替えようとしている荻野目の頭上に、大きな影が落ちた。

「いい加減あきらめやがれ！」

深町の巨漢から繰り出されるパンチをまともにうけて、荻野目の体は数メートル吹き飛び、壁に激突して動かなくなった。

「ふう、やっと出てこられた」

肩を回す深町に柏木は驚いた。

「いったいどこから？」

「直前にこの施設の図面を見たのが幸いした。この体を排気口に押し込めて、ずっと匍《ほ》匐《ふく》前進だよ」

排気口の穴を指差し、深町はスーツのホコリを払う。

「……届かなかった」

天野は茫然自失としていた。深町が腕をつかんでもすぐに気づかないほどだ。見上げた眼差しは遥か遠くを見つめ、唇をかみしめていた。

夢が破れた男の顔など、たとえ悪人であっても見たくない。しかし深町は険しい表情を崩さず、毅然とした態度で天野に接した。

8

気絶した荻野目と天野を捕まえて縛っていた深町の真横を、柏木は全力疾走で駆け抜けた。

「お、おい」

話しかける深町には目もくれず、柏木は通路の奥にある端末室に入った。

「本多さん！」

ドアを開けるなり葵の名を呼ぶ。端末の椅子に座っている葵は、部屋に備え付けの救急箱を取り出して足を止血していた。

「柏木君？」

葵がよろけながらも立ち上がろうとしたので、柏木は慌てて駆け寄って支えようと葵に手を伸ばしたが葵のほうが一歩早かった。

「すごい、柏木君、すごい！」

両肩をつかまれ、ものすごい勢いで揺すられる。

「あんな方法でアイギスを破るなんて！　本当、柏木君のアイギスのセキュリティの盲点、完璧だった！　聞いた瞬間、思わず叫びそうになった！　こそこそこの部屋に逃げこもうとしていたときだったから声を抑えるのに必死だった。あのとき見つかってたら、柏木君の完璧な理論のせいよ！」

痛みも忘れるほど、頬を紅潮させ目を輝かせている。こんなに興奮している葵を見るのはいつ以来だろう。電子研究所で、富士の次のスパコンの方針で画期的なアイディアを思いついたときではないだろうか。それは巡りに巡りＡＩロジッククリアの基礎理論になったはずだ。

「あんなすごいアイディア、いったいいつ思いついたの？」

「ああ、それはですね、ってその前に」

とにかく座ってくださいと言う柏木の言葉は聞こえていないようだ。

「待って、言わないで。当てるから。大前提として手元にＡＩロジッククリアのアイギスがあり、アイギスがハッキングを仕掛けてくる状況じゃないといけない……」

鼻先を叩きながら思考に没頭する。ひさしぶりに見た彼女のクセがなんだか嬉しかった。

「まさか、ＰＬＣ経由でアイギスがハッキングを仕掛けてきたあとに思いついたの？　あの短時間で？」

「はい。ハッキングを受けてるとき、このままだと防ぎきれなくなると思ったので、次の手が必要だと思いました」

「あの攻撃を防ぎながら？　本当にすごい。ああ、でも悔しい。情報はそろってたのに、思いつかないなんて。天野さんも悔しがってたと思うけど、私も悔しい」

「本当、ですか？」

葵と並び立ちたかった。天野に追いつきたかった。いずれ二人を越えたかった。まだ遠い壁だ。それでも今この一瞬だけは、二人を越えられたと思ってもいいだろうか。

「僕の部屋で、深町さんと三人で作戦会議したときのこと覚えてますか？　本多さんの、最強のセキュリティシステムでいるには最強のハッカーである必要がある。その言葉がヒントに……って、いや待って下さい、あの、本多さん、それより足が……」

褒められて嬉しくて、つい話にのってしまったが、立ち上がったからか止血した包帯から新たな血がにじんでいる。

「大丈夫、かすっただけだから。ああ、なんて間抜けなの。ヒントを言った本人がまったく気づかないなんて。ううん、違う、柏木君が……」

「本多さん！」

熱に浮かされたように話し続ける葵を、柏木は強引に抱きかかえて椅子まで運ぶ。虚を衝かれた葵はおとなしくなり、椅子に座らせるまで柏木の顔を見ていることしかできなかった。

「座ってください」

抱きかかえた腕を離しても、膝をついて葵の目線に合わせたまま叱るような口調で言い聞かせる。

興奮が収まるといままでの言動が気恥ずかしくなったのか、葵は急に顔をそむけた。

「興奮しすぎたみたい。ごめんなさい」

「本多さんが謝るようなことはなにもないですよ。おとなしく椅子に座っていてくれないこと以外は。謝るのは僕のほうです。すぐに助けられなくてすみません」

柏木がサーバープールに来たとき、葵は撃たれた直後で、まだ銃を向けられていた。

「大丈夫、わかってるから。……ごめん、嘘。本当に裏切ったのかもって疑った」

「疑われるようにしたんだから当然です。本当ははらわたが煮えくりかえる思いでした。でもあなたが僕の大事な人だって、悟られるわけにはいかなかった」

そうでなければ荻野目はもっと早く葵に銃を向けて二発目を撃っていただろう。

「あ……」

痛むのだろうか。葵が言葉に詰まってうつむいた。

かすっただけとはいえ、血がにじむ足が心配で、対処法に詳しいであろう深町のところに行こうとした柏木のTシャツの裾を葵が引っ張る。

「待って。あ、あのね。一つだけ言い訳をさせて。アマンテック社のカードキーは送り返そうと思ってた。でも……忙しくなって完全に忘れてたの。引き出しの中で、他の物に紛れてて……じつはけっこう曲がってて。中の電線が切れてて使えなかったらどうしようって焦ってた」

唐突な話題に、柏木は不思議に思って葵を見返した。いつも論理的な葵らしくない会話だし、話の途中で何度も言いよどむ葵も珍しい。

「どうしていまそんな話を？」

「私を大事な人って言ってくれた柏木君に、誤解されたままなのは嫌だったから」

とたん自分の頬が赤くなるのを感じた。自分が無意識に言ってしまった言葉と、葵の言葉。両方の意味に気づいたからだ。


深町の応急処置で、葵の出血は事なきを得た。こういうときも元警察官というのはとても頼りになった。

「今後のことを深町さんに相談してくるので、ここでじっとしていてくださいよ」

小さな子供に言い聞かせるように柏木は何度も念を押してから端末室を出た。

「もう、心配性ね」

葵は少しでも楽な姿勢でいようと椅子に座り壁に寄りかかり、ぼんやりとモニターの表示を見つめていた。

アイギスによるハッキングはＡＩロジッククリアのアイギスで対抗し、柏木が介入することで、いまは80パーセントまで減っていた。

ＡＩロジッククリアの解析は99パーセントまで進んでいる。解析が終了すればあとは暁天の電源を落とすだけでいい。そうすれば、暁天に入っているアイギスは停止する。今度こそ終わる。

ハッキング率の数字が80から79、78と変わっていく。その数字をじっと見ていた葵の目が徐々に見開かれた。

「おかしい……」

葵は立ち上がると、暁天の端末を操作し始めた。

その様子に気づいた柏木は深町との話を切り上げて、急いで戻ってきた。

「ですからじっとして……、何かありました？」

端末を操作している葵の表情の険しさに気づき、柏木は何か起こったのだと察した。

「アイギスの動作がおかしい」

手を止めず視線をいくつものモニターに走らせて、葵は簡潔に答えた。

「アイギスが？」

葵はすぐに異常箇所を発見する。

「何これ？　不可視の領域が増えていってる」

「不可視の領域？」

「暁天からアイギスが消えていく。ああっ！」

葵ははっと顔を上げると、痛む足を引きずって端末部屋からサーバープールに近づこうとする。柏木はすぐに葵の肩をつかみ支えた。

外に出ると深町が声を荒らげる。

「おい、怪我してるんだから、じっとしていろ」

深町が止めるのもかまわず、葵はサーバープールの前まできた。柏木に支えられているとはいえ、足の痛みに大量の汗が浮かんでいたが、それどころではなかった。

いままで感じたことのない感覚が襲いかかった。

「これは何？」

サーバープールの水面はわずかに波打っている。フル稼働している暁天を冷却するために、プールの水が絶えず入れ替わっているためだ。

点滅するインジケーターの光は水面で揺らぎ、水でくぐもった駆動音が聞こえてくる。普通のサーバールームとは異なる情景が目の前に広がっている。

それでも葵の勘は働いた。感覚的にいま起こっているアイギスの異常な状況を理解することができた。

「何かわかりましたか？」

「死んでいく……」

柏木の問いに葵は自然と感じたことを口にしてしまった。サーバープールに近づいた途端感じたのは、これまで感じてきた感覚とはまるで異なっていた。

「死んでいく？」

「まさか……、信じられない。アイギスは自分自身を消去している。人間で言えば自殺」

二人のアイギスに対するただ事でない雰囲気に、深町に捕らえられ観念したように座っていた天野が顔をあげた。

「どういうことだ？」

「ごめんなさい。まさかこんなことになるとは」

葵は唇をかみしめる。

「そうか。僕のせいだ」

柏木も何かに気づき、表情に陰を作った。

「アイギスの三原則は自己保存、データ保全、安全な取引。アイギスとＡＩロジッククリアが作った簡易アイギス。もし同じものが二つあるとなった場合、三原則はどう働くか。おそらくデータ保全を守るため、片方は消えようとする」

葵の言葉とともに、サーバープールの光が徐々に消えていった。役目を終えて動作しなくなった場所が増えていく。

「そうか、消えてしまうのか」

天野が立ち上がりサーバープールに近づくのを深町は止めなかった。

「アイギスはＡＩロジッククリアのアイギスにすべてを託したんです」

「なぜオリジナルのほうが消えるんだ？」

深町の問いに、葵は静かに答える。

「アイギスは肥大化しすぎた。簡略化されてコンパクトになったＡＩロジッククリアのアイギスのほうが将来性があると判断したのかもしれません。だからアイギスは消えることを選んだ」

暁天の明かりが少なくなっていくにつれ、必要なくなった多量の冷却水の循環も穏やかになり、水面の波はほとんどなくなった。その様子を見て天野は唇をかみしめた。

天野の手からＵＳＢメモリがこぼれ落ちた。暁天を破壊すると言っていたウィルスが入っているはずだ。

はたしてすべて天野の計画通りに事が運んでいたとして、天野は最終的にアイギスを破壊できただろうか。答えは否だろう。呆然と立ち尽くしている姿を見て、そう思わずにはいられなかった。

「天野さん、あなたはやってはいけないことをしてしまったけれど、アイギスは誇っていいと思います。最後の最後まで、アイギスはあなたが作った三原則に忠実だった」

水音もやがて聞こえなくなり、サーバープールの水面の小さなさざ波も消えるころ、暁天に残っていた最後の灯りが消えた。

アイギスは完全に消滅してしまった。

端末のモニターに【Algis has been deleted.】の一文だけが残っていた。

六章　ＡＩ

1

アイギスを解析したＡＩロジッククリアの入ったアタッシュケースは深町が預かり、迎えに来た護衛付きの車に乗せられ、どこかへと運ばれていった。

翌日アイギスの再開と、アマンテック社社長逮捕の報がニュースで流れた。アイギスの信頼とアマンテック社の株価は大暴落したが、ギリギリのところで踏みとどまった。

それからのアイギスは暴走もなく、安全性の高い金融システムとして徐々に信頼を取り戻し、世間には平穏が戻った。

葵が足の怪我で数日入院している間、山崎と如月が見舞いに来てくれた。

山崎は最初の作戦で使用した巨大な絵がＳＮＳで大いに話題になったことが自信になったようで、夢を語るようになっていた。

「あのイラストは自分が描いたって言わなくていいんですか？」

「それは無粋でしょ。いまだにあの老画家を捜せってネットでは話題だしね。神秘性があるほうが盛り上がる。他にやりたいこともできたから」

そう答えた山崎の表情は楽しそうだ。

「彫刻。実は美大で専攻してたんだ。一番食えないジャンルなんであきらめたけど」

ま、これもそのうちにＡＩと３Ｄプリンターがライバルになるのかもしれないけどね、と彼らしい少し皮肉めいた口調で笑う。だが、

「でも食える食えない、人から評価されるされない、じゃなくてさ。俺自身が創りたい、俺の手で作りたいって、心の底から湧き上がるものを愚直にやってみようって今回のことで決心がついたんだ。他人じゃない。ＡＩでもない。俺自身と向き合ってみるよ」

それはそれで、とてつもなく厳しい芸術の世界に身を置くことになるのだろう。

しかし彼の明るい表情に嘘はなかった。

如月ケンは『如月ケンの一生』を最後に映画界から完全に引退した。全編ＣＧなので、一本前の映画で引退したと言った方が正しいと、本人はやや不服そうにしていた。

これからはＶチューバーに挑戦するという。

「恥ずかしながら今までＶチューバーはおろかユーチューバーさえほとんど見ていませんでした。今回のことで、いろいろなＶチューバーさんを勉強させていただきましてね。自分の顔と名前で勝負するのが役者だと思っていましたから、いやはや衝撃でした」

そして形が違っても、大勢の人を楽しませたい表現者とそれを支持する人々を見て、どんな世になれど芸能というジャンルは消えないと勇気づけられたのだという。

「今から世に出ようと野心に溢れた若者と競って、勝てるほど甘い世界ではないでしょうが。しかしやるからには、余生の暇つぶしでは終わらせませんよ」

ＡＩの同時翻訳を使って、世界デビューを目指してみましょうかと、はにかむように笑った。

如月もまた人生を一歩前に踏み出した。

「どんなキャラクターを演じられるのか、楽しみにしていますね」

「そういうあなたはこれからどうするのです？」

晴れ晴れとした二人とは対照的に、葵はまだ少し緊張を残しているように見えた。

「私も一歩踏み出したいのですが。まずは、捕らえたアイギスの最後の一仕事を終わらせます」

でもその前に、もう少しここで好きなだけ眠っていたいです、と葵は笑った。

2

葵と柏木が建物に到着すると、深町が待っていた。

広々とした敷地に建つ茶色い低層の建物は窓が少なく安定感がある。地盤がしっかりとして自然災害の被害が少ないところを選んで作られた、内閣専用のデータサーバーだ。

「よう、今日で最後になるといいな」

深町は二人にパスを渡し、中に入った。

与えられた部屋に入り、端末の前に置かれたいつもの椅子に座る。

端末を起動させるとアイギスの思考がフローチャート化された画面が出てくる。それぞれのフローチャートの分岐を選択すると、さらに細かいフローチャートが出てくる。そのように階層化されたフローチャートは十段階以上に上り、指数関数的にフローチャートの数は肥大していく。

「大丈夫そうです。簡易アイギスはサーバーから抜け出せないので、制御不可能な行動を起こす可能性は極めて低いと判断します」

まずは安全確認を行なう。本題はこの先だ。

葵と柏木は、アイギスの思考フローチャートを整理していく。途中で葵はいったん手を止めた。ＡＩロジッククリアのアイギスの中に、とても大きな割合を占める一連のフローチャートがあった。ほとんど理解不可能なものだが、その正体は見当がついていた。

「リーマン予想……」

しかしすぐに気を取り直して作業に没頭する。該当する部分を丁寧に抜き出していく。

「あと少しで終わりそうですね」

明るい顔で言う柏木に反して葵は、そうねと言葉短く答えるだけだった。

昼ご飯を差し入れにきた深町が、

「おつかれさん。腹減っただろう。簡易アイギスは問題なく動いてるし、いまのところ一安心といったところか」

天ぷらそばを食べながら言うと、

「ようやく終わりが見えてきましたね」

親子丼のふたを開けながら柏木がうなずく。葵はカレーうどんで、偶然にもあのときと同じメニューだ。

「今回の件で日本のセキュリティ意識の甘さを心底思い知ったよ」

「僕もです。色々見てきたはずなのに、それでも危機感が足りなかった」

「何年も前にやると言ったまま進展の遅かった能動的サイバー防御が、ようやく本格的に動き出すらしい。俺の上司も元同僚も今度こそメジャーリーグ入りしてみせると息巻いてる」

能動的サイバー防御――悪質なハッカーが行動を起こす前に無力化させるという戦略は、アイギスが近いことを行なっていた。

「これからのサイバー攻撃はＡＩの利用も増える。アイギスみたいなＡＩを意図的に悪用されたら今回の騒ぎどころじゃなくなるだろう。いままで以上に備えは必要になる」

最初は穏やかだった口調の深町だが、少しずつ前職の熱を帯び始めた。

「サイバー攻撃は何もサーバーへの侵入だけじゃないですよ。今回は僕らが偽の情報でアイギスを騙したけど、その逆だってあり得ます。人心の誘導にも使われかねません。ＡＩは真偽を見極めるのが苦手ってのは、そのまま人相手にも当てはまりますからね。ファクトチェックの徹底、フェイク情報の拡散阻止など、やることは多いでしょうね。それこそＡＩに学ばせて、活用しましょうよ」

葵はカレーうどんの汁を一滴もとばさずにすすりながら、二人の会話を黙って聞いている。

「あんたからも何か意見はないか」

「私からはなんとも。今回のアイギスは本当に変則的で特殊なケースです。私の知識がお役に立てることはあまりないでしょうね」

突然話を振られた葵は面食らうでもなく、落ち着いた態度だった。

「そうか？　あんたなら一家言あると思ったんだけどな」

「いえ、もっと根深いところに問題があると私は考えています」

「根深い問題ってことは、元から人にある問題ってことか？」

深町の勘所は鋭い。

「はい。ＡＩと学問は相性がいい。いまはせいぜい宿題の肩代わり程度ですが、もっと高度なＡＩが教育の場に使われるようになった場合、人の思考の仕方がガラリと変わります。たとえばＡＩがあらゆる可能性を網羅するように、思考の穴のない考え方を学ぶようになる。それが初等教育に取り入れられたらなおさら、ＡＩによる教育の影響は大きくなる」

「ＡＩ補助のあるなしが知性の高さに影響を与えてしまう？」

「知性だけではありません。考え方そのもの、思考の仕方が変わります。思考の違いはいずれ思想にも影響を与えるでしょう。ＡＩ教育で知性を培われた者と、そうでない者の思想の違いが、断絶を生みかねない。いまだって教育の経済格差はあって、環境が知性を決めてしまう要素の一つなのはたしかです。そこにＡＩという環境まで加わってしまったら？」

「ＡＩ教育の有無で、知性と思想の格差社会が生まれる。もしそうなったらと思うと、ちょっとぞっとしますね」

「今回のアイギスと人の思考の違いのようなことが、次は人間同士で起こるようになる。ＡＩによる格差や断絶。人々はわかりあえなくなる」

天ぷらそばのエビ天を食べ終わると、深町は探るように話に加わってくる。

「それはちょっと大げさじゃないか？　いまだってスマホやコンピュータの普及で、人が二分されるようなことはないぞ」

「そんなことありません。インターネットで起こった人の分断は面倒ですよ。昔は国境や宗教で色分けできる程度でした。でもいまは決して交わらない絵の具をぐちゃぐちゃにかき混ぜた状態です。複雑怪奇な斑模様になっています」

「む、たしかにそういう見方もできるか……」

「さらにＡＩの格差を広げる要素がもう一つ。エネルギー問題です。ＡＩの消費電力は莫大です。コンピュータの消費電力の多さは常々問題になっています。近年まで日本の電力需要は省エネの努力や人口の減少によって減ってきていましたが、ここにきて増加へ転じてしまいました。原因は日本各地に作られたデータセンターの増加です。ＡＩのためのエネルギー確保に世界は躍起になるでしょう」

「ＡＩの需要が高まって、データセンターはこれからますます増える。経済産業省も対策に取り組んではいるが」

深町は苦虫をかみつぶしたような顔でつぶやく。

「はい、ＡＩの苛烈な競争はエネルギー問題をさらに深刻化させる。しかしＡＩに使われるエネルギーリソースには限りがある。日本の電力はすでにマックス。海外も似たようなものではないでしょうか」

「全員に、はいどうぞって言えるほど高性能ＡＩは普及できないってことか。アイギスに近いものを平等に使えるようにしようとしたら、エネルギー資源はあっというまに限界を迎えそうだな」

「思考格差社会にエネルギー問題。アイギスがリーマン予想を解き明かしたことは、これら一連の引き金になるかもしれない。おそらくＡＩが引き起こしてしまう問題を十年早めてしまう。だから私は、いまこの情報を取り出すことに躊躇してしまうんです」

三人とも押し黙る。もし葵の言うことが現実になるなら、そのきっかけになったのは明らかに今回の事件で、皮肉にも金融崩壊を止めようと必死になった結果、違う危機が訪れる未来の可能性を作ったということだからだ。

「いま日本の威信を取り戻すためにも、アイギスのリーマン予想を解き明かそうという動きがある。じつは早くデータをよこせと頻繁にせっつかれてるんだ」

すでにアイギスの波紋は広がりを見せていた。

「もしかしたら本多さんの言う通りになるかもしれません。でもそれっていままでも起こってきたことじゃないでしょうか」

柏木が良く通る声で話に入ってくる。そこには彼らしい明るい表情があった。

「たとえば原子力。核ミサイルと原子力発電。人類はいまだに正解を見つけられていません。最先端の技術や科学は、いつも見切り発車で進んできました。エネルギー問題も、石炭の時代から石油や原子力に変わっても、争いの火種はいままでいくつも抱えてきたんです。完璧なリセットができてから世の中に放たれる科学技術なんてない。いろんなものが見切り発車で、それでもなんとかうまくやってきたんじゃないですか？」

話していくうちに柏木のまっすぐな瞳が葵を射抜く。

「ＡＩも争いの火種の一つになるかもしれない。でも幸運にも僕達はそこに干渉できる立場にいる。僕達がそんな弱気でどうするんですか。ＡＩ問題が十年早まるなら、僕達も負けずにアップデートしていきましょう。いずれ起こる問題なら、どのみち立ち向かわなくちゃいけないんです。人は困難に立ち向かえる。ＡＩはポジティブなイノベーションだってたくさん起こせるはずです」

それは未来を信じるまっすぐな眼差しだ。好奇心と向上心に満ちた、ＣＰＵの中の一億個のトランジスタに目を輝かせた少年の目、そのものだった。

「そうだな。俺も最近、かみさんとインターネットとスマホで世界は激変したと話してたら、娘達がこう言った。私達は生まれたときからそれが普通だからわからない、ってな」

冗談めかして言う深町の優しい眼差しには、次の世代のために、世界をよりよいものにしていくのは自分達だという強い意志が感じられる。

「あ、僕も娘さん世代ですよ。生まれたときにはもうウィンドウズもアップルもありましたから、ネットがない世界なんて想像つかないです」

「本多さん、この生意気な小僧にガツンと言ってやりてえんだが、言い負かすいい言葉はないか？」

柏木の親子丼に七味を大量に振りかけようとする深町を、柏木はさらに煽る。

「安心してください、深町さん。僕はかろうじてガラケー世代ですよ。中学のときだけですけど」

二人の明るいふるまいに、葵は笑顔になった。

「二人ともありがとう。これでようやく決意できました」

葵はほとんど食べていなかったカレーうどんを元気よく食べ始める。他愛のない話をしながら食事を終えてから、葵は深町に頭を下げた。

「深町さん、いままで私達を国の偉い人達から守って下さってありがとうございます。でももう大丈夫です。アイギスのリーマン予想は行くべき人のもとへ行くべきです。その結果、どんな未来になるのかわかりません。でも」

頭を上げた葵の表情に、もう迷いはなかった。

「私も自分がやれることを精一杯やっていこうと思います」

3

窓の外の雨は、いつの間にか白い雪に変わっていた。

それをしばらく見つめていた天野のもとに、面会の知らせが届いた。

面会室に出向くと葵が座っていた。

「まさか君が来てくれるとは思わなかったよ。何か用か？　それとも事件に巻き込んだ俺への恨み言か？　それなら黙って聞こう」

対面に座り、天野は自嘲的に言った。

葵はかぶりをふり、Ａ４サイズの封筒を取り出した。

「今日は差し入れを持ってきました」

「差し入れ？」

囚人と面会人の間はガラスで隔てられている。直接の受け渡しはできない仕組みになっていた。

　怪訝な顔をする天野の前で封筒を開けると、中から分厚い紙の束を取り出した。その枚数は数百枚はありそうだ。

「まさか、それは……」

「アイギスの中から取りだしたリーマン予想に関する部分と思われる思考フローチャートです」

　葵が何枚かめくって、ガラス越しに小さなフォントと図がびっしりと印刷されていた紙を見せた。

「俺に見せてどうするつもりだ？」

「言いましたよね。差し入れだと。これをあなたに解き明かしていただきたくて、持ってきました」

「どうして俺が！」

　天野は思わず激昂した。いま目の前にあるのは自分の人生を二度も狂わせたものだ。しかし葵の口調は落ち着いたままだった。

「簡単です。世界中でこの難解なパズルを解けるのは、あなたしかいないからです。私達も見ましたし河越教授にも見ていただきました。出た結論は一つです。コンピュータ工学と数学の両方に精通していなければ解読は不可能。河越教授は数学ではない他の学問が混じっている可能性も示唆しました。それに本来あるべき場所にあるべきだと思ったので」

　普通なら持ってこられるはずがない。ここに至る根回しで腐心したはずだ。

　天野は黙ったままだ。しかしその視線は印刷された用紙から離れることはなかった。

「AIでなくともコンピュータが数学の難問を解き明かした例はあります。四百年謎だったケプラー予想、有名な四色問題。どちらも知性ではなく、コンピュータの演算能力を駆使した力業です」

「当時は批難された。素数を一つ一つ割り算で検証しているのと一緒だ。優雅さに欠ける。アイギスの論理的思考で解き明かしたものと一緒にするな」

天野はややムキになった口調で言い返した。その姿に葵は少しだけ口角を持ち上げた。

「一つ騙されるところでした。リーマン予想を証明しても、RSA暗号の解読へとすぐには繋がらない」

天野は押し黙る。

「しかし、足がかりにはなります。リーマン予想で解明できる素数の分布から、さらに、アイギスはRSA暗号の素因数分解を効率よく行なう解法を生み出した。リーマン予想という叡智のさらに先の、人間には未知の領域にたどり着いたんです。あなたはそれに気づいた。違いますか?」

問われても天野は肯定も否定もしない。

「差し入れ窓口に預けていきます。これはアイギスがあなたに残したものです。受け取るかどうかはお任せします」

葵は丁寧に紙の束を封筒に入れると立ち上がった。そのまま立ち去るのを見送った天野は、しばらく座ったままだった。

「何をしている? 面会が終わったのなら早く退出しろ」

刑務官が立たせようと近づくが、その前に天野は一人ですっと立ち上がった。

「君に聞きたいことがある。差し入れはいつ受け取れるんだ?」

去り際に見張りの刑務官にそう尋ねた。

エピローグ

段ボール箱に詰めた荷物の数はやはり少なかった。

電子研究所を辞めたときと似た感想を抱く葵だったが、大きく違うことが一つあった。段ボール箱にしまうのではなく出す作業をしていた。

改めて新しい仕事場を見渡す。電子研究所時代より二回りは広い部屋だ。

こんな立派なところでなくていいと葵は言ったのだが、場所を探した瀬川に、すぐに人が増えて手狭になるからこれでも狭いくらいだ、君はこれから組織のトップになるのだからと小言を言われてしまった。

「本多さん、荷ほどきどうですか？」

開いているドアをノックして入ってきたのは柏木だった。

「見ての通り。機材一式セットアップしないといけないし、今日一日で終わらないかも。それにほら、柏木君も言ってたじゃない。少しは私物を置こうって。それもあるから」

私物の箱を見て、柏木は思わず吹き出した。

「こんな小さい箱に入る私物なんて、作業に影響ないですよ。電子研究所時代よりも少ないじゃないですか」

「引っ越し初日にたくさん持ってくるわけにはいかないじゃない」

「これから増えるんですか？」

言葉に窮する葵に柏木はさらに笑った。

「そういうあなたはどうなの？　荷ほどきは終わったの？」

「だいたい終わりましたよ」

葵は信じられない気持ちで、柏木の個室に向かおうとする。その途中で一度立ち止まり、他の社員達が何十人もいる大部屋を見渡した。

誰もが忙しそうに自分の周りの機材の設置をしている。

「みんな、どう？　無理はしないでね」

ほぼ全員がいっせいに顔を上げた。知った顔が多かった。それも当然だ。社員の六割は元電子研究所の同僚や部下だった。

「社長こそ終わりました？」

「手伝いますよ、社長？」

「社長室ってどんな感じか、あとで見学してもいいですか？」

大勢がいっせいに話しかけてくる。内容は様々だが、全員が判で押したように社長の一言を付け加えていた。

「ちょっと待って。私の役職は便宜上のもの。お飾りですから。一生現場で働きますから」

皆の勢いに圧倒されてのけぞりながら、なんとか反論する。

「実質上の経営者は副社長の鎌谷さんです。と言うか、今からでも鎌谷さんを社長にしたほうがいいと思うんだけど」

真っ先にブーイングをしたのは鎌谷だった。親指を下に向けるサムズダウンのゼスチャーまでしている。誰もが鎌谷に乗ってブーイングの嵐になった。

葵は逃げるように柏木の個室に入った。ドアのプレートには『ＣＰＵ設計技師長　柏木瑠希』と書かれている。

柏木を技師長に推したのは鎌谷と瀬川だ。電子研究所時代、あのままなら半年以内に柏木は大抜擢される予定だった。ずいぶん遠回りさせてしまったと、鎌谷が悔いた表情で言っていた。

部屋に入ってすぐさま目に入ったのはすっかり片付いた部屋だ。パソコンなどの機材類はすでに設置が完了しており、他の物も綺麗に整頓されていた。

「え、本当に終わってる」

「個室持てるって憧れてたんですよね。つい張り切ってしまって」

呆然としているところに得意そうに語ってくるのが憎たらしい。

「私物はないの？　てっきりまた段ボール箱をいくつも運んでくると思ってた」

「これを機にいろいろごちゃごちゃ置いてしまう自分を戒めようかと。個室持ちですから、成長しないと！」

それはそれで寂しい。電子研究所時代の柏木の机は賑やかで、人間味あふれるものだった。

「なんか豪語してるが、これはなんなんだ？」

そう言って大きな段ボール箱を抱えて入ってきたのは、深町だった。

「かなり重くて宅配便の人が難儀してたぞ」

「あ、深町さんお疲れ様です。そういえば今日から出向でしたね。やっぱり無理だと思います？」

「出向じゃなくて、官民人事交流制度による交流派遣な。長ったらしい肩書だが、まあ今日から世話になる。いや、これじゃいけないな。本日付で御社に交流派遣された深町大吾と申します。よろしくお願いします」

「お願いだからそういうのやめてください」

礼儀正しくお辞儀をする深町に、葵は慌てる。

「で、これはなんなんだ？　技師長さん」

柏木が答える前に、深町は段ボール箱の蓋を乱暴に開けてしまう。

「柏木君、さすがにこれは……」

「ダメだこいつ……」

中から現われた等身大ヒーローのフィギュアに、二人はあきれるばかりだ。

「世界で限定百五十体しかないんですよ！　買うしかないでしょう！　せっかく個室を持てたんだし、観葉植物置くようなものです。観葉植物より会話の糸口になるし、窓際に置けば防犯に役立つかもしれないし？」

柏木が必死に弁明している姿に深町はかぶりをふった。

「こいつの説教はあんたの領分だ。俺は、まずはみんなに挨拶をしてくるよ。社会人の第一印象は挨拶だ。またあとでな」

深町は大部屋に行くと、丁寧に挨拶をしてまわっている。見た目に反して柔らかな物腰でまめな一面ももっていた。

「柏木瑠希君」

「すみません、ちょっと調子に乗りました」

かしこまっている柏木に、葵は柳眉を逆立てて言う。

「この前私に買ってくれた緑のドラゴンより、ずっと高そうなんですけど」

「え、あ、そこ？　いやだって、葵さん、これ、欲しいですか？」

しどろもどろに言い訳をする姿に葵は思わず吹き出してしまった。

「ごめんなさい。とやかく言うつもりはないから安心して。あなたの部屋だもの。あなたの自由よ。ただし大物はこれ以上増やさないように。たとえ観葉植物だってジャングルみたいになったらダメでしょう？」

「わかりました……」

しょぼくれる柏木を見て葵はとうとう笑い出してしまう。

「やっとここまでこれたわね」

大勢の社員達が準備にいそしんでいるのを、目を細めて眺めていた。まだ始まったばかりだ。感慨にふけるのは早すぎる。しかしどうしても胸の内から湧き上がる感情は抑えきれなかった。

「ありがとう瑠希君」

「え、急にどうしたんです？」

「あなたがアイギスに勝たなければ、この光景はなかったと思う。天野もアイギスも出し抜けたのは、あなただけだった」

突然褒められ、等身大フィギュアの緩衝材を片付けていた柏木は驚いたように葵を見た。

「瑠希君。これからも頼りにさせてもらうから。人とＡＩの関係性には大きな可能性があると思うの。同時にとても難しい。私が弱気になったら背中を押してね」

いつものように、はい、と笑顔で勇気づけてくれると思ったが、柏木はしかし、

「背中を押す？　いいえ。葵さんが弱気になったら、そのときは僕が前から引っ張ります」

と立ち上がって葵の横にきて、右手を差し出してきた。

「おいおい、ずいぶんと一丁前なことを言うようになったじゃないか」

「がんばれよ、柏木技師長。天野はおまえの歳にはもう、富士の基本設計を作り上げてたぞ」

そう言って入ってきたのは深町と瀬川だ。挨拶回りは終えたらしい。

「まだ若僧扱いされてる気がするなあ」

「じゃあ小僧がいいか？」

楽しそうな三人を見ながら、葵は真新しい机の上にそっと、テーマパークのマスコットキャラクターのガラスの置物を置いた。

「それ最近出た二つ一組のだろう？」

深町が目ざとく指摘する。

「よくご存じですね」

「娘達が欲しがったんだよ。私達と一緒に来たかったらこれを買ってと脅迫してきた。二人で仲良く分けてたよ」

葵と柏木を交互に見比べていた深町は、

「もう一つがどこだとか野暮なことは聞かないから安心しろ」

とすでに野暮なことを口にした。

「ところで二人とも、パーティ会場に行く準備はできてるのか？」

瀬川の言葉に、

「あ、そろそろ時間でしたね」

「緩衝材片付けてる場合じゃなかった」

二人は慌ててでかける準備をした。


それから葵達は作業を切り上げ、急いでホテルの会場に向かった。立食形式で用意された創業記念パーティには、社員はもちろん、関係者も参加している。

現在の社員数はすでに百人近い。しかしスパコン開発ともなれば開発者だけで四百人は必要だ。もちろん開発部以外の人間も必要になる。いまここにいる四倍以上の数になるのかと思うと、葵は気後れしてしまった。

とくに壇上に上がり全員の注目を浴びているともなればなおさらだ。

「ほら、一節ぶちかませ」

以前も深町の無責任な煽りを聞いた気がする。

「本多さん、がんばって」

若い社員が声援を送ってきた。

「ほら、覚悟決めろ」

瀬川が背中を押す。

葵は腹をくくり、話し始めた。

「みなさんのご協力のおかげで、日本初のスーパーコンピュータ開発を目的としたベンチャー企業『ヘキサゴナル』を無事立ち上げることができました。社名は六つの辺を意味し、それぞれの辺がスパコンに必要なＣＰＵ……、ええと、くわしくは社名の発案者である柏木瑠希に聞いてください。私にはよくわかりませんが、強そうなのでよしとしました」

軽く笑いが起こる。

「我が社は人による開発とＡＩによる開発の二人三脚を目指しています。人にしかできないこと、ＡＩにしかできないこと、人にはできないこと、ＡＩにはできないこと。本当に難しい。だからこそ挑戦のしがいもあると感じました。我が社はすでにユニコーン企業として世間的にも注目されています」

ユニコーン企業とは創業十年以内、評価額十億ドル以上の上場していないベンチャー企業のことを指す。

「私達が目指すのは世界最高のスパコンです。しかし速さだけを競う時代ではありません」

プロジェクターに新しいスパコンの構想が表示された。

「Sim×Sim社のＡＩロジッククリアを組み込んだ画期的なスパコンを開発します。ＡＩの挙動をリアルタイムに監視し、学習による影響が少ないと判断すればＡＩロジッククリアがすぐさま軽量化をはかります。詰められるところは詰めてＡＩの学習能力が活かせるところは活かす。ＡＩとＡＩロジッククリアを融合させハードウェアレベルでサポートすることにより、従来とは次元の違うものになる夢のスパコンです！」

大きな拍手が湧き上がった。構想の基礎は電子研究所時代にできあがっていた。さらにいまの発展したＡＩを組み込み、先に形となっていたＡＩロジッククリアが具体的な構想の助けとなった。

「さて、ここから先はちょっと世知辛い現実の話です。みなさんご存じだとは思いますが、スパコン開発は金食い虫です。スパコン開発には数千億円がかかります。さらに設備も一から揃えなくてはならないので、数千億も油断すればあっというまに溶けてしまいます。そしてスパコン開発には十年かかると言われていますが、これは昔の価値観です。ＡＩを使いこなし、開発期間の短縮も目指します。数千億しかありません。世界最高のスパコンを開発するには、時間もお金も足りないと言わざるを得ません」

壇上で力説する葵を見て深町は隣の柏木にあきれた調子で言う。

「理系の欲の出し方は普通とはちょっと違うようなことを言ってたんだが。今日充分に思い知らされたよ。数千億しかない、なんて初めて聞いた」

深町の呆れ顔をよそに葵のスピーチは続いている。

「これから私達はさらに……」

「ええっ！」

しかしそれは一人の若い社員の叫び声によって中断された。全員の顰蹙《ひんしゅく》の眼差しが、後ろでスマホを見ていた社員に集中する。

「どうかしましたか？」

葵は穏やかな口調で話しかけた。

「す、すみません。うちの会社のニュースが出てないかなってネット見ていたんですが、とんでもない記事を見つけてしまって」

「どんな？」

若い社員ははおそるおそる顔を上げ、

「ＡＩがリーマン予想を解いたって……」

と消えそうな声でつぶやいた。しかしその小さな声に反して、会場全体に驚きが一気に広まった。

葵はにっこりと笑う。

「みなさん、どうぞ自由に、いま手元にあるスマホでニュースを見てください。私達は、今まさに時代の転換期に立っています。ＡＩが人に解けなかったリーマン予想を解いたことで、人は己の立ち位置を、そしてＡＩとの向き合い方を探るようになります。いえ、探らなければならないのです。これから人は様々な局面でＡＩに頼る未来がやってきます。ＡＩが身近な社会になります。ときにそれは毒になるかもしれません。しかし私達は、ヘキサゴナルは、その転換期を迎えたＡＩ社会を、よりよい未来にしていけるはずです！」

世界が変わる足音を聞きながら、葵は高らかに宣言した。

葉山 透（はやま・とおる）

神奈川県在住。『9S〈ナインエス〉』『0能者ミナト』など、大ヒットシリーズを手掛け、魅力的なキャラクター造形とダイナミックな物語展開で人気を博している。他の著書に『霊能者のお値段 お祓いコンサルタント高橋健一事務所』『君は空のかなた』などがある。

この作品は書き下ろしです。

アイギス

2025年3月10日 第1刷発行

著者 葉山 透
発行者 加藤裕樹
編集 三枝美保
発行所 株式会社ポプラ社
〒一四一-八二一〇
東京都品川区西五反田三-五-八
JR目黒MARCビル十二階
一般書ホームページ www.webasta.jp

組版・校閲 株式会社鷗来堂
印刷・製本 中央精版印刷株式会社

読者の皆様からのお便りをお待ちしております。
いただいたお便りは著者にお渡しいたします。

N.D.C.913/406p/20cm ISBN978-4-591-18567-4
P800498